JN019855

荒海の槍騎兵6

運命の一撃

横山信義

Nobuyoshi Yokoyama

C★NOVELS

扉　画　高荷義之
地図・図版　安達裕章
編集協力　らいとすたっふ

目次

第一章　隘路《あいろ》を衝《つ》く　9
第二章　レイテ湾炎上　61
第三章　試練の退路　93
第四章　はばたく魔鳥　125
第五章　母港の対決　147
第六章　帝都の守護者　197
終章　217
あとがき　232

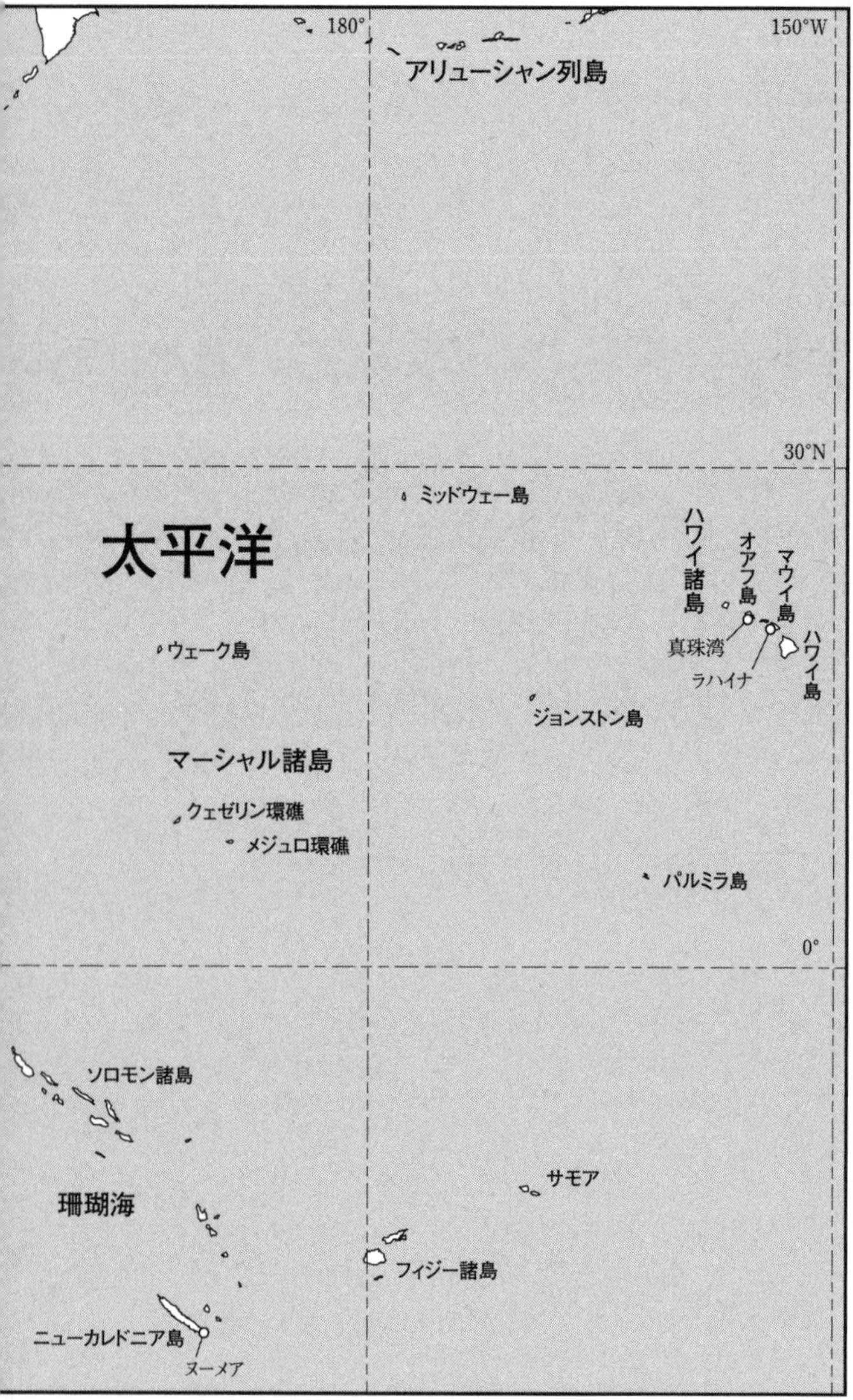
180°
150°W
アリューシャン列島
30°N
ミッドウェー島
太平洋
ハワイ諸島
オアフ島
マウイ島
真珠湾
ラハイナ
ハワイ島
ウェーク島
ジョンストン島
マーシャル諸島
クェゼリン環礁
メジュロ環礁
パルミラ島
0°
ソロモン諸島
サモア
珊瑚海
フィジー諸島
ニューカレドニア島
ヌーメア

西太平洋要図

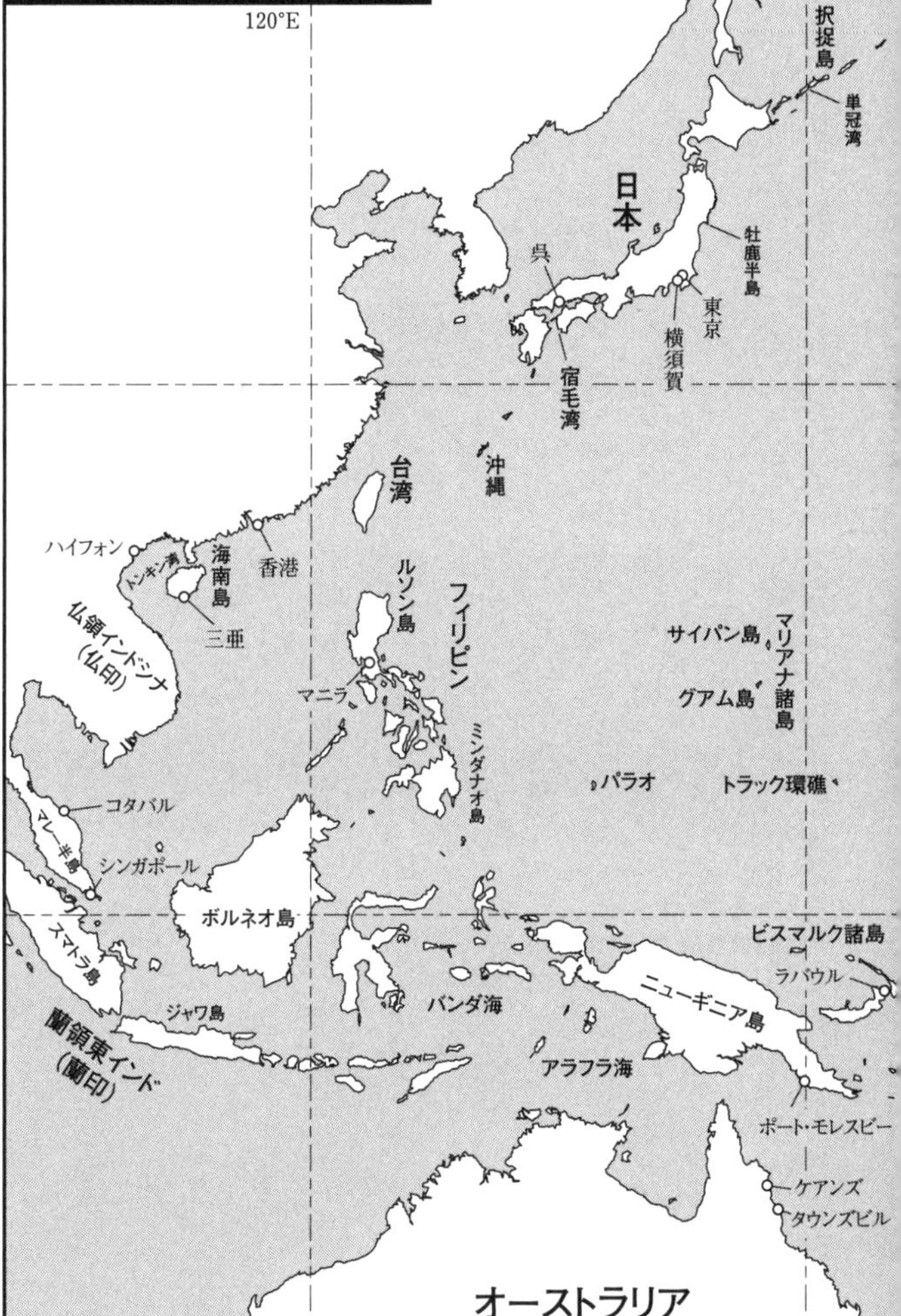

120°E
150°E
択捉島
単冠湾
日本
牡鹿半島
呉
東京
横須賀
宿毛湾
沖縄
台湾
香港
ハイフォン
トンキン湾
海南島
三亜
ルソン島
フィリピン
仏領インドシナ
(仏印)
マニラ
サイパン島
マリアナ諸島
グアム島
ミンダナオ島
パラオ
トラック環礁
コタバル
マレー半島
シンガポール
ボルネオ島
ビスマルク諸島
ラバウル
スマトラ島
ジャワ島
バンダ海
ニューギニア島
蘭領東インド
(蘭印)
アラフラ海
ポート・モレスビー
ケアンズ
タウンズビル
オーストラリア

スリガオ海峡周辺図

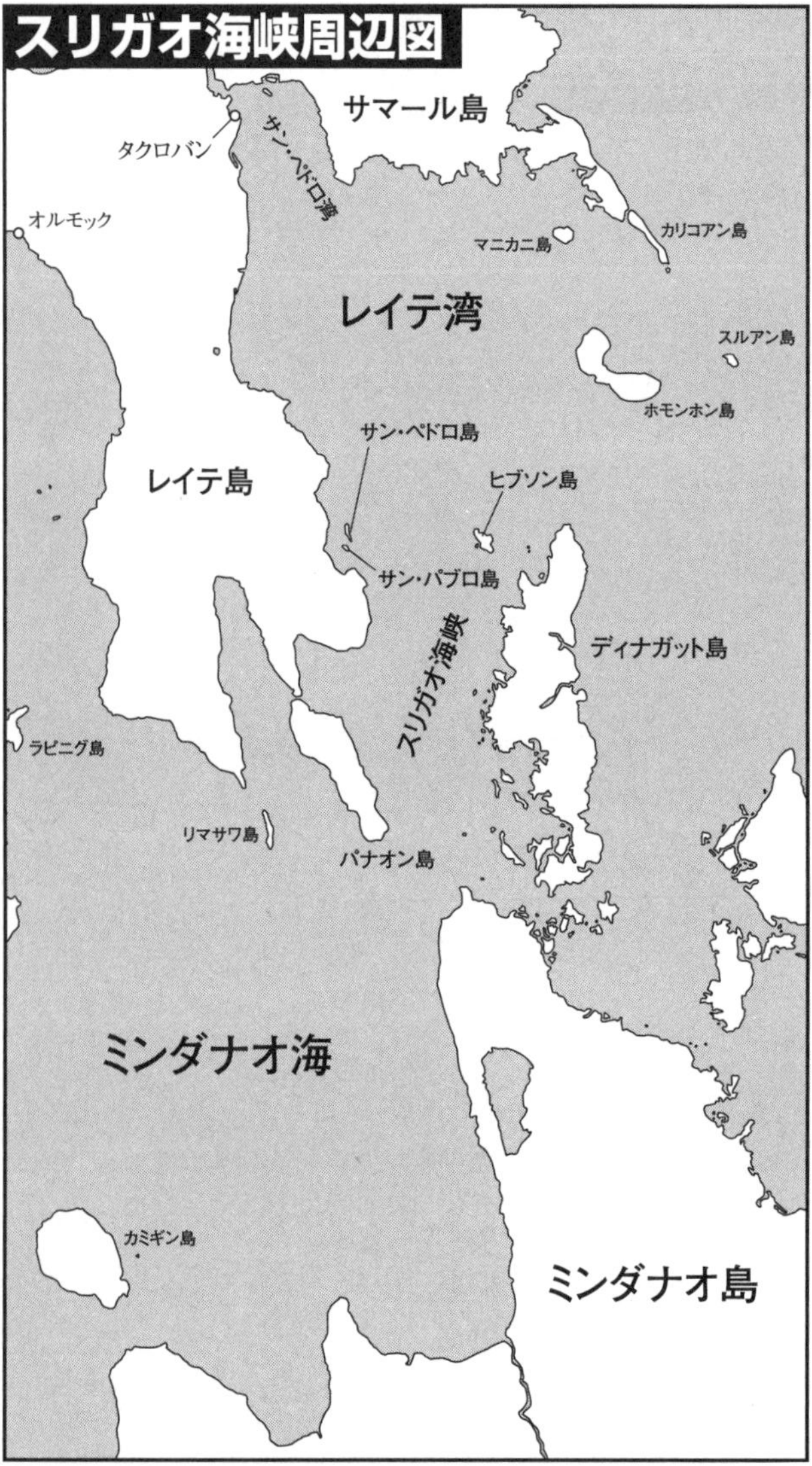
サマール島
タクロバン
サン・ペドロ湾
オルモック
マニカニ島
カリコアン島
レイテ湾
スルアン島
ホモンホン島
サン・ペドロ島
レイテ島
ヒブソン島
サン・パブロ島
スリガオ海峡
ディナガット島
ラピニグ島
リマサワ島
パナオン島
ミンダナオ海
カミギン島
ミンダナオ島

荒海の槍騎兵　運命の一撃6

第一章　隘路《あいろ》を衝《つ》く

1

多数の航跡《こうせき》は、上空からはっきりと認められた。

スリガオ海峡《かいきょう》——レイテ島と、ディナガット島、ミンダナオ島に挟《はさ》まれた、レイテ湾の南側の入り口を北上している。

敵は二隊に分かれ、並進《へいしん》している。

駆逐艦《くちくかん》とおぼしき小型艦が前面に立ち、その後方を巡洋艦《じゅんようかん》と思える中型艦が進み、最後尾に戦艦《せんかん》が隊列を組んでいる。

戦艦のうち二隻は、際《きわ》だって大きい。「大和《ヤマト》」と「武蔵《ムサシ》」——合衆国海軍のどの戦艦よりも大きく、重い、世界最大の戦艦であろう。

「古くさい陣形《じんけい》で来たな」

戦艦「ニュージャージー」より発進した水上偵察《ていさつ》機《き》ヴォートOS2U〝キングフィッシャー〟の機長と偵察員を兼任するドナルド・パーキンソン中尉は首を傾《かし》げた。

スリガオ海峡の出口は、「ニュージャージー」が所属する第三四任務部隊《TF34》——新鋭戦艦六隻、巡洋艦六隻、駆逐艦二八隻が塞《ふさ》いでいる。

日本艦隊は、砲火の中を遮二無二《しゃにむに》突破し、海峡の外に躍《おど》り出す以外に選択肢《せんたくし》はない。

当然、各艦種毎《ごと》に、艦隊運動を行《おこな》い易《やす》い複縦陣《ふくじゅうじん》を組むものと考えていた。

ところが、日本艦隊は複横陣《ふくおうじん》を組んでいる。

第一群、第二群とも、駆逐艦が横一線《よこいっせん》に並んで前面に立ち、後方でも巡洋艦が横一線に並んでいる。

最後尾に位置する戦艦も同様だ。

第一群、第二群とも、駆逐艦を楯《たて》にするような格《かっ》好《こう》で、三列の横陣を組んだまま、前進して来る。

複横陣は、運動性や火力の集中といった面で複縦陣より劣《おと》る。日本海軍自身がそのことを、一九世紀末の日清戦争《シノ・ジャパニーズ・ウォー》時に実証《じっしょう》している。

その彼らが、自分たちの戦術を忘れたかのように、複横陣を組んで来たのだ。

「何のつもりだ、奴らは？」

「Ｔ字戦法に対抗するつもりじゃないですか？」

　操縦員のジェリー・ソール少尉が言った。

　ＴＦ34は、全艦がスリガオ海峡の出口に左舷《さげん》側を向け、日本艦隊に全主砲を集中する態勢を取っている。日露戦争《ルッソ・ジャパニーズ・ウォー》時に、東郷平八郎《ヘイハチロー・トーゴー》がロシア・バルチック艦隊に用《もち》いて以来、艦隊決戦時の必勝《ひっしょう》隊形とされている陣形だ。

　第三艦隊司令長官ウィリアム・ハルゼー大将は、ＴＦ34による日本艦隊の迎撃《げいげき》を決定したとき、

「トーゴーの戦術を使って、トーゴーの後継者たちを叩きのめしてやる」

　と、幕僚《ばくりょう》たちに語ったというが、日本艦隊の指揮官も、合衆国艦隊の出方《でかた》は予想しているはずだ。

　それに対抗するため、敢《あ》えて複横陣という古い陣形を用いたのではないか、とソールは考えたようだ。

「『レイブン1』より『ポーラーベア2』」

　パーキンソンが「ニュージャージー」の通信室を呼び出そうとしたとき、

「敵艦発砲！」

　ソールが叫び声を上げた。

　同時に、機体を左に大きく傾《かたむ》かせ、急旋回をかけた。

　若干《じゃっかん》の間を置いて、キングフィッシャーの周囲で爆発光が閃《ひらめ》き、爆風が機体を煽《あお》った。

　ソールは機体をほとんど横倒《よこだお》しになるほど傾け、急旋回をかけるが、敵弾の炸裂《さくれつ》は止《や》まない。

　後方で、あるいは左右で爆発が起こり、キングフィッシャーは激しく揺れ動く。

　嵐《あらし》の中で舞《ま》い散《ち》る木《こ》の葉《は》になったような気分だ。

「『レイブン1』、どうした⁉」

「ニュージャージー」の飛行長ギルバート・アダムス少佐が呼びかけて来る。

「こちら『レイブン1』。我《われ》、敵の攻撃を――」

　パーキンソンは報告しかけ、言い直した。自機の

状況を報告するより、敵情を報《しら》せるのが優先だ。

「敵の隊形は複横陣！　繰り返す。敵艦隊は複横陣を組んでいる！」

そこまで話した直後、パーキンソンが初めて感じる強烈な衝撃《しょうげき》がキングフィッシャーを襲《おそ》った。人間に耐えられる限界を、遥《はる》かに超えていた。

パーキンソンは、四肢《しし》をもぎ取られるような苦痛を感じ、絶叫《ぜっきょう》を上げた。

風防《ふうぼう》ガラスや偵察員席の側壁《そくへき》が瞬時に消失し、周囲の視界全てが、空と海に変わった。

空中分解によって、機外に放り出された二人のクルーは、叩き折られた主翼や吹き飛ばされたフロート等の残骸《ざんがい》と共に、スリガオ海峡の海面に落下していった。

2

「敵水上機、撃墜！」

「報告電らしき通信波を傍受《ぼうじゅ》しました」

見張長《みはりちょう》を務める下条平治《しもじょうへいじ》上等兵曹と、通信参謀《さんぼう》市川春之《いちかわはるゆき》少佐の報告が、第六戦隊旗艦《きかん》「青葉《あおば》」の艦《かん》橋《きょう》に上げられた。

「我《わ》が方《ほう》の陣形は、敵に知られたということでしょうか？」

「どのみち、戦闘開始の前には知られる。米軍の電《でん》探《たん》は、我が軍のものより高性能だからな」

不安そうな表情を浮かべた砲術参謀穴水豊《あなみゆたか》少佐に、首席参謀桃園幹夫《ももぞのみきお》中佐は答えた。

米軍は、既《すで》に電探照準射撃を実用化している。

第二艦隊の巡洋艦、駆逐艦が複横陣を形成していることは、電探の探知距離内に入れば、すぐに突き止められる。

「問題は、我が方の意図《いと》を敵に悟《さと》られないかどうか、だ」

司令官高間完《たかまたもつ》少将が、艦の前方を注視《ちゅうし》した。

第二艦隊は、帝国海軍最強の戦艦「大和《やまと》」「武蔵《むさし》」

を中心とした第一部隊、大和型に次《つ》ぐ火力を持つ戦艦「長門《ながと》」「陸奥《むつ》」を中心とした第二部隊に分かれ、スリガオ海峡を北上している。

海峡に進入したときには、対潜警戒用の第一警戒航行序列――駆逐艦が傘《かさ》型の陣形を組み、その後方に戦艦、巡洋艦が位置する隊形を取っていたが、海峡の最狭《さいきょう》部《ぶ》を通過した直後、現在の陣形に改めた。

「青葉」は僚艦《りょうかん》「加古《かこ》」と共に、第二部隊の左方に位置している。

「青葉」「加古」の右方に、第五戦隊の妙高《みょうこう》型重巡四隻が並ぶ格好だ。

後方には、第二戦隊の「長門」「陸奥」「伊勢《いせ》」「日向《ひゅうが》」が布陣《ふじん》している。

第二艦隊司令長官五藤存知《ごとうありとも》中将が直率《じきそつ》する第一部隊は、スル海では第二部隊の後方に位置していたが、現在は第二部隊の西側で並進している。

日清《にっしん》戦争時の黄海《こうかい》海戦で、清国《しんこく》の北洋艦隊《ほくようかんたい》が取った陣形に似ているが、このような陣形を敢えて取ったのは、五藤長官の命令によるものだった。

一六時二四分（現地時間一五時二四分）、「右三〇度に島影《しまかげ》。ヒブソン島と認む」

下条見張長が報告を上げた。

ディナガット島の北西に浮かぶ小島だ。スリガオ海峡の北側出口に位置している。

海峡内に突入してから一時間余り、第二艦隊はスリガオ海峡の出口を望《のぞ》む海面に到達したのだ。

日没まで約一時間だが、空はまだ明るい。熱帯圏の強い日差しは、艦隊の左方――西側から照りつけて来る。

今のところ、視界は充分だ。

ただし、日が沈み始めてから夜が訪れるまでの時間は非常に短いため、注意が必要だった。

戦闘は、唐突《とうとつ》に始まった。

正面の水平線付近に黄白色《おうはくしょく》の閃光《せんこう》が続けざまに閃《ひらめ》き、褐色《かっしょく》の煙が立ち上《のぼ》ったのだ。

「来るぞ！」

高間が張り詰めた声で叫んだ。

第二艦隊の全将兵が、この瞬間はっきりと悟った。

敵は予想通り、スリガオ海峡の出口で第二艦隊を待ち構えていた。

ヒブソン島と、レイテ島の東側に位置する小島、サン・ペドロ島を結んだ線より北側の海面に布陣していたのだ。

「旗艦より受信。『全軍突撃セヨ。最大戦速』！」

市川通信参謀が報告を上げた。

第一部隊、第二部隊の先頭に位置する第一、第二水雷戦隊の駆逐艦一六隻と、防空巡洋艦《ぼうくうじゅんようかん》「能代《のしろ》」「矢矧《やはぎ》」が、真《ま》っ先《さき》に突撃を開始する。

「六戦隊突撃せよ。最大戦速！」

「『加古』に信号。『我ニ続ケ』！」

高間が力のこもった声で下令《かれい》し、右方に並進する僚艦「加古」に命令が送られる。

機関の鼓動《こどう》が急速に高まり、「青葉」が増速する。

右舷《うげん》側に目をやると、「加古」と第五戦隊の妙高型重巡四隻が並進する様が見え、左舷側では第九戦隊の軽巡「北上《きたかみ》」「大井《おおい》」、第八戦隊の重巡「利根《とね》」「筑摩《ちくま》」、第四戦隊の重巡「鳥海《ちょうかい》」「摩耶《まや》」が横陣を組んだまま、突撃を開始している。

「敵の指揮官の目には、我が軍が苦《くる》し紛《まぎ》れに古い陣形を取ったように見えているだろうな」

高間が呟《つぶや》いたとき、敵弾の飛翔音が聞こえ始めた。

桃園を始めとする第六戦隊司令部の幕僚たちには、聞き覚えのある音だ。

トラック環礁《かんしょう》の沖で、敵の新鋭戦艦に追い回されたときに何度も聞かされた、巨弾の飛翔音だった。

轟音《ごうおん》が「青葉」の頭上を通過した直後、

「後部見張りより艦橋。敵弾、二戦隊の前方に落下。至近弾なし！」

「『大和』『武蔵』の前方に水柱《みずばしら》確認！」

二つの報告が、前後して上げられた。

前方に、新たな発射炎が閃く。

再び巨弾の飛翔音が迫り、後方へと抜ける。

今度も、直撃弾はない。

敵の戦艦群は、最大射程ぎりぎりで撃っているため、容易に命中弾を得られないのであろう。

「砲術、敵との距離報せ！」

「三〇〇《サンマルマル》（三万メートル）！」

「青葉」艦長山澄忠三郎《やまずみただざぶろう》大佐の問いに、砲術長月形《つきがた》謙作《けんさく》少佐が即答する。

「あと四〇《ヨンマル》（四〇〇〇メートル）か」

高間が正面を見つめ、次いでちらと後方を見やった。

敵が三度目の射弾を放った直後、左後方に雷鳴《らいめい》のような音が轟《とどろ》いた。

数秒後、「青葉」の真後《まうし》ろからも砲声が伝わった。

第一部隊の後方に、褐色の砲煙が湧《わ》き出している。

巨弾の飛翔音が、今度は後ろから前方へと抜ける。

帝国海軍最強の戦艦二隻と、長く帝国海軍の頂点に君臨《くんりん》した戦艦二隻が、初めて敵艦に向け、主砲を発射したのだ。


敵弾の飛翔音が前方から迫り、後方に抜ける。

「『陸奥』『日向』に至近弾！」

後部見張りから、報告が届く。敵も二度の弾着修正を経て、精度を上げて来たようだ。

前方に新たな発射炎が閃き、「青葉」の後方から砲声が届く。

巨弾の飛翔音が後ろから前へ、次いで前から後ろへと通過し、「陸奥」と「日向」が至近弾を受けた旨《むね》、報告が上がる。

「敵距離二七〇《フタナナマル》（二万七〇〇〇メートル）！」

月形砲術長が報告した直後、前をゆく駆逐艦群の前方に、多数の水柱が突き上がった。

太さ、高さはさほどでもないが、数が多い。

敵の巡洋艦が、砲撃に加わったのだ。

「青葉」の左右両舷に、砲声が轟く。
四、五、八戦隊の重巡八隻が、二〇・三センチ主砲を振り立て、応戦を開始したのだ。
駆逐艦の頭越《あたまご》しに二〇・三センチ砲弾が飛翔し、

駆逐艦の前方には、敵弾が多数の水柱を噴き上げる。

その遥か上空では、戦艦の巨弾が、大気を轟々《ごうごう》と震《ふる》わせながら飛び交っている。

敵巡洋艦の猛射を浴びながらも、一、二水戦は速度を落とさない。噴き上げる水柱の中に突っ込んでゆく。

「敵距離二六〇《フタロクマル》（二万六〇〇〇メートル）！」

月形が報告するや、前方の隊列で変化が起きた。
一、二水戦の防巡二隻、駆逐艦二六隻が、一斉《いっせい》に取舵《とりかじ》を切ったのだ。
「六戦隊針路二七〇度！」

高間が大音声《だいおんじょう》で下令し、山澄艦長が航海長松尾《まつお》慎吾《しんご》中佐と水雷長戸倉《とくら》恭平《きょうへい》少佐に命じた。

「取舵一杯。針路二七〇度！」

「右魚雷戦。雷速四〇ノット。駛走《しそう》深度五！」

「取舵一杯。針路二七〇度！」

「右魚雷戦。雷速四〇ノット。駛走深度五！」

松尾が操舵室に命じ、水雷指揮所から復唱《ふくしょう》が返される。

前方では一足先《ひとあしさき》に、二水戦が変針を終えている。

横陣を組んでいた防巡、駆逐艦が一斉に転舵《てんだ》したため、変針は極めて速い。

針路〇度の単《たん》横陣が、数秒で針路二七〇度の単縦陣《じゅうじん》に変わる。

「能代」「矢矧」と二六隻の駆逐艦が投雷《とうらい》したことは間違いない。合計二〇八本の九三式六一センチ魚雷が海中に躍り出し、四〇ノットの雷速で突き進み始めたのだ。

「『矢矧』の通信傍受。『二水戦、魚雷発射完了』」

市川通信参謀が報告を上げたときには、「青葉」は艦首を大きく振っている。

多数の味方駆逐艦や敵弾が噴き上げる水柱が、右に流れる。

艦が直進に戻ったとき、「青葉」は六、五戦隊の先頭に立ち、針路を二七〇度に取っていた。直接目視はできないが、後方には第六戦隊の僚艦「加古」

と第五戦隊の妙高型重巡四隻が付き従っている。

前方には、第一部隊に所属する巡洋艦群――第四、第八戦隊の重巡四隻と、第九戦隊の重雷装艦《じゅうらいそうかん》二隻が見える。

「魚雷発射始め！」

山澄が、戸倉水雷長に下令した。

「魚雷発射完了！」

の報告が届いたときには、第一部隊の巡洋艦群も、投雷を終えている。

第四、第八戦隊の四隻もさることながら、第九戦隊の投雷は壮観《そうかん》だ。

「北上」「大井」が片舷《かたげん》五基ずつ装備する六一センチ四連装魚雷発射管から、一艦当たり二〇本、二艦合計四〇本の魚雷が放たれたのだ。

（特等席だな、こいつは）

状況の深刻さにも関わらず、そんな想念が桃園の脳裏に浮かんだ。

重雷装艦二隻が、実戦の場で片舷の魚雷をいちどきに発射したのは初めてだ。

桃園を始めとする六戦隊の司令部幕僚や「青葉」の乗員は、その光景を自分の目で見る幸運に恵まれたのだった。

「『加古』より信号。『我、魚雷発射完了』」

「後部見張りより艦橋。五戦隊、魚雷発射完了」

「よし！」

届けられた報告を聞いて、高間が満足の声を漏《も》らした。

横陣を敢えて採用したのは、このためだ。

全艦が一斉に面舵《おもかじ》か取舵を切れば、各隊は数秒間で、単横陣から単縦陣への変換を終える。

その上で雷撃を敢行《かんこう》すれば、一度に多数の魚雷を発射できる。

いかにも水雷屋の長官らしい策だった。

「旗艦より命令。『左一斉回頭』」

「六戦隊、左一斉回頭！」

市川通信参謀の報告を受け、高間が下令する。

雷撃は、まだ終わっていない。

反転し、左舷側の発射管から投雷するのだ。

「航海、取舵一杯。針路九〇度！」

「艦長より水雷。左魚雷戦。雷速、駛走深度とも先に同じだ。命令あり次第《しだい》発射せよ」

山澄が、松尾航海長と戸倉水雷長に命じる。

「取舵一杯。針路九〇度！」

「左魚雷戦。雷速四〇ノット、駛走深度五。命令あり次第発射します」

松尾が操舵室に下令し、戸倉が復唱を返す。

下士官、兵には、開戦前から「青葉」に乗艦しているベテランが多い。海兵団《かいへいだん》での基礎訓練修了後、すぐ「青葉」に配属され、この艦一筋《ひとすじ》という主《ぬし》のような男もいる。彼らが自らの手足のように、「青葉」を操《あやつ》っている。

敵弾が唸《うな》りを上げて飛来し、四、八、九戦隊の周囲に、弾着の水柱が上がる。

敵巡洋艦が、駆逐艦から巡洋艦に射撃目標を切り替えたようだ。

「青葉」の左前方には、「大和」「武蔵」の周囲に、見上げんばかりの巨大な水柱が奔騰《ほんとう》し、左正横《せいおう》から後方にかけては、「陸奥」や「日向」の周囲に、繰り返し敵弾が落下している。

「大和」以下の戦艦部隊も、主砲を振り立てて応戦しているが、今のところ直撃弾は得ていない様子だった。

舵が利《き》き、「青葉」が艦首を振り始めたとき、「武蔵」の右舷中央に爆炎《ばくえん》が躍り、黒い塵《ちり》のような破片が、炎に乗って舞い上がった。

「いかん……！」

高間が叫んだ直後、「武蔵」は「青葉」艦橋の死《し》角《かく》に隠れ、見えなくなった。

回頭に伴い、「加古」と第五戦隊の妙高型重巡が、視界に入って来る。

第五戦隊の二番艦「妙高」、三番艦「那智《なち》」が、後方に黒煙を引きずっている。

回頭中に直撃弾を受けたのかもしれない。

「魚雷発射始め！」

山澄の力強い命令が響《ひび》いた。

前方の「加古」や五戦隊各艦の左舷側海面に、細長いものが放たれ、海面に飛沫《しぶき》を上げる様がはっきりと見えた。

「魚雷発射完了！」

「『加古』より入電。『我、魚雷発射完了』」

戸倉と市川の報告が前後して届く。

第一部隊の巡洋艦は見えないが、四、八、九戦隊の各艦も投雷したはずだ。

魚雷の射線上には味方駆逐艦がいるが、駛走深度を深く取ったため、味方撃ちの心配はない。
一、二水戦の駆逐艦二六隻より二〇八本。巡洋艦群が左右両舷合わせて二一二本。
合計四二〇本の魚雷が、スリガオ海峡の出口を塞ぐ敵艦隊目がけて発射されたのだ。雷撃の規模は、空前《くうぜん》と言える。

ただし、雷撃距離は遠い。

駆逐艦は二万五〇〇〇、巡洋艦は二万六〇〇〇の距離で投雷している。

魚雷の数が、遠距離雷撃に伴う命中率の低さを補えるかどうかは、まだ分からなかった。

「五藤長官の案だ。必ず上手《うま》くいく」

高間が、全員に聞こえるような声で言った。

桃園の脳裏に、初めて「青葉」の六戦隊司令部に着任したときの、五藤の挨拶《あいさつ》が蘇《よみがえ》った。

「言っておくが、俺の専門は水雷だ」

3

隊列の後方に位置する戦艦群の一斉回頭は、駆逐艦、巡洋艦よりも遅かった。

最も排水量が小さい「霧島《きりしま》」でも三万一九八〇トン、「大和」「武蔵」は六万四〇〇〇トンにも達するため、舵が利き始めるまでには、どうしても時間がかかる。

　それでも、第一部隊の巡洋艦六隻が回頭を終える頃には、「大和」「武蔵」も艦首を大きく左に振り始めていた。

　この直前まで「大和」の後方にいた「武蔵」以下の戦艦群が、視界に入って来る。

「武蔵」は、右舷中央付近から黒煙を上げている。

　高角砲が集中している箇所《かしょ》に、直撃弾を受けたようだ。

「被弾一。損害軽微《ケイビ》。戦闘・航行ニ支障《シショウ》ナシ」との報告は、既に「大和」の第二艦隊司令部に届けられていた。

　回頭が終わった直後、「大和」と「武蔵」の間に多数の敵弾が落下し、多数の水柱が奔騰した。

　高さは「大和」の艦橋を大きく超えており、頂《いただき》を見ることはできない。

「武蔵」を狙《ねら》った射弾が、回頭によって外れたものであろう。

　崩《くず》れる海水の中に、「大和」の艦首が突っ込む。

　大量の海水が豪雨《ごうう》さながらに降り注ぎ、艦首甲板や主砲塔の天蓋《てんがい》、艦橋を叩く。

　降り注いだ海水は、川になって甲板上を流れ、舷《げん》側《そく》から海に戻ってゆく。

「敵との距離は？」

「三〇〇《サンマルマル》！」

「大和」艦長森下信衛《もりしたのぶえ》少将の問いに、砲術長能村次《のむらじ》郎《ろう》大佐が即答した。

　森下も、能村も、昇進に伴って異動する予定だったが、米軍の来寇《らいこう》が間近《まぢか》に迫っていたため、「大和」の艦長、砲術長に留まっているのだ。

「もう少し距離を取る。各隊、針路一〇五度」

「各隊に打電。『針路一〇五度』！」

　五藤の命令を、参謀長岩淵三次《いわぶちさんじ》少将が通信室に伝えた。

「大和」の通信室から各隊に命令電が飛ぶ。

「面舵一五度。針路一〇五度」

日本海軍 大和型戦艦「大和」

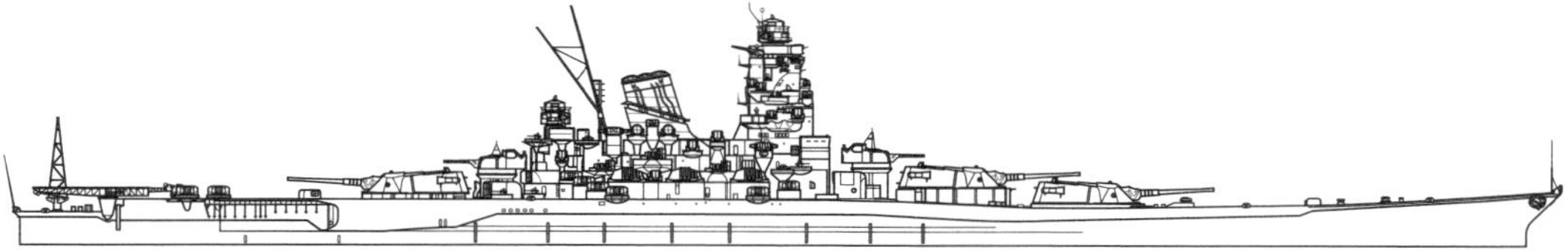

全長	263.0m
最大幅	39.0m
基準排水量	64,000トン
主機	ギヤードタービン　4基／4軸
出力	150,000馬力
速力	27.0ノット
兵装	46cm 45口径 3連装砲 3基 9門 15.5cm 60口径 3連装砲 2基 6門 12.7cm 40口径 連装高角砲 12基 24門 25mm 3連装機銃 29基 25mm 単装機銃 26丁 13mm 連装機銃 2基
航空兵装	水上機 6機／射出機 2基
乗員数	3,250名
同型艦	武蔵

大和型戦艦の一番艦。昭和19年12月現在、世界最大の戦艦である。主砲として46センチ砲９門を備え、重要防御区画には対46センチ砲防御が施されている。設計段階から建造工程に至るまで、日本の最新、最高の技術が注ぎ込まれた日本軍艦建造史における金字塔的存在である。

今次大戦が勃発した直後の12月16日に竣工。翌17年２月12日から連合艦隊旗艦となった。昭和18年末、連合艦隊司令長官に就任した古賀峯一大将は、本艦を前線で活用すべく、旗艦を「山城」に変更。以後、本艦はトラック環礁を拠点に米軍の反攻に備えることとなる。昭和19年７月、マリアナに来襲した米艦隊を迎撃すべく出撃、これを撃退するも爆弾数発を被弾。内地へ帰還して修理を行った。その際、対空兵装を増強し、さらに電探などを装備している。

すでに戦場の主役は航空機に移ったという声もあるが、その巨砲の威力はいささかも色あせておらず、本艦が米軍にとって大きな脅威であることは間違いない。

「面舵一五度。針路一〇五度！」

森下艦長の命令を受け、航海長茂木史郎《もてぎしろう》大佐が操舵室に命じる。

舵の利きを待つ間に、「大和」の四六センチ主砲が火を噴く。

各砲塔一門ずつの交互撃ち方だが、発射の反動は強烈だ。

艦の左舷側海面が、爆圧によって深皿のような形になり、尻の穴から内臓を突き上げられるような衝撃が襲って来る。

前をゆく「武蔵」も四六センチ砲三門を放ち、第二部隊の「長門」「陸奥」も四〇センチ砲を発射している。

三五・六センチ砲を装備する四隻も砲門を開き、砲声を轟かせていた。

敵弾が、轟音を上げて飛来する。

「大和」の左舷側海面に数発がまとまって落下し、巨大な海水の壁が、左舷側に展開する巡洋艦、駆逐艦の姿を隠す。

爆圧が伝わって来るが、「大和」の巨体を揺るがすほどではない。

前をゆく「武蔵」も同様だ。

第二部隊の四隻にも、四〇センチ砲弾が降り注いでいるが、今のところ直撃弾を受けた艦はないようだった。

水平線付近に新たな発射炎が閃いたとき、第二部隊の戦艦四隻が変針した。

先頭に立つ「日向」が艦首を右に振り、「伊勢」「陸奥」「長門」が続く。

第一部隊では、「比叡《ひえい》」が真っ先に艦首を振り、「霧島」「武蔵」「大和」が続く。

巡洋艦、駆逐艦も、戦艦に合わせて一〇五度に変針する。全主砲を撃てる態勢を維持しつつ、遠ざかる格好だ。

一足先に直進に戻った「長門」「陸奥」が新たな射弾を放ち、「大和」「武蔵」が続く。

左舷側に向けて巨大な火焔《かえん》がほとばしり、四六センチ砲三門の轟然《ごうぜん》たる砲声が他の音をかき消す。

発射の反動は、基準排水量六万四〇〇〇トンの鋼鉄製の艦体を震わせる。

主砲発射の反動は、至近弾落下の爆圧よりも強烈に感じられるほどだ。

「四六センチ砲戦艦を斃《たお》せる艦は、同じ四六センチ砲戦艦のみ」

「大和」の砲声と発射時の衝撃は、そのことを訴《うった》えているようだった。

「魚雷発射後の経過時間は？」

「六分二〇秒です」

「あと一四分か」

副官八塚清《やつかきよし》少佐の答を聞いて、五藤は呟いた。

五藤は出撃前の最終打ち合わせで、九三式六一センチ魚雷は射程距離を長めに取るため、雷速を四〇ノット（時速七四キロ）に調整するよう、各戦隊の司令官と主だった艦の艦長に命じた。
一、二水戦は、敵との距離二万五〇〇〇メートルで雷撃を敢行したから、敵に魚雷が到達するまで二〇分強だ。
計算上は、およそ一四分後に、駆逐艦群の魚雷が敵艦隊を襲うことになる。

それまでは、敵弾――特に戦艦の主砲弾に直撃されぬよう、間合《まあ》いを取るのだ。

敵の射弾が、轟音を上げて飛来する。

今度は、「大和」の至近距離に二発が落下し、突き上がる水柱が舷側《へだ》に当たって砕ける。

三万の距離を隔てての遠距離砲戦とあって、双方共に直撃弾を得られない状況が続いているが、敵も射撃精度を上げているようだ。

「各艦隊に命令。『右一斉回頭。回頭後ノ針路二五五度』！」

五藤は、また新たな変針命令を発した。

「面舵一杯。回頭後の針路、二五五度」

「面舵一杯。回頭後の針路、二五五度！」

森下艦長が茂木航海長に下令し、茂木が操舵室に指示を送る。

「大和」はしばしの直進の後、一八〇度反転する。

正面に見えていた「武蔵」以下の戦艦群が左に流れ、視界の外に消える。

一旦《いったん》直進に戻った巨艦が、今度は艦首を大きく左に振る。

敵艦隊から遠ざかる方向だ。

五藤は、敵に問いかけた。

「どうだ、米軍？　我が艦隊が、及《およ》び腰《ごし》になっているように見えるか？」


「何のつもりだ、奴らは？」

TF34と第七戦艦戦隊《BD7》の旗艦を兼任する「ミズーリ」の戦闘情報室《CIC》で、司令官ハワード・H・J・ベンソン少将は唸り声を発した。

日本艦隊の意図が分からない。

彼らの目的は、レイテ島に上陸した合衆国軍の撃滅《げきめつ》だ。そのためには、犠牲《ぎせい》を厭《いと》わずスリガオ海峡を突破しなければならない。

彼らは、その目的を忘れ去ったかのようだ。

陣形を変更し、TF34と同航戦の態勢を取った後は、スリガオ海峡の出口から、遠ざかる方向に動いている。

一斉回頭を繰り返すたび、日本艦隊は海峡の奥に向かって動き、TF34との距離が開いてゆく。

距離が遠いため、双方共に、なかなか直撃弾を得ることができない。

互いに、巨弾を海中に投げ込み合っているだけだ。

敵の指揮官は、このような戦い方で海峡を突破できると、本気で考えているのだろうか？

「敵が戦意を喪失《そうしつ》し、退却《たいきゃく》に移った、ということはないでしょうか？」

「退却するとしても、まず我が艦隊と砲火を交えるだろう。そこで大きな損害を受け、初めて海峡突破は不可能と判断するはずだ。及び腰の遠距離砲戦を交えただけで、退却に移るとは考え難《にく》い」

作戦参謀テレンス・ランドール中佐の意見を受け、参謀長ジョフリー・パイク大佐がかぶりを振った。

言葉を交わしている間にも、砲撃戦は続いている。

「ミズーリ」の長砲身四〇センチ主砲が火を噴き、重量一トンの巨弾を叩き出す。

巨砲の咆哮《ほうこう》と発射に伴う衝撃はＣＩＣにまで伝わり、艦を激しくわわなかせる。

「ミズーリ」の後方に位置する「ニュージャージー」――第三艦隊司令長官ウィリアム・ハルゼー大将の旗艦も、四隻のサウスダコタ級戦艦も同じだ。

一艦当たり九門の四〇センチ主砲を左舷側に向け、彼方《かなた》の日本艦隊に巨弾を放つ。

弾着の時刻になっても、「命中！」の報告はない。

戦艦六隻、五四発の四〇センチ砲弾は、海面を抉《えぐ》り、大量の海水を奔騰させるばかりだ。

「敵艦隊は、魚雷を放ったのでは？」

ランドールが新たな疑問を提起した。

ＢＤ７司令部では、日本艦隊は同航戦の態勢に入るため、陣形を変換したと判断したが、実際には雷撃のために変針したのではないか。

彼らが、一見《いっけん》古めかしい複横陣を作って進撃して来たのも、陣形変換を素早く行うためだったと考えれば説明がつく。

「それはあるまい」

ベンソンは、言下《げんか》に否定した。

日本海軍の魚雷は隠密性《おんみつせい》に優れている上、炸薬量《さくやくりょう》も多いが、彼らが陣形を変換したときの距離は、約二万七〇〇〇ヤードだ。魚雷が、これだけの長射程を持つとは考えられない。

三亜港《ポート・サンヤー》沖海戦（海南島《かいなんとう》沖海戦の米側公称）で、太平洋艦隊旗艦「ペンシルヴェニア」が轟沈《ごうちん》したときも、敵駆逐艦は距離を詰めて魚雷を放っている。

日本艦隊の指揮官が、何かを目論《もくろ》んでいるのは確かなようだが――。

「弾切れ狙いか？」

そのことに、ベンソンは思い至った。

このまま遠距離砲撃を継続すれば、BD7の戦艦六隻は、命中弾をほとんど得られぬまま、主砲弾を使い果たす恐れがある。

そこを日本艦隊に攻撃されれば、勝敗は歴然《れきぜん》としている。

「『クーガー』より『ベアーズ』、砲撃中止！」

ベンソンは、BD7の全戦艦に命令を送った。

「ニュージャージー」の第三艦隊司令部に許可を得るべきだが、時間が惜《お》しかった。

「射撃中止！」

「ミズーリ」艦長ウィリアム・M・キャラハン大佐が命じ、九門の主砲が沈黙《ちんもく》する。

敵よりも早く、友軍が反応した。

「どういうことだ、『クーガー』⁉」

隊内電話の受話器に、第三艦隊司令長官ウィリアム・ハルゼー大将の怒号《どごう》が響いた。受話器が壊れるのではないかと思わされるほどの声量だった。

「敵は、我が方の弾切れを狙っている可能性があります」

ベンソンは、落ち着いて答えた。

本来、TF34の指揮権はベンソンにある。

ハルゼーは第三艦隊全体の指揮官であり、艦隊砲戦に際しての戦術上の駆け引きは、ベンソンに一任《いちにん》されていたはずだ。

ベンソンは、日本艦隊がTF34から距離を置こうとしていることを告げ、

「このまま遠距離砲撃を続けるのは危険です」

と述べた。

「姑息《こそく》なジャップが考えそうなことだ」

ハルゼーは、馬鹿《ばか》にしたように鼻を鳴らした。

「奴らが来ないなら、こちらから仕掛けてはどうだ？　最大戦速で突撃するというのは？」

「海峡内では、我が方も動きを制限されます。海峡を封鎖《ふうさ》する形を崩すべきではありません。長官が考

案された、テルモピュレのメリットを確保するためにも」

「奴らがこのまま逃げ出したらどうする？」

「TF34の任務は、レイテ島に確保された橋頭堡《きょうとうほ》の防衛です。敵が逃げ出してしまえば、作戦目的は達成できます」

「……気に入らんな」

いかにも口惜《くちお》しい――ハルゼーの声からは、そんな感情が感じ取れた。艦隊砲戦での勝利という栄光を思い描いていたのかもしれない。

「いいだろう。様子を見る」

ハルゼーの返事を聞いて、ベンソンは安堵《あんど》の息をついた。

弾切れの戦艦で日本艦隊と戦う、などという最悪の事態は、これで免《まぬが》れたのだ。

ハルゼーは、一言《ひとこと》付け加えた。

「明日には、TF38が戻って来る。ジャップが逃げたら、機動部隊の艦上機で叩きのめすまでだ」

4

巨弾の応酬《おうしゅう》は、唐突に中断した。

スリガオ海峡の出口付近で、繰り返し閃いていた発射炎も、敵弾の飛翔音も消えた。

隊列の後方で、巡洋艦、駆逐艦の頭越しに、米艦隊に応戦していた「大和」以下の戦艦八隻も沈黙し、海峡に静寂《せいじゃく》が戻る。

雷鳴さながらの巨大な砲声は止み、戦艦群の周囲に巨大な水柱が奔騰することもない。

「砲術より艦長。敵距離三二〇《サンフタマル》（三万二〇〇〇メートル）！」

「青葉」の艦橋に、月形謙作砲術長の報告が届く。

この距離では、敵艦は小さな点にしか見えない。

敵から見た第二艦隊も、同様であろう。

「どうしたんでしょうね、敵は？」

「様子を見るつもりかもしれん」

穴水豊砲術参謀の問いに、桃園幹夫首席参謀は返答した。

米側から見れば、日本艦隊はスリガオ海峡出口の堅陣《けんじん》を突破できず、攻めあぐねているように見えるであろう。

日本艦隊がレイテ湾突入を断念し、引き上げてしまえばそれでよし。海峡突破を強行するようなら、砲火を集中して叩《たた》き潰《つぶ》す。

敵の指揮官はそのように考え、砲撃を中止したのではないか。

「真木《まき》上水、雷撃後の経過時間は？」

「一五分です」

山澄忠三郎「青葉」艦長の問いに、艦長付水兵の真木功一《こういち》上等水兵が答えた。

「そろそろ次の指示が――」

高間完司令官が呟いたとき、通信室に詰めている市川春之通信参謀が報告を上げた。

「旗艦より入電！『艦隊針路〇度。全軍突撃セヨ』であります！」

「来たか！」

高間は山澄と顔を見合わせ、頷《うなず》き合った。

敵をあしらうだけの動きは終わった。

五藤存知司令長官は、敵艦隊との距離を詰め、一気に勝負を付けるつもりなのだ。

第二艦隊の現針路は二五五度。

第二部隊の巡洋艦群では「青葉」が先頭に立ち、その後方に「加古」と第五戦隊の四隻が続いている。

「青葉」が六、五戦隊の先頭に立ち、後続艦を誘導しつつ突撃するのだ。

「六戦隊、針路〇度！」

「面舵一杯。針路〇度！」

高間が凛《りん》とした声で下令し、山澄が松尾慎吾航海長に命じる。

「面舵一杯。針路〇度！」

松尾が操舵室に命じ、「青葉」は若干の間を置いて、艦首を大きく右に振る。

右舷側では、二水戦が一足先に変針を終え、突撃を開始している。旗艦「矢矧」が先頭に立っての単縦陣ではなく、四列の複縦陣だ。

木村進《きむらすすむ》二水戦司令官は、敵の砲撃目標を分散させるため、各駆逐隊毎の突撃を選んだのだろう。

「青葉」が直進に戻った。

「六戦隊突撃せよ。最大戦速！」

「艦長より機関長、両舷前進全速！」

高間が新たな命令を発し、艦底部から伝わる鼓動が高まった。

機関が最大出力を発揮し、回頭に伴って低下した速力を取り戻しつつあるのだ。

「後部見張りより艦橋。『加古』、本艦に後続します。五戦隊、『羽黒《はぐろ》』より順次後続します！」

後部見張員が、後続艦の動きを伝えて来る。

左舷側を見ると、一水戦が突撃に移っており、第四、第八、第九戦隊も、重巡「鳥海」を先頭に突撃を開始している。


戦艦部隊は舵が利くまでに時間がかかるためだろう、まだ回頭を終えていない。

前方に、新たな発射炎が閃いた。

敵戦艦が、砲撃を再開したのだ。

「一六分経過」

真木上水が、雷撃後の経過時間を報告する。

第二艦隊より前方の海面下では、先に放った多数の九三式六一センチ魚雷が、敵艦隊目がけて突き進んでいるのだ。

「あと四分だな」

高間が呟いたとき、敵弾の飛翔音が前方上空から聞こえ始めた。

轟音は「青葉」の頭上を通過し、後方へと抜けた。

「この距離だ。当たるまい」

桃園が口中《こうちゅう》で呟いたとき、後方からおどろおどろしい炸裂音が届いた。

「後部見張りより艦橋。『日向』に直撃弾！」

切迫《せっぱく》した声で、報告が上げられた。

（やられたか）

桃園は、思わず呻《うめ》いた。

回頭中の艦は、正面から見れば静止しているように見える。

米戦艦は、「静止目標」となった「日向」に遠距離砲撃をかけ、直撃弾を与えたのだ。

「日向」は三五・六センチ砲弾に対応する防御力しか持たず、艦齢《かんれい》も古い。新鋭戦艦の四〇センチ砲弾に耐えられるとは思えない。

被弾が一発だけであっても、相当な打撃を受けたものと思われた。

日本側からの砲撃はない。

戦艦も、巡洋艦も、駆逐艦も応戦することなく、最大戦速で突き進んでいる。

「一七分経過」

真木が経過時間を報告したとき、米戦艦の新たな射弾が、轟音を上げて飛来した。飛翔音が「青葉」の頭上を抜け、後方から再び炸裂音が轟いた。

今度は、一度だけではない。炸裂音は、三回連続した。

「『伊勢』被弾。火災発生。『日向』大火災。行《い》き足《あし》止まりました！」

後部見張員が、半《なか》ば絶叫と化《か》した声で報告した。

「し、首席参謀！」

「落ち着け！」

怯《おび》えたような声を上げた穴水に、桃園は叱声《しっせい》を浴びせた。参謀が取り乱した姿を見せたら、若い士官や下士官、兵の士気に影響する。

「一八分経過」

真木が報告する。穴水などより、落ち着いた声だ。自分の任務に没頭《ぼっとう》しているため、全体の戦況や他艦の被害状況までは気が回らないのかもしれない。

新たな敵弾が、轟音と共に飛来する。

今度は、左舷後方と真後ろから炸裂音が届いた。

「『大和』が！」

「『伊勢』被弾！」

艦橋見張員が絶叫し、後部見張員も報告を上げた。

桃園は、咄嗟《とっさ》に「大和」を見た。

噴出する黒煙が、後方になびいている。

「一九分経過」

真木が報告した直後、

「旗艦より入電。『我、損害軽微。戦闘航行ニ支障ナシ』」

市川が、通信室から安堵したような声で報告した。

「よし、大丈夫だ」

高間が幕僚たちに向かって頷いた。

「大和」「武蔵」は世界最強だ。四〇センチ砲弾が一発や二発命中した程度で、航行不能になるわけがない――そう言いたげだった。

「『伊勢』速力低下。落伍《らくご》します！」

後部見張員が続報を送る。

（なんて威力《いりょく》だ）

腹の底で、桃園は呟いた。

「大和」は被弾に耐えたが、「伊勢」「日向」は耐えられなかった。

両艦への正確な命中弾数は不明だが、「日向」は航行不能に陥《おとしい》れられ、「伊勢」は航行困難な状態に陥《おちい》った。

両艦とも竣工《しゅんこう》から二五年以上が経過し、老朽化《ろうきゅうか》が進んでいたとはいえ、三五・六センチ砲弾に対する防御力を有していた戦艦だ。

それが瞬《また》く間に、航行能力を失ったのだ。

米新鋭戦艦が装備する四〇センチ主砲の破壊力を、あらためて思い知らされた。

「切《き》り札《ふだ》を失ったわけではない。主力の大部分は健在だ」

高間が声を励《はげ》ました。

帝国海軍最強の「大和」「武蔵」、それに次ぐ実力を持つ「長門」「陸奥」は、突撃を続けている。

「伊勢」「日向」の乗員には気の毒だが、損害はまだ許容範囲だ。

そんなことを言いたげだった。

敵弾は、なおも飛来する。今度は全弾が外れ、戦艦群の周囲に水柱を噴き上げるだけで終わる。

距離が詰まるほど命中率も上がるはずだが、相対距離の変化は同航戦よりも大きい。米軍も、射撃諸元の計算に苦心しているのかもしれない。

「そろそろ来るぞ」

高間が何かを期待するように言ったとき、新たな巨弾の飛翔音が前方から迫った。

のみならず、駆逐艦群の正面に、中口径砲によるものとおぼしき多数の水柱が奔騰した。

距離が縮まったため、敵の巡洋艦が砲撃に踏み切ったのだ。

第三一駆逐隊の司令駆逐艦「長波《ながなみ》」が真っ先に被弾し、黒煙を噴き上げながら落伍する。

二番艦「高波《たかなみ》」が続いて被弾し、二水戦旗艦の「矢矧」にも一発が命中する。

敵戦艦の巨弾は、天空から振り下ろされる巨大な鉄槌《てっつい》さながらだが、巡洋艦の射弾は、無数の小さなハンマーに乱打されるかのようだ。

敵弾が、第二艦隊の前方に障壁《しょうへき》を作っている。

「青葉」の正面至近にも、敵弾が落下し始めたとき、真木が待ちかねたように叫んだ。

「二〇分経過。時間です！」

5

このときTF34は、針路を九〇度に取っている。

日本艦隊への第一射を放ったときは、各戦隊の一番艦が先頭に立ち、二七〇度の針路を取っていたが、頃合《ころあ》いを見て一斉回頭を行い、反転したのだ。

隊列の最後尾に位置するBD7では、サウスダコタ級戦艦の「アラバマ」が先頭に立ち、旗艦「ミズーリ」が最後尾に位置している。

「ミズーリ」の艦橋からは、BD7の僚艦五隻とヒブソン島を視認できるが、ハワード・H・J・ベンソン司令官とその幕僚らはCICにこもり、レーダーマンから送られて来る報告を元に、砲戦の指揮を執《と》っていた。

　序盤の遠距離砲戦では空振《からぶ》りを繰り返し、多数の四〇センチ砲弾を捨てる羽目になったが、今や日本艦隊は、全艦が突撃に移っている。

　ＴＦ34から見れば、敵が自ら砲弾の真下に飛び込んで来たことになる。

「我が艦隊の射撃術を甘く見たか、それとも『ヤマト』『ムサシ』の防御力によほどの自信があるのかもしれませんな」

「それが見込《みこ》み違いだったと、奴らはすぐ思い知ることになる」

　テレンス・ランドール作戦参謀の言葉に、ジョフリー・パイク参謀長が笑って応《こた》えた。

　日本艦隊の戦艦八隻のうち、伊勢型《イセ・タイプ》の戦艦二隻は既に被弾、落伍しており、「ヤマト」「ムサシ」も火災を起こしている。

　スリガオ海峡をテルモピュレの隘路《あいろ》に見立てたハルゼー提督《ていとく》の作戦は、成功しつつあるのだ。

「ＴＦ34がいる限り、貴様らは永久にスリガオ海峡を突破できぬ。一艦たりとも、一兵たりとも！」

　ベンソンが日本艦隊に呼びかけた直後、思いがけない報告が飛び込んだ。

「艦橋よりＣＩＣ。ヒブソン島南岸で爆発！」

「どういうことだ？」

　不審《ふしん》の声を上げたベンソンに、パイクが答えた。

「『アラバマ』を狙った敵弾が外れて、ヒブソン島に落下したのでは？」

「ＣＩＣより艦橋。敵戦艦の発射炎は観測されたか？」

　ウィリアム・Ｍ・キャラハン艦長の問いに、

「観測されていません」

　航海長ミッキー・ジャクソン中佐が返答した直後、

「『ヘインズワース』被雷！」

　最初の悲報が飛び込んだ。

「ヘインズワース」は、新鋭駆逐艦アレン・Ｍ・サムナー級の一艦だ。他の駆逐艦と共に、最前列で守りを固めている。

「被雷だと⁉」

ベンソンは、驚愕《きょうがく》の叫びを上げた。

何が起きたのかを、ベンソンは理解した。

テレンス・ランドール作戦参謀の具申《ぐしん》が正しかった。日本艦隊は、雷撃を敢行していたのだ。

「『クーガー』より全艦！　一八〇度に変針、急げ！魚雷が来る！」

ベンソンは全艦に下令した。

事態は急を要する。当面は、危機を回避するのが先決《せんけつ》だ。

「面舵一杯。針路一八〇度！」

「面舵一杯。針路一八〇度。了解！」

キャラハン艦長の命令に、ジャクソン航海長が即座に復唱を返す。

操舵室には、即座に転舵が下令されたであろうが、「ミズーリ」は全長二七〇・四メートル、全幅三三メートル、基準排水量四万八五〇〇トンの巨艦だ。舵が利くまでには、時間がかかる。

「『イングリッシュ』被雷！」

「『ハーラン・R・ディクスン』被雷！」

「『コンプトン』被雷。行き足止まりました！」

舵の利きを待つ間にも、次々と味方艦の被害状況報告が飛び込んで来る。

いずれも、アレン・M・サムナー級だ。

同級は新型だが、水線下の防御力は従来の駆逐艦と大差はない。

もともと防御装甲はなきに等しく、「ブリキ缶」と揶揄《やゆ》されることもある艦種なのだ。

「『ジャガー』より全艦。『クーガー』の命令は取り消しだ。現隊形を維持し、砲撃を続行せよ！」

唐突に、新たな命令が届いた。

特徴的なだみ声であり、声の主は、誰もがすぐに思い浮かべられる。第三艦隊司令長官ウィリアム・ハルゼー大将の命令だった。

「長官、いけません！」

「いけないのは貴官だ。駆逐艦が三隻や四隻やられたからといって、何を恐れることがある！」

隊内電話で抗議したベンソンに、ハルゼーは先の命令に倍する大声で叫んだ。

ハルゼーに断《ことわ》りなく、全艦に変針を命じたことに、これ以上はないほど腹を立てている様子だ。

回頭すれば、直進に戻るまで敵を攻撃できない。直進に戻っても、主砲は前部のものしか使えない。

海峡の出口でT字を描くという必勝の陣形を、捨てることになるのだ。

「お分かりになりませんか。敵は、雷撃を敢行したのです。回避行動を取らなければ、TF34は致命的な被害を受けます！」

ベンソンは、早口でまくし立てた。

その間にも、

「『ジョン・ロジャーズ』『マッキー』被雷！」

と、被害状況報告が飛び込む。

炸裂音も、微《かす》かに伝わって来る。被雷した駆逐艦が、誘爆《ゆうばく》による大爆発を起こしたのかもしれない。

「遠距離雷撃など、ろくに当たるものか。及び腰の攻撃に怯えて、ジャップを撃滅できる好機《こうき》を逃がすつもりか」

「遠距離雷撃など当たらないとおっしゃいますが、現に六隻もの駆逐艦が――」

ベンソンの声は、

「『トウィッグス』『アボット』被雷！」

「駆逐艦、隊列乱れます！」

二つの報告によって遮《さえぎ》られた。

ベンソンの命令に従って転舵した艦と、ハルゼーの命令に従った艦の両方があり、混乱に陥っているようだ。

「艦長より航海。先の命令は取り消し。針路九〇度を維持せよ！」

キャラハン艦長も、ジャクソン航海長に命じている。とりあえず、最上級者たるハルゼーの命令に従うと決めたのだろう。

「これではジャップの思う壺《つぼ》だ！」

ベンソンは、はっきり声に出して叫んだ。

相手が二階級上であることも、合衆国海軍きっての猛将であることも、脳裏から消し飛んでいた。

「このままでは、隊列が混乱するばかりです。ポート・サンヤー沖海戦の二《に》の舞《まい》となりかねません。先の命令を撤回《てっかい》し、雷撃の回避を——」

そこまで言ったところで、電話が切られた。

ベンソンは、今一度《いまいちど》ハルゼーを呼び出したが、応答はない。

「ベンソンからの電話は取り次ぐな」

と、ハルゼーが命じたようだった。

ベンソンがハルゼーとやり取りをしている間にも、被害艦は相次《あいつ》いでいる。

フレッチャー級駆逐艦の「ハラデン」が、被雷直後に誘爆・轟沈し、同じフレッチャー級の「ベル」が艦首を食いちぎられる。

艦首水線下を破壊され、瞬時に動きを停止した「ベル」の艦尾に、アレン・M・サムナー級の「オブライエン」が突っ込む。

けたたましい音を立てて「オブライエン」が停止し、「ベル」の艦尾から、乗員たちの怒号や罵声《ばせい》が飛ぶ。

その声が、ほどなく悲鳴や絶叫に変わる。

「オブライエン」に追突された「ベル」は、艦首からの浸水《しんすい》が一挙《いっきょ》に拡大し、前に大きくのめった状態で沈み始めたのだ。

艦の傾斜に伴って、急坂《きゅうはん》と化した甲板上を「ベル」の乗組員が転がり、海面に転落する。

「面舵一杯。針路一八〇度！」

駆逐艦群と戦艦六隻の間に布陣していた六隻の巡洋艦の艦上に、艦長の命令が飛ぶ。

ハルゼーは隊形の維持と砲撃の続行を命じたが、六人の艦長は、魚雷をかわし、部下を生き延びさせることを優先したのだ。

命令を出すのが遅すぎたと彼らが悟るまでに、さほどの時間は必要としなかった。

巡洋艦群の最後尾に位置していた重巡「ニューオーリンズ」の舵が利き始めた直後、艦首に大量の飛沫が上がった。

飛沫は次の瞬間、巨大な水柱に変わり、「ニューオーリンズ」の艦橋は元より、メインマストをも大きく超えて伸び上がった。

艦長以下の「ニューオーリンズ」乗員は、一旦右に回頭しかけた艦が、強引《ごういん》に左に引き戻されたように感じた。

魚雷は、「ニューオーリンズ」が右に艦首を振り始めた瞬間、右舷艦首水線下に命中したため、カウンターパンチのような衝撃を艦に与えたのだ。

「ニューオーリンズ」の前方では、巡洋艦六隻の中央に位置していたブルックリン級軽巡の「セントルイス」が艦橋の直下《ちょっか》に、「フィラデルフィア」が第二煙突《えんとつ》と後部指揮所の間に、それぞれ被雷している。

「セントルイス」の艦橋が、奔騰する水柱に隠れた直後、被雷箇所付近から大量の黒煙と水蒸気が噴出し始め、艦の速力がみるみる衰《おとろ》え始めた。

くぐもったような炸裂音と共に、艦が見えざる手に揺さぶられているように激しく震え、周囲に黒い重油が広がり始めた。

「フィラデルフィア」も、「セントルイス」と同様の状態に陥っている。

缶室四基の破壊による機関出力の低下と大量の浸水により、速力が急減したのだ。

「なんてことだ。いったい、なんてことだ！」

ベンソンは、天を振り仰《あお》いでいる。

「ヘインズワース」の被雷を皮切りに、駆逐艦一〇隻、巡洋艦三隻が水線下を抉られ、戦闘力を失った。

いや、「ベル」に追突した「オブライエン」も含めれば、駆逐艦の被害は一一隻だ。

ＴＦ34はごく短時間のうちに、巡洋艦の半数と駆逐艦の三分の一を戦列からもぎ取られたのだ。

合衆国海軍の水上砲戦部隊がこれほどの被害を受けるのは、三年前のフィリピン遠征以来だ。

何よりも信じ難《がた》いのは、日本艦隊の雷撃が、二万七五〇〇ヤードという遠距離からの発射であるにも関わらず、多数の命中魚雷を得ていることだ。

彼らは、いったいどのような手を使ったのか。彼らの盟邦《めいほう》ドイツは、音響ホーミング魚雷の実用化に成功したとの情報が、大西洋艦隊より伝えられているが、日本はホーミングの技術供与《きょうよ》を受けたのか。

回避命令を出そうにも、TF34の指揮権はハルゼーに取り上げられた格好だ。

六隻の巡洋艦は、艦長の独自判断で回避行動を取ったが、戦艦六隻は九〇度の針路を保ったまま、砲撃を続けている。

「通信、もう一度『ジャガー』を呼び出してくれ。ハルゼー提督に翻意《ほんい》を――」

ベンソンが通信室を呼び出したとき、艦橋から恐れていた報告が飛び込んだ。

「『インディアナ』被雷！　続いて『マサチューセッツ』被雷！」

「……！」

ベンソンは、声にならない叫び声を上げた。

戦艦の防御力は、巡洋艦以下の艦とは比較にならない。

特に、被雷した二隻の戦艦は、防御力に重点が置かれており、魚雷一本程度で沈むことはない。ポート・サンヤー沖海戦で轟沈した、当時の太平洋艦隊旗艦「ペンシルヴェニア」とは違うのだ。

とはいえ、水線下に破孔を穿《うが》たれたら、速力の低下は避けられない。艦の傾斜に伴い、砲撃の命中精度も低下する。

「ハルゼー提督が出られました。今、おつなぎします！」

通信長スコット・モリス中佐が、ベンソンに報告した。

「ハルゼーだ」

聞き覚えのある、ハルゼーのだみ声が流れ出した。

声には、どこか張りがない。「合衆国海軍きっての猛将」には、ほど遠い印象だ。

ＴＦ34の指揮権を奪った挙げ句《あく》、判断を誤ったことで、重大な事態を招いてしまった――そう自覚しているのかもしれない。

「全艦に回避を命じます。よろしいですね？」

「分かった。ＴＦ34の指揮権を返す。以後は何があっても――」

力を失ったハルゼーの声は、唐突に中断された。

受話器の向こうから炸裂音が二度連続して伝わり、

「ミズーリ」の艦橋からＣＩＣに報告が上げられた。

「『ニュージャージー』被雷！　二本命中！」

6

戦艦「大和」艦上の第二艦隊司令部には、一、二水戦の旗艦や、突撃命令と同時に発進させた観測機から、次々と報告がもたらされていた。

「敵駆逐艦一〇隻ニ魚雷命中。敵ノ隊列ハ混乱セリ」

「敵巡洋艦三隻ニ魚雷命中。残存セル巡洋艦三隻」

「敵戦艦二、三番艦ニ魚雷命中一」

「敵戦艦五番艦ニ魚雷命中二」

通信参謀森卓二《もりたくじ》少佐が報告を上げるたび、「大和」の艦橋に歓声が上がる。

森下信衛艦長は、高声令達器《こうせいれいたつき》で乗員に戦果を報せ、士気の鼓舞《こぶ》に努める。

「大和」だけではない。

後続する姉妹艦「武蔵」でも、第一戦隊の「長門」「陸奥」でも、第三戦隊の「霧島」「比叡」でも、司令官や首席参謀、各艦の艦長らが、喜びの声を上げ、乗員に朗報《ろうほう》を告げている。

スリガオ海峡の出口に敵影を認めてからおよそ三〇分、第二艦隊の動きは消極的だった。米艦隊との間に距離を置き、いかにも攻めあぐねているように見せた。

巡洋艦、駆逐艦が発射した合計四二〇本の魚雷が米艦隊に到達するまで、ひたすら待ち続けたのだ。

その成果がはっきりした。

海峡出口を塞いでいた米艦隊の戦力は半減し、隊列は大混乱に陥っている。

「長官、雷撃成功です！」

「うむ！」

岩淵三次参謀長の言葉に、五藤は大きく頷いた。

水雷出身の五藤にとり、一世一代《いっせいちだい》の大勝負だったが、賭《か》けは図に当たったのだ。

「米艦隊は、スリガオ海峡の出口で待ち構えていると予想される。丁字《ていじ》を描き、海峡から出て来る我が艦隊を、先頭艦から順に屠《ほふ》ることを考えているだろう。我が方は、遠距離雷撃によってそれに対抗する。雷撃距離は二五〇《フタゴマル》。駆逐艦は、雷撃一回のみ。巡洋艦は、右舷側の発射管から雷撃を敢行した後、左に一斉回頭し、左舷側の発射管から二度目の雷撃を行うものとする」

五藤がこの計画を明かしたとき、一、二水戦の司令官や巡洋艦の艦長、駆逐隊の司令から、反対する声が上がった。

「理論上は可能ですが、砲撃であれ、雷撃であれ、距離が遠くなるほど命中率が下がるのは自明《じめい》です。失敗すれば、四二〇本もの魚雷を捨てることになります」

二水戦司令官木村進少将は強い語調で主張し、一水戦司令官秋山輝男《あきやまてるお》少将も、

「肉を切らせて骨を断つことも必要です。損害を覚《かく》悟《ご》の上で間合いを詰め、必中《ひっちゅう》を期すべきです」

と、詰め寄らんばかりの態度で迫った。

「長官は水雷戦の雄《ゆう》と聞いていたが、見損《みそこ》なった」

そう言いたげな、軽蔑《けいべつ》の視線を向ける者もいた。

だが、五藤には成算があった。

米艦隊は、日本艦隊を一隻たりとも脱出させないため、ヒブソン島とサン・パブロ島を結んだ線上か、

その近傍《きんぼう》に布陣すると想定される。

当然、全主砲を有効に使用するため、丁字を描いて来るであろう。

そこで二艦隊指揮下の巡洋艦、駆逐艦は、ヒブソン島とサン・パブロ島の間に極力偏《かたよ》りが生じないよう、四二〇本の魚雷を発射するのだ。

両島の間は約二〇浬《カイリ》、メートル換算で三万七〇〇〇メートルと見積《みつ》もられるため、平均して、八八メートルに一本の魚雷が通過することになる。

米軍艦の全長は、駆逐艦であっても一〇〇メートルを超えるから、命中確率はかなりの高率になるはずだ。

五藤は、敵の戦術を逆用し、一斉雷撃による敵艦隊の撃滅を狙ったのだ。

実際には、全巡洋艦、駆逐艦が偏りなく魚雷を発射するのは難しい。

二万五〇〇〇メートルの距離を航走する間に、海流の影響を受け、魚雷の針路がずれる可能性もある。

事実、命中魚雷は四二〇本中の一七本。命中率は四パーセントに過ぎない。

それでも、二万五〇〇〇メートルの遠距離雷撃としては、破格《はかく》の好成績と言っていい。

しかも、その一七本は敵の戦力を半減させただけではなく、隊列を大混乱に陥れたのだ。

今を措《お》いて、海峡突破の好機はない。敵の残存艦を一掃し、レイテ湾に突入するのだ。

五藤は、艦橋の中央に仁王《におう》立《だ》ちとなり、先陣を切って突進する駆逐艦群、その後方に位置する巡洋艦群と、海峡の出口付近で右往《うおう》左往《さおう》する敵艦隊を交互に見つめた。

前方に、発射炎が閃いた。わだかまる黒煙が大きく乱れた。

「敵艦、反撃して来ます！」

艦橋トップの射撃指揮所から、報告を送ってくる。

米艦隊は、まだ戦艦、巡洋艦各三隻、駆逐艦十数隻が健在だ。それらが、個別に射弾を放ったのだ。

「こちらも撃て！」

五藤は、大音声で命じた。命令というより、けしかけるような声だった。

「艦長より砲術。目標の選定と発砲の時機判断は任せる。健在な敵戦艦のうち、最も照準を付けやすい艦を狙え」

「敵戦艦の六番艦を狙います」

森下の命令に、能村次郎砲術長が即答した。雷撃の成功を確認した時点で、目標を狙い定めていたのかもしれない。

主砲の発射を告げるブザーが鳴った。

三度繰り返された直後、前甲板にめくるめく閃光が走り、巨大な砲声が轟いた。

発射したのは、第一、第二砲塔の一番砲のみだ。

それでも、発射に伴う反動と轟音は、それだけで艦が壊れるのではないか、と思わされるほどの衝撃があった。

後方からも砲声が届き、

「『武蔵』撃ち方始めました。『霧島』『比叡』撃ち方始めました」

「『長門』『陸奥』、撃ち方始めました」

後部指揮所と艦橋見張員が、僚艦の動きを報せる。

戦艦部隊の前方を行く巡洋艦の艦上にも砲煙が湧き出し、後方に流れている。健在な三隻の敵巡洋艦に、射弾を浴びせているのだ。

軽巡、防巡と駆逐艦は、まだ主砲の射程内に敵艦を捉えていないのか、沈黙していた。

敵弾が大気を裂いて飛来し、「大和」の右舷側海面に落下する。

二発が至近距離に落下し、第一砲塔や艦橋の右脇に、山と見紛《みまが》うばかりの巨大な水柱を噴き上げる。

爆圧は、艦橋にまで伝わって来る。

基準排水量は六万四〇〇〇トンに達し、四六センチ砲弾に対する防御力を持つ鋼鉄製の巨体も、水中爆発の衝撃を完全に食い止められるわけではない。

「大和」の主砲が、新たな射弾を放つ。

今度は中央の二番砲が、砲口から巨大な火焔を噴き出し、二発の巨弾を叩き出す。

「参謀長、敵は針路を九〇度に取っています。敵の後方より、海峡を突破してはいかがでしょうか？」

「長官！」

首席参謀山本祐二《やまもとゆうじ》大佐の具申を受け、岩淵が五藤に声をかけた。

「艦隊針路三一五度！」

「全艦、主砲右砲戦！　各艦、直進に戻り次第砲撃開始」

五藤は岩淵に頷いて見せ、二つの命令を発した。

北西に変針し、敵艦隊とサン・パブロ島の間を抜けるのだ。

敵艦隊との角度は四五度になるから、後部の主砲も使用可能となる。

「大和」の通信室から、五藤の命令が全艦に飛ぶ。

「取舵一杯。針路三一五度」

「取舵一杯。針路三一五度！」

森下が下令し、茂木史郎航海長が操舵室に伝える。

隊列の前方をゆく駆逐艦が、真っ先に左に変針し、巡洋艦群がそれに続く。

第二艦隊そのものが巨大な楔《くさび》となり、スリガオ海峡の出口にできた隙間《すきま》を、強引にこじ開けてゆく格好だ。

駆逐艦、巡洋艦に、敵艦隊が射弾を浴びせる。

各艦の周囲に多数の水柱が奔騰し、被弾した艦の艦上に爆炎が躍る。

「二水戦の駆逐艦、二隻……いや三隻被弾！」

「『妙高』『那智』被弾！」

艦橋見張員が報告を上げる。

日本側も、順次砲撃を再開する。

第一部隊に所属する重巡四隻が、二〇・三センチ主砲を放ち、二隻の重雷装艦「北上」「大井」も、右舷側に指向可能な一四センチ単装砲三基を振り立て、砲撃を開始する。

重雷装艦は、雷撃に特化した艦であり、魚雷を撃ち尽くした時点で役割はほぼ終わっているが、第九戦隊司令官の佐藤康夫《さとうやすお》少将は、最後まで戦友と行動をともにするつもりなのだ。

ほどなく、舵が利き始めた。

「大和」の艦首が大きく左に振られ、正面に見えていた敵艦隊が右に流れた。

第一、第二砲塔は、艦の向きとは逆に右に旋回し、内径四六センチの太く巨大な砲身が俯仰《ふぎょう》する。

敵弾が、轟音を上げて降って来た。

「大和」の左右両舷に、多数の水柱が奔騰し、艦橋の左後方から衝撃と炸裂音が伝わった。

艦底部から突き上がる爆圧は、これまでで最も大きい。

敵弾のほとんどが、至近弾となったのだ。

「喰らったか！」

五藤は唸り声を上げた。

回頭中の艦は、速力が著《いちじる》しく低下するため、敵にとっては格好の射撃目標になる。

敵戦艦の指揮官は、「大和」以下の戦艦群が回頭すると見越《みこ》して射弾を放ったのだ。

「副長より艦長。高角砲四基損傷！」

「後部見張りより艦橋。『武蔵』被弾！」

二つの報告が、前後して上げられる。

被害箇所は、対空火器に留まったようだ。当面、敵艦との砲戦に支障はない。

敵戦艦の艦上に、新たな発射炎が閃く。

「艦長より砲術。砲撃再開！」

「砲撃始めます！」

能村砲術長が、即座に復唱を返す。

右舷側に向けて、巨大な火焔がほとばしり、前後から届いた砲声が艦橋を包み込む。

変針によって敵を射界に捉えた第三砲塔が、砲撃に加わったのだ。

敵弾が、先に落下する。

「大和」の頭上を轟音が圧し、直撃弾の衝撃、至近弾の爆圧が、艦を上下から打ちのめす。

「副長より艦長。後甲板に被弾！」

「『武蔵』に一発命中！」

新たな被害状況報告が飛び込む。

「大和」「武蔵」の主砲弾も着弾する。

奔騰する水柱が、しばし敵艦の姿を隠すが、直撃弾炸裂の閃光はない。

命中しさえすれば、圧倒的な破壊力を発揮する四六センチ主砲は、空振りを繰り返している。

「まずいな、こいつは」

岩淵の呟きが五藤の耳に届いた。

敵戦艦は、既に「大和」「武蔵」に直撃弾を得ているが、「大和」「武蔵」は直撃弾がない。このままでは一方的に打ちのめされ、雷撃の成功で得た優位を覆《くつがえ》されてしまう。

「砲術より艦橋。敵艦、順次回頭！」

不意に、射撃指揮所から報告が上げられた。

敵の指揮官は、日本艦隊の動きを見て、このままでは海峡を突破されるとの危機感を抱いたようだ。

森下が、慌《あわ》ただしく射撃指揮所に命じた。

「主砲、一斉撃ち方。回頭中の敵艦を狙え！」

TF34各艦に回頭を命じたのは、ハワード・H・J・ベンソン司令官だった。

回頭に伴う危険性——速力の大幅な低下や、被弾確率の増大は、無論《むろん》理解している。

だが、日本艦隊の変針に伴い、TF34は敵艦隊と反航する態勢になっている。

このままでは、敵が海峡の出口を突破し、レイテ湾に突入する。

輸送船団やタクロバンに上陸した陸軍部隊、ひいてはフィリピン奪回の総指揮を執るダグラス・マッカーサー大将の身が、重大な危険にさらされる。

危険を冒《おか》してでも変針し、日本艦隊の頭を塞ぐ必要があったのだ。

「各駆逐隊、順次回頭します。『サンフランシスコ』

『モービル』『デトロイト』回頭します！」

ＳＧ対水上レーダーを担当するレーダーマンが、各艦の動きを報告する。

「サンフランシスコ」は一〇年前に竣工したニューオーリンズ級重巡、「モービル」「デトロイト」は昨年から今年にかけて竣工したクリーブランド級軽巡だ。「デトロイト」は、サン・フェルナンド沖海戦（ルソン島沖海戦の米側公称）で沈んだオマハ級軽巡の艦名を継いでいる。

「『サンフランシスコ』に敵弾集中！　火災発生！『モービル』『デトロイト』にも直撃弾！」

今度は、艦橋から報告が上げられた。

ベンソンは、血が滲《にじ》むほど強く唇《くちびる》を噛《か》みしめた。危惧《きぐ》していたことが現実になった。日本軍は、回頭中に生じる弱点を衝いて来たのだ。

「敵は、我が方に回頭を強《し》いたのかもしれません」

ジョフリー・パイク参謀長が、苦々《にがにが》しげに言った。

ＴＦ34の任務は、敵艦隊のレイテ湾突入阻止《そし》だ。敵がＴＦ34の後方をすり抜けようとした場合には、回頭して頭を抑《おさ》えなければならない。

日本艦隊の指揮官はその弱みを衝くべく、ＴＦ34の後方を抜けようとしたのではないか。

「奴らを行かせるわけにはいかん。一隻たりとも、海峡から出すわけには――」

ベンソンが言いかけたとき、「ミズーリ」が大きく動いた。

舵が利き、艦が回頭を始めたのだ。

「『サウスダコタ』『アラバマ』回頭します」

レーダーマンが、僚艦の動きを報告する。

「見ていろ、ジャップ。『ミズーリ』をぶつけてでも止めてやる」

ベンソンは日本艦隊――特に、日本軍最強の戦艦「ヤマト」に心中《しんちゅう》で呼びかけた。

三年前、ポート・サンヤー沖海戦で、ベンソンの乗艦「ワシントン」は、イギリス東洋艦隊旗艦「プリンス・オブ・ウェールズ」に衝突しそうになった。

あのときは過失だったが、今度は本気で「ヤマト」にぶつかってやる。

そこまで、ベンソンは覚悟を決めていたが――。

「敵弾、来ます！」

不意に、艦橋から報告が飛び込んだ。

ベンソンが両目を大きく見開いたとき、生涯で初めて経験する凄《すさ》まじい衝撃が「ミズーリ」を襲った。

途方《とほう》もなく巨大なハンマーを真上から振り下ろされたような衝撃が、後部と前部から一度ずつ伝わり、次いで真下から、新たな衝撃が突き上がった。基準排水量四万八五〇〇トン、合衆国軍艦の中では最も重いアイオワ級戦艦の艦体が、空中に持ち上げられたようだった。

「第三砲塔、艦首甲板に直撃弾。第三砲塔大破。弾火薬庫に注水します！」

ダメージ・コントロール・チームのチーフを務めるマックス・ウェイヴ中佐が報告を上げた。

「何だ、この衝撃は……」

しばし呆然《ぼうぜん》として、ベンソンは呟いている。

太平洋艦隊の情報部は、「ヤマト」「ムサシ」の主砲が「特《スペシャル》 四〇センチ砲」であると報告している。

ベンソンは、おそらくアイオワ級戦艦が装備しているものと同様の、長砲身四〇センチ砲であろうと考えていた。

だが、たった今「ミズーリ」を襲った衝撃は、四〇センチ砲弾によるものとは思えない。

「ヤマト」「ムサシ」は、より口径の大きな砲を装備しているのではないか。

被弾し、傷つきながらも、「ミズーリ」は回頭を続けている。

直進に戻るや、艦が加速する。

敵の新たな射弾が、轟音を上げて落下した。

直撃弾の衝撃が真上から、至近弾の爆圧が真下から、「ミズーリ」を挟撃《きょうげき》した。

鋼鉄製の巨体が激しく震え、金属的な叫喚《きょうかん》が届き、CICの照明が明滅する。

衝撃が収まったとき、ベンソンは艦の異変に気づいた。

艦首が、右に振られているのだ。

「艦橋よりCIC。舵機室損傷。操舵不能です！」

航海長ミッキー・ジャクソン中佐が、報告を送る。

「構わん。砲撃を再開しろ！」

顔面が蒼白《そうはく》になったウィリアム・M・キャラハン「ミズーリ」艦長に、ベンソンは命じた。

「ミズーリ」は操舵不能となり、同じ場所で旋回することしかできなくなったが、前部の主砲六門は健在だ。一門でも発射可能な主砲が残っている限り、戦闘を続けるのだ。

「主砲、撃て！」

キャラハンが、射撃指揮所に下令した。

「ミズーリ」が第一、第二砲塔の六門を発射するより早く、次の敵弾が轟音を上げて飛来した。

直撃弾の衝撃は一度だけだったが、左舷側から突き上げるような衝撃が襲い、「ミズーリ」は右舷側に仰《の》け反《ぞ》った。

「艦首甲板、左舷水線下に被弾！」

「水線下だと？」

ベンソンは、半ば反射的に問い返した。

魚雷ではないのか、と言いかけたとき、「ミズーリ」の主砲が咆哮し、傷つけられた艦体が、反動を受けて震えた。

第三砲塔を破壊され、使用可能な砲が六門に減っているためだろう、砲声の音量も、発射に伴う反動も、戦闘開始時に比べて小さい。

だが、「ミズーリ」はまだ戦っている。

「ミズーリ」だけではない。「サウスダコタ」「アラバマ」の二隻も、九門の四〇センチ砲を撃ち続けている。

状況は極めて不利だが、決着がついたわけではない。一パーセントでも希望が残っているなら戦い続けるのが、合衆国軍人の責務だ。

砲撃の結果が知らされるより早く、敵の射弾が落

アメリカ海軍 アイオワ級戦艦「ミズーリ」

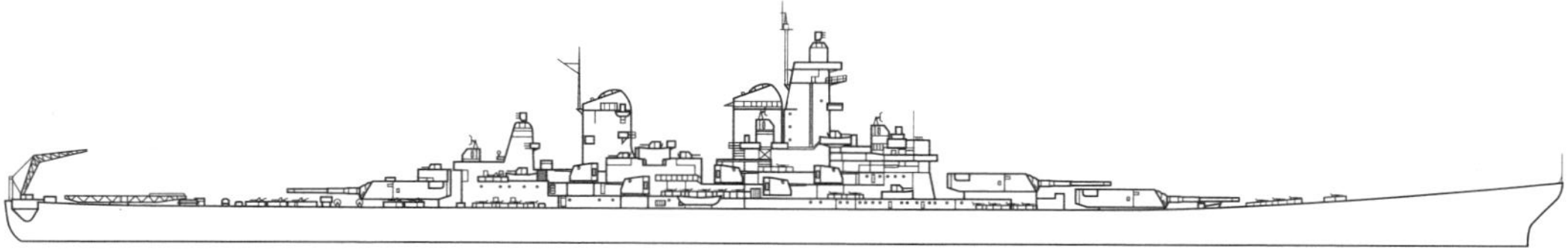

全長	270.4m
最大幅	33.0m
基準排水量	48,500トン
主機	ギヤードタービン　4基／4軸
出力	212,000馬力
速力	33.0ノット
兵装	40cm 50口径 3連装砲 3基 9門
	12.7cm 38口径 連装両用砲 10基 20門
	40mm 4連装機銃 20基
	20mm 単装機銃 49丁
乗員数	2,978名
同型艦	アイオワ(戦没)、ニュージャージー、ウィスコンシン

アメリカ海軍の最新鋭戦艦、アイオワ級の三番艦。

高速力を得るため、船体縦横比は9：1と細長くなっているが、スクリューの背後に舵を配置し、良好な運動性能を確保している。

主砲は新開発の軽量長砲身タイプで砲口初速は前級に比較して秒速60メートル以上大きくなっている。これにより射程が5,000メートル近く延びたほか、砲撃精度も向上している。

副砲として前級同様、対空、対水上、いずれの目標にも有効な12.7センチ両用砲を搭載している。これらはレーダーを備えた射撃管制装置で制御されており、高い命中率を誇る。

防御装甲も対40センチ砲対応として十分な抗堪性を確保しているほか、あらゆる面で冗長性を重視した設計を施すなど、きわめて打たれ強い戦艦として完成している。

すでに戦場の主役は航空機に移ったとも言われるが、艦砲射撃の圧倒的破壊力は今なお有用であり、日本の戦艦部隊の強敵と言えよう。

下した。

直撃弾は後部を襲い、衝撃が艦を刺《さ》し貫《つらぬ》いた。艦尾に被弾したためだろう、艦が後方に大きく仰け反ったように感じられた。

「一、二番推進軸損傷。艦尾艦底部より浸水！」

ウェイヴが報告を上げる。

推進軸の半分を失っては、速力の低下は避けられない。「ミズーリ」は操舵力に続いて、推進力にも深刻な打撃を受けたのだ。

「本艦の足ばかりを狙って……！」

キャラハンの呻き声がベンソンの耳に届いた。

敵艦は、意図的に「ミズーリ」の舵機室や推進軸を狙ったわけではない。艦の特定の部位を狙い撃ちするなど、世界のどの海軍にも不可能だ。

航行能力に深刻な打撃を受けたのは、あくまで偶《ぐう》然《ぜん》の産物だ。

それでも、艦尾に被弾が集中したことには、悪意の存在を感じないではいられなかったであろう。


「砲術よりCIC。先の射弾は全弾遠！」

このときになって、射撃指揮所から報告が届いた。

「ミズーリ」は、舵機室を破壊されただけではない。左舷水線下に被弾し、浸水が発生している。この状態では、正確な砲撃など望むべくもない。

射撃指揮所の報告は、その現実をはっきりと伝えていた。

「ミズーリ」は、なお砲撃を続けた。

前部六門の主砲は三〇秒置きに咆哮し、六発ずつの巨弾を発射し続けた。

もはや直撃弾も、至近弾も得られず、射弾は目標から大きく外れた海面に落下するばかりだったが、戦う意志が存在していると証明するかのように、砲撃を繰り返した。

敵一番艦も、砲撃を繰り返している。

斉射の度、一発ないし二発が直撃し、爆圧が艦底部を突き上げる。

艦中央部の主要防御区画には巨大な破孔が穿たれ、

左舷水線下や艦尾からの浸水は拡大しつつあるが、砲撃は止まない。

「ミズーリ」が砲撃を続ける限り、敵艦もまた砲撃を止めるつもりはないようだった。

（三年前よりはましだ）

「ミズーリ」が助からないことを悟りつつ、ベンソンは三年前のフィリピン遠征を思い出している。

当時、ベンソンが艦長を務めていた新鋭戦艦「ワシントン」は、日本艦隊との砲戦で大きく損傷した後、飛行機に止《とど》めを刺された。

だが、今回は異なる。

合衆国の最新鋭戦艦に相応《ふさわ》しく、砲撃戦によって最期《さいご》を迎えることができるのだ。

三年前、自分が生き延びたのは、このような戦いをするためだったのかもしれない。

敵弾の炸裂音や「ミズーリ」が残骸と変わってゆく音を聞きながら、ベンソンはある種の満足感を覚えていた。


「ミズーリ」の姉妹艦「ニュージャージー」にも、日本戦艦の巨弾が降り注いでいる。

「ニュージャージー」「インディアナ」「マサチューセッツ」の三隻が被雷した後、日本戦艦六隻は、健在な「ミズーリ」「サウスダコタ」「アラバマ」に砲門を向けた。

「ミズーリ」以下の三隻は、日本艦隊の海峡突破を阻止すべく、「ヤマト」「ムサシ」に砲火を集中したが、主砲の破壊力と数の力によって押し切られてしまったのだ。

「ミズーリ」は、敵戦艦の一番艦と一対一で撃ち合ったが、一〇発以上の巨弾を受け、原形も留めぬほどの有様《ありさま》になっている。

周囲に広がりつつある重油の黒い膜《まく》は、艦上から絶え間なく噴出する火災煙と、黒さを競い合わんばかりだ。

「サウスダコタ」は、敵二番艦の主砲弾に加えて、金剛型《コンゴウ・タイプ》の三五・六センチ砲弾多数を被弾し、「ミズーリ」同様、海上の残骸と化している。

「アラバマ」は、二隻の長門型《ナガト・タイプ》――「ナガト」「ムツ」から四〇センチ砲による集中砲火を浴びせられ、上部構造物の過半《かはん》を粉砕され、戦闘・航行不能に追い込まれた。

健在な戦艦三隻が全て沈黙した今、手負《てお》いとなった「ニュージャージー」「インディアナ」「マサチューセッツ」に敵戦艦が砲門を向けて来るのは当然のことだった。

「敵一番艦発砲！」

艦橋見張員の声が「ニュージャージー」のCICに届き、三〇秒ほどの間を置いて、敵弾が轟音と共に落下して来る。

先の被雷とは異なる衝撃が「ニュージャージー」を襲い、至近弾落下の爆圧が、艦底部を突き上げる。

「飛行甲板に直撃弾！」

「艦首の隔壁《かくへき》損傷！　浸水、前部バラスト・タンクに達します！」

直撃弾、至近弾による被害状況が報告される。

直撃弾によるものより、至近弾による被害の方が深刻だ。水圧の急増によって浸水が拡大し、前部の隔壁をぶち抜いたのだ。

「『インディアナ』『マサチューセッツ』被弾！」

僚艦の情報が、続けて知らされる。

日本軍の戦艦六隻は、被雷によって速力が大きく低下したTF34の戦艦群に、容赦《ようしゃ》なく射弾を浴びせているのだ。

「ジャップめ、全戦艦を沈めるつもりか！」

歯ぎしりをしながら呻いたウィリアム・ハルゼー第三艦隊司令長官に、

「帰路の安全確保のためでしょう。敵はレイテ湾に突入し、船団や陸軍部隊を撃滅した後、再びスリガオ海峡を抜けて、戦場から離脱するつもりです」

参謀長ロバート・カーニー少将が言った。

「そうはさせるか！」

ハルゼーは顔面を紅潮《こうちょう》させ、大音声で下令した。

「反撃しろ！　主砲も、両用砲も、使用可能な砲は全て撃ちまくれ！」

「目標、敵一番艦。射撃開始！　両用砲は、巡洋艦以下の艦を狙え！」

「ニュージャージー」艦長カール・F・ホールデン大佐が、射撃指揮所に下令する。

「ニュージャージー」の長砲身四〇センチ砲が火を噴いた直後、敵一番艦の射弾が、再び落下した。

直撃弾の炸裂音がCICにまで伝わり、至近弾の爆圧が、真下から艦を揺さぶった。

被害状況報告は、すぐには届かない。

「弾着を確認。全弾遠！」

の報告が、先に上げられる。

(駄目か？)

ハルゼーは自問した。

「ニュージャージー」は、右舷艦首と二番煙突の直下に魚雷一本ずつを受け、前のめりに傾斜している。

下腹《したはら》を二箇所も抉られた状態での砲戦は、無理があったのか。

答を出せぬまま、「ニュージャージー」は新たな斉射を放つ。

「合衆国の戦艦は、決して屈《くっ》せぬ。主砲が一門でも残っている限り、艦が動いている限り、最期の瞬間まで勝利のために戦い続ける」

その闘志が、砲声に表れているようだった。

だが――。

「弾着確認。全弾遠！」

射撃指揮所から、絶望的な声で報告が上げられる。

「ニュージャージー」の巨弾は、見当外《けんとうはず》れの海面に落下し、大量の海水を噴き上げるばかりだ。

逆に、敵一番艦の巨弾は、斉射の度に一発ないし二発が直撃し、至近弾の爆圧は浸水を拡大させてゆく。

ストレートやフックを何発も喰らい、体力を消《しょう》耗《もう》したボクサーが、足下をふらつかせながら、闇雲《やみくも》に両腕を振り回しているようだ。

足下がおぼつかない以上、パンチは相手を捉えることはない。

逆に相手のパンチは、ボクサーの肉体を痛めつけてゆく。

通算、八回目の斉射弾が「ニュージャージー」を襲い、直撃弾の炸裂が艦体を揺るがした直後、二つの報告がCICに届いた。

「第三砲塔損傷。砲撃不能！」

「艦首からの浸水、弾火薬庫まで拡大。第一、第二砲塔、使用不能！」

「長官！」

ホールデン艦長が、絶望的な表情をハルゼーに向ける。顔色は、厳冬期のロッキー山脈を思わせるほど白い。

本艦は、もはや戦闘不能です——と、無言のうちに告げていた。

「……今の報告が、テンカウントになりそうだな」

ハルゼーは、幕僚たちを見渡して言った。

報告を聞かずとも、「ニュージャージー」が絶望的な状況にあることは分かる。

艦は前方に大きく傾斜し、CICの床は坂となっているのだ。

直撃弾よりも、至近弾の爆圧による浸水の拡大が、致命傷となったことは間違いない。

今頃は、艦首の破孔から奔入《ほんにゅう》した海水が、幾つもの隔壁をぶち破り、轟々と音立てて渦を巻きながら、前部の弾火薬庫を侵しているに違いなかった。

「総員退去を命じます」

ホールデンが、焦慮《しょうりょ》を露《あら》わにして言った。

こうしている間にも、艦の下部で配置に就《つ》いている乗組員が海水に呑み込まれているのです、と言いたげだった。

「分かった。総員を退艦させよ」

（すまぬ、ベンソン）

ホールデンに命令を出しながら、ハルゼーは心中でベンソンTF34司令官に詫《わ》びている。

自分は大将の階級と第三艦隊司令長官という立場を笠《かさ》に着て、ベンソンから指揮権を奪った。その結果、隊列が混乱し、記録的な大敗《たいはい》を招いた。

自分はミッチャーと行動を共にして、北方の敵機動部隊に向かうか、水上砲戦の指揮を全てベンソンに委《ゆだ》ね、観戦に徹するべきだったのだ。

自分の出しゃばりが、敗北を招いたと言える。

とはいえ、まだ戦いは終わっていない。

レイテ湾の輸送船団と上陸部隊は、トーマス・キンケード中将の第七七任務部隊《TF77》が守っている。

キンケードは、地味だが非凡《ひぼん》な指揮官であり、水上砲戦部隊の運用にも慣れている。

彼の手腕なら、上陸部隊を守れるはずだ。

明日になれば、マーク・ミッチャーのTF38がレイテ湾に戻って来る。

エセックス級空母一〇隻の艦上機が、日本艦隊の頭上から襲いかかることになる。

長官席から立ち上がりながら、ハルゼーは呟いた。

「一隻たりとも生かしては帰さんぞ、ジャップ」

7

「大和」以下の戦艦部隊が、敵の新鋭戦艦と砲火を交えている間、第六戦隊の「青葉」「加古」は、敵駆逐艦の掃討《そうとう》にかかっていた。

「距離五〇《ゴマル》（五〇〇〇メートル）以内には近寄らせるな！」

第六戦隊司令官高間完少将は、旗艦「青葉」の艦橋に仁王立ちとなり、大音声で下令した。

高間もまた、水雷の専門家だ。魚雷の恐ろしさは、誰よりも知悉《ちしつ》している。

「艦長より砲術。無傷の駆逐艦を狙え！」

「青葉」艦長山澄忠三郎大佐が射撃指揮所に下令し、一拍《いっぱく》置いて、「青葉」の長一〇センチ高角砲が咆哮を上げる。

「青葉」だけではない。後続する「加古」も、僅《わず》かに遅れて砲門を開き、巡洋艦群の前方を固める第一、第二水雷戦隊の阿賀野《あがの》型防巡、駆逐艦群も、雷撃を終えた二隻の重雷装艦「北上」「大井」も、長一〇センチ砲、一二・七センチ砲、一四センチ砲を放つ。

敵駆逐艦の艦上にも、一二・七センチ両用砲の発射炎が閃き、小口径の砲弾がひとしきり飛び交う。

味方駆逐艦の艦上に、直撃弾炸裂の爆炎が奔騰し、爆砕《ばくさい》された一二・七センチ連装砲の残骸が高々と舞い上がる。

予備魚雷の格納所に直撃弾を受けた駆逐艦が、誘爆を起こして巨大な火柱《ひばしら》を噴き上げ、炎と黒煙に包まれながら姿を消す。

「北上」「大井」の艦上にも、敵弾炸裂の爆炎が躍るが、こちらは駆逐艦のように誘爆・轟沈することはない。

二艦合計八〇本の九三式六一センチ魚雷は、先の長距離雷撃の際、一本残らず海中に投じている。

二隻の重雷装艦は、四基の一四センチ単装砲のうち、右舷側に指向可能な三基を振り立て、敵駆逐艦と渡り合っている。

敵駆逐艦の艦上にも、直撃弾炸裂の爆発光が閃く。

前甲板に被弾した駆逐艦の艦上から、両用砲の残骸が吹き飛ばされ、甲板の板材や引きちぎられた鋼板が宙に舞い上がる。

艦橋に直撃弾を喰らった駆逐艦が、しばし直進を続けるものの、やがて左に回頭し、隊列から外れる。

多数の一〇センチ砲弾を集中された駆逐艦は、舷側に破孔を穿たれ、艦橋を撃ち抜かれ、両用砲を爆砕されて、瞬く間に残骸と化した。

「よし!」

高間が、満足そうな声を上げる。

第六戦隊の防巡は、主兵装の長一〇センチ砲によって、機動部隊の頭上を守ることを主目的に改装されたが、水上砲戦では数多くの敵駆逐艦を仕留《しと》めており、「駆逐艦殺し」の異名《いみょう》を持つ。

その本領《ほんりょう》は、スリガオ海峡でも発揮されている。

「妙だな」

被弾炎上した敵駆逐艦が六隻を数えたとき、桃園幹夫首席参謀は違和感を覚えた。

「どうかしたのか、首席参謀？」

「敵駆逐艦に、誘爆を起こす艦がありません。一隻ぐらいは発射管に直撃弾を受け、誘爆・大火災を起こす艦があってもおかしくありませんが、そのような艦がないのは不可解です」

高間の問いに答えて、桃園は違和感の理由を口にした。

「敵は、既に投雷したというのか？」

「その可能性があります」

この直前まで、桃園も、高間も、敵駆逐艦は「大和」以下の戦艦群を狙っていると考えていた。

だが、巡洋艦、駆逐艦が猛射を浴びせ、魚雷の射点まで近づける状態にはない。


敵の水雷戦隊司令官か駆逐隊の司令は、次善《じぜん》の策として、我が方の巡洋艦、駆逐艦を目標に投雷したのではないか。

「だとすれば、重大事《じゅうだいじ》だ。各隊に警報を――」

高間が顔色を変えたとき、前方で隊列の乱れが生じた。

駆逐艦が次々に、面舵を切っている。見張員が、雷跡に気づいたのだ。

「六戦隊、針路四五度！」

「面舵一杯。針路四五度！」

高間が咄嗟に叫び、山澄が松尾航海長に命じた。

「敵ハ魚雷ヲ発射セリ。至急、四五度ニ変針ノ要有リト認ム」

意見具申の電文が、「青葉」の通信室から各隊に向けて飛ぶ。

「青葉」は後方に「加古」を従え、直進を続けている。

巡洋艦の中では比較的小型だが、全長一八五・二メートル、最大幅一七・六メートル、基準排水量九〇〇〇トンの艦体だ。舵が利くまでには、相応《そうおう》の時間がかかる。

前方で、次々と水柱が奔騰し始めた。

巨大な炸裂音が、「青葉」の艦橋にも届く。

敵の魚雷が、駆逐艦に命中し始めたのだ。

「かわせなかったか……！」

高間が呻き声を上げたとき、

「右三〇度に雷跡四！」

見張員が、緊張した声で報告を上げた。

「青葉」は、依然《いぜん》直進を続けている。魚雷に、艦首を突っ込む格好だ。

今、ここで被雷すれば、沈没はしないまでも、本隊からの落伍は免れない。

桃園は息を呑んで、右前方の海面を見つめた。

「雷跡近い！」

見張員が再び叫んだとき、「青葉」の艦首が右に振られた。

直後、雷跡が艦首の陰に消えた。

桃園は被雷を予感し、両足に力を込めた。

艦首に飛沫が上がることも、強烈な衝撃が艦を突き上げることもない。

「雷跡、左舷側に抜けました！」

見張員が歓喜の声を上げる。

「青葉」は、ぎりぎりで敵の魚雷をかわしたのだ。

桃園が安堵の息を漏らしたとき、艦の後方から炸裂音が伝わった。

一度だけではない。三回連続した。

「まさか……『加古』が？」

「後部見張り、『加古』の状況報せ！」

高間が顔色を青ざめさせ、山澄艦長が後部指揮所に下令した。

「後部見張りより艦橋。『加古』に異常なし。『那智』『羽黒』被雷！」

「五戦隊が……！」

高間は呻いた。

五戦隊は、これで戦力の過半を失った。健在な艦は「足柄《あしがら》」のみとなったのだ。

「敵駆逐艦、離脱します！」

今度は、射撃指揮所から報告が届いた。

第二艦隊に肉薄《にくはく》雷撃をかけようとしていた敵駆逐艦が、煙幕《えんまく》を展張しながら遠ざかりつつある。

敵は雷撃を終え、引き上げにかかったのだ。

「六戦隊、砲撃止め」

「艦長より砲術、砲撃止め！」

高間の下令を受け、山澄が射撃指揮所に命じた。

間断《かんだん》ない砲撃を続けていた「青葉」の長一〇センチ砲が沈黙した。

戦闘は、まだ終わったわけではない。

レイテ湾には敵の輸送船団と、その護衛部隊がいる。高間は次の戦闘に備えて、砲弾を温存《おんぞん》したのだ。

「旗艦より入電。『艦隊針路〇度。速力一八ノット』」

市川春之通信参謀が、通信室から報告を上げた。

「大和」の第二艦隊司令部は、スリガオ海峡の出口で待ち構えていた敵艦隊との戦闘は終わったと判断したのだろう。

針路を真北に取り、レイテ湾に向かうのだ。

「六戦隊、針路〇度。速力一八ノット」

「航海、取舵一杯、針路〇度」

高間の指示を受け、山澄が松尾航海長に命じた。

雷撃回避のため、一旦艦首を四五度に向けた「青葉」が、艦首を左に振り、針路を〇度に取った。

「首席参謀、二艦隊の残存は何隻だ？」

高間の問いを受け、桃園は周囲に見える友軍の艦艇を数えた。

「戦艦六隻、重巡五隻、軽巡二隻、防巡四隻、駆逐艦一九隻です」

「重巡と駆逐艦の被害が大きいな」

「相手は、我が方とほぼ同規模の艦隊です。しかも、隘路の出口で丁字を描いて待ち構えるという、絶対的に有利な態勢を取っていたのです。被害がこの程度で済んだのは、むしろ僥倖《ぎょうこう》だと考えます」

「五藤長官の長距離雷撃が失敗していたら、二艦隊は海峡の外に出ることもかなわず、一方的に叩きのめされていたかもしれぬ。海峡の突破に成功しただけでも、喜ぶべきなのだろうな」

高間は頷いて、艦隊の前方に顔を向けた。

海峡の出口で、第二艦隊の行く手を塞いでいた敵艦隊の姿は、既にない。

目指すレイテ湾までは、あと二時間ほどの航程だ。

太陽は西に大きく傾き、海面は暗さを増している。

日没が近いのだ。

その暗さが、レイテ湾の敵艦隊と第二艦隊、どちらの運命を暗示しているのかは分からなかった。

第二章　レイテ湾炎上

1

「内陸に司令部を移されてはいかがでしょうか？」

南西太平洋軍司令部で、ＴＦ77の連絡将校を務めるヘンリー・ゴールドマン海軍中佐は、ダグラス・マッカーサー軍司令官に言った。

タクロバンの海岸近くに設置された、軍司令部の天幕《てんまく》だ。

最初に上陸した第一〇軍団の歩兵部隊が、迫撃砲《はくげきほう》陣地や機関銃《きかんじゅう》陣地を周囲に築《きず》き、日本軍の夜襲に備えている。

「ＴＦ77が迎撃に失敗した場合、敵艦隊は陸地に艦砲射撃をかける可能性があります。万一の事態を考慮し、安全圏に退避《たいひ》なさっていただきたいのです」

「万一の事態」を想像すると、ゴールドマンは背筋《せすじ》に冷たいものを感じないではいられない。

ダグラス・マッカーサー大将麾下《きか》のレイテ島攻略部隊、総勢約二〇万名のうち、地上に脚を降ろしたのは八万名程度であり、半数以上の兵は、輸送船の上で上陸を待っている。

戦闘車両や火砲、食料、弾薬、医薬品等の補給物資は、約一〇万トンを陸揚《りくあ》げしたが、多くは梱包《こんぽう》を解かれることなく、海岸に積み上げられたり、トラックの荷台に載せられたりしたままだ。

日本艦隊が突入して来れば、輸送船の過半は将兵もろとも撃沈され、上陸した八万名の将兵や陸揚げした物資の上からは、巨弾の雨が降り注ぐ。

そうなれば、フィリピン奪回は完全に頓挫《とんざ》する。

「ＴＦ77が敗北する可能性があるのかね？」

マッカーサーは椅子《いす》に腰を下ろしたまま、口だけを動かして聞いた。両目はサングラスに隠れているため、表情が分かり難い。ポーカーフェイスを保とうと努めているようにも見える。

「戦場では、何が起きるか分かりません。最悪の事態に備えていただきたいのです」

ゴールドマンは、マッカーサーの問いに対する答をぼかした。

　タクロバンがあるのは、レイテ島の北部とサマール島の南部に挟まれたサン・ペドロ湾の最奥部《さいおうぶ》だ。

　湾口《わんこう》には、ジェス・オルデンドルフ少将が率いる第七七・二《ＴＧ77・2》任務群が展開し、日本艦隊を待ち構えている。

　ゴールドマンとしては、ＴＧ77・2の勝利を信じたいところだが、状況は厳しい。

　ＴＦ34の残存艦は、日本艦隊の戦力は戦艦五隻ないし六隻、巡洋艦七隻ないし八隻、駆逐艦二〇隻前後と報告している。

　ＴＧ77・2の戦力は、戦艦三隻、巡洋艦八隻、駆逐艦二五隻。

　巡洋艦、駆逐艦では互角以上だが、砲戦の要《かなめ》となる戦艦では劣勢だ。

　しかも日本艦隊は、合衆国のアイオワ級を上回る巨大戦艦「ヤマト」「ムサシ」を擁《よう》しているのに対し、ＴＧ77・2の戦艦は、三六センチ砲装備の旧式戦艦ニューメキシコ級なのだ。

　正面からの撃ち合いとなれば、不利は免れない。

　だが立場上、負けるかもしれない、とは口にできなかった。

「内陸には日本軍が潜《ひそ》んでいる。彼らと遭遇《そうぐう》する危険を冒すわけにはゆかぬ」

　マッカーサーの作戦参謀を務めるジーン・ルイス中佐が言った。

　事前情報によれば、レイテ島では日本陸軍一個師団が守りに就いていたが、彼らは合衆国軍の上陸に対し、ほとんど抵抗することなく撤退している。

　日本軍は兵力を温存し、反撃の機会をうかがっているのだ。

　迂闊《うかつ》に内陸に入り込み、日本軍との遭遇戦になれば、軍司令官の身に危険が及ぶ、とルイスは主張した。

（軍司令官が上陸を急がず、『ナッシュヴィル』に

乗艦し続けていればよかったのだが）

腹の底で、ゴールドマンは呟いた。

マッカーサーとその幕僚たちは、第一〇軍団が橋頭堡を確保した直後、乗艦していたブルックリン級軽巡洋艦の「ナッシュヴィル」から地上の軍司令部に移動した。

マッカーサーにしてみれば、一日も早くフィリピンに最初の一歩を降ろしたかったのかもしれないが、軍司令官の立場を考えれば、もう少し待つべきだったとゴールドマンは思う。

「私は帰る《アイ・シャル・リターン》」

の約束は果たしたかもしれないが、それが守り続けられるかどうかは未知数なのだ。

「すぐに避難できるよう、準備だけは――」

ゴールドマンが言いかけたとき、遠雷《えんらい》のような音が伝わった。

ゴールドマンは天幕の外に出、海がある方角に視線を向けた。

白光《びゃっこう》が明滅し、砲声が断続的に伝わって来る。

ＴＧ77・2が、日本艦隊と戦闘を開始したのだ。

2

敵戦艦の発射炎は、第二艦隊各艦の艦橋からはっきり見えた。

稲光《いなびかり》を思わせる白光の中、レイテ島の稜線《りょうせん》や敵艦の艦影が、瞬間的に浮かび上がった。

「砲術より艦橋。敵は、戦艦三、巡洋艦五！　敵距離一三〇《ヒトサンマル》（一万三〇〇〇メートル）。敵針路二七〇度。敵は、丁字を描いています！」

第六戦隊旗艦「青葉」の艦橋に、射撃指揮所から報告が届く。

「米海軍は、亡き東郷元帥《げんすい》の戦術がよほどお気に入りだと見える」

高間完第六戦隊司令官が、苦笑混じりに呟いた。

敵弾の飛翔音が夜の大気を震わせ、「青葉」の前をゆく二水戦の駆逐艦群の周囲に、多数の水柱を奔騰させる。

「青葉」の近くにも、数発が落下する。

一発が至近弾となり、二番高角砲の左舷側に白い水柱がそそり立つ。

高さは高角砲を超える程度であり、爆圧もさほどではない。重巡の二〇センチ砲弾のようだ。

「『大和』『武蔵』の周囲に弾着。水柱大きい！」

後部見張員から報告が届くと同時に、二度目の発射炎が前方に閃く。

再び敵弾の飛翔音が迫り、第二艦隊の隊列の直中《ただなか》に、多数の水柱が突き上がる。

「青葉」の右舷側付近にも、二発が落下する。爆圧が伝わって来るが、艦が大きく動揺することはない。

前方に三度目の発射炎が閃いたとき、

「旗艦より入電。『一、二水戦突撃セヨ。最大戦速』

『二戦隊ヨリ九戦隊、速力二五ノット』！」

市川春之通信参謀が、通信室から報告を上げた。

前方に展開する第一、第二水雷戦隊の軽巡「能代」「矢矧」と駆逐艦が速力を上げる。

スリガオ海峡出口の戦闘で、七隻の駆逐艦が戦列外に失われたが、一九隻が健在だ。

どの艦も、既に魚雷の次発装塡《そうてん》を完了しており、今一度の雷撃が可能だ。

「六戦隊、速力二五ノット」

「艦長より機関長、速力二五ノット！」

高間が下令し、山澄忠三郎「青葉」艦長が、機関長に指示を送る。

六戦隊の「青葉」「加古」と、四、五、八戦隊の重巡五隻、第九戦隊の軽巡二隻は、六隻の戦艦に速度を合わせている。

重巡五隻には、二〇センチ主砲による一、二水戦の援護が、六、九戦隊には敵駆逐艦の雷撃から戦艦を守ることが、それぞれ命じられていた。

敵の第三射弾が飛来する。

「青葉」を狙った射弾は、全弾が艦の後方に落下したらしく、弾着の水音が後ろから伝わって来る。

数秒後、前方上空に複数の光源が出現した。

月を思わせる、おぼろげな光の下に、敵の艦影がうっすらと浮かび上がっている。

砲戦開始前に、戦艦、重巡から発進した観測機が、吊光弾《ちょうこうだん》を投下したのだ。

この状況下では、観測機の収容は望めない。

各機の搭乗員には、戦闘終了後、日本軍が確保しているレイテ島西岸のオルモックに降りるよう命じられているが、生還できるかどうかは分からない。

決死隊とも呼ぶべき出撃だった。

前方の海面に、敵の新たな発射炎が閃く。

吊光弾の光など、かき消してしまいそうな光量だ。

「青葉」の後方からも、巨大な砲声が届いた。巨弾の飛翔音が、後ろから前に通過した。

「旗艦、撃ち方始めました。『武蔵』撃ち方始めました！」

「『長門』『陸奥』撃ち方始めました！『霧島』『比叡』撃ち方始めました！」

後部指揮所より、弾《はず》んだ声で報告が上げられる。

戦艦群よりもやや遅れて、五隻の重巡も二〇センチ主砲を撃ち始める。

四六センチ砲から二〇センチ砲まで、大小四種類の砲が咆哮を上げ、吊光弾の光にぼんやりと浮かび上がる敵艦隊に、射弾を叩き込む。

「砲術より艦長、射撃命令はまだですか？」

「まだだ。敵駆逐艦の接近に備えよ」

月形謙作砲術長の催促《さいそく》に、山澄が即答する。

「大和」「武蔵」のような大戦艦であっても、魚雷が一本命中すれば、浸水に伴う艦体の傾斜によって、射撃精度の低下を招く。

六隻の戦艦には、最後まで戦闘力を維持して貰《もら》わねばならないのだ。

そのためには、駆逐艦の接近に目を光らせ、肉薄雷撃を阻止しなければならない。

しばし、砲火の応酬が続く。

「青葉」の頭越しに戦艦の巨弾が飛び交い、五隻の重巡は、敵の巡洋艦と砲火を交わしている。

隊列の前方でも、多数の発射炎が明滅している。

第一、第二水雷戦隊の防巡二隻、駆逐艦一九隻が、敵駆逐艦と撃ち合っているのだ。

彼我《ひが》の距離が詰まったためだろう、敵の発射炎は、戦闘開始時よりも大きく、明るく見える。

第二艦隊は、丁字を描いている敵に真っ向から突き進んでいるのだ。
一、二水戦に被弾した艦が出たのか、火災炎とおぼしき赤い光の揺らめきが見える。
「そろそろ変針しないと、不利だぞ」

桃園が呟いたとき、前方に爆発光が閃いた。

「『鳥海』被弾！」

の報告が、それに続いた。

重巡部隊の先頭に立っていた第四戦隊旗艦「鳥海」の艦首から、黒煙が噴出している。敵弾は「鳥海」の艦首甲板を直撃し、錨鎖庫《びょうさこ》か兵員居住区あたりで炸裂したようだ。

新たな敵弾が落下したらしく、「鳥海」を囲むようにして多数の水柱が上がる。

今度は、第二砲塔か第三砲塔に命中したらしく、爆発光が特徴のある巨大な艦橋を照らし出す。

「後部見張りより艦橋。『大和』『武蔵』に直撃弾！」

「まずいぞ、こいつは」

新たな悲報を聞いて、桃園は右のこめかみに汗がつたうのを感じた。

「大和」「武蔵」は、世界最強の戦艦だと信じているが、無敵の存在ではないことも理解している。

四〇センチ以下の砲弾であっても、多数を被弾すれば、上部構造物や艦首、艦尾の非装甲部を破壊される。

「大和」「武蔵」「鳥海」の三隻が被弾したにも関わらず、日本側はまだ直撃弾を得られていない。

前方に指向可能な砲だけでは、弾数が足りず、容易に命中弾を得られないのだ。

不利な状況を覆すには、可及的速《かきゅうてきすみ》やかに変針し、同航戦か反航戦に持ち込む必要があるが――。

「旗艦より入電。『艦隊針路四五度』！」

桃園の懸念《けねん》が伝わったかのように、市川が報告を上げた。

「昼間と同じ手か！」

五藤長官の意図を、桃園は即座に理解した。

敵の針路は二七〇度。

二艦隊が針路を四五度に取れば、敵の後方を抜け、タクロバン沖の輸送船団に突入する形になる。

米艦隊がそれを阻止するには、一斉回頭によって九〇度、すなわち真東に変針しなければならないが、回頭中は砲撃を中止しなければならない上、速力が著しく低下する。

丁字による不利を、一転して有利な態勢に変えられるのだ。

「六戦隊針路四五度！」

「『加古』に信号。『我ニ続ケ』！」

高間が二つの命令を発し、

「面舵一杯。針路四五度！」

山澄艦長が、松尾航海長に下令する。

隊列の前方では、早くも変針が始まっている。

先に被弾した「鳥海」が、黒煙を引きずりながら右に回頭し、四戦隊の二番艦「摩耶」、五戦隊の中で唯一健在な「足柄」、八戦隊の「利根」「筑摩」が続く。

「青葉」が艦首を右に振る。正面に見える発射炎が、左に流れる。

「『加古』面舵。本艦に後続します。続いて『北上』『大井』面舵」

後部見張員が、僚艦の動きを報せる。

敵弾が唸りを上げて飛来するが、被弾する艦はない。第二艦隊の変針によって、狙いを外されたのだ。

「どうする、米軍？」

高間の呟きが桃園の耳に届いたとき、

「砲術より艦長。敵中小型艦七隻、左四五度より突っ込んで来ます！」

月形砲術長が、緊張した声で報告した。

「来たか！」

高間が小さく叫び、山澄と頷き合った。

米艦隊は、水雷戦隊を突入させて来た。

「大和」以下の戦艦部隊に、雷撃を敢行しようとしているのだ。

高間が大音声で叫んだ。

「六戦隊目標、左反航の敵。砲撃始め！」


第二艦隊に肉迫して来たのは、第二六巡洋艦戦隊《CD26》のアトランタ級軽巡洋艦「アトランタ」「ジュノー」と第九〇駆逐隊《DDG90》のフレッチャー級駆逐艦五隻だった。

アトランタ級は「軽巡」として扱われているが、主な役割は艦隊の防空だ。一二・七センチ連装両用砲八基を装備し、片舷には七基を指向できる。

水上砲戦に際しては、多数を装備する両用砲で敵駆逐艦を掃討する役目を担っている。

日本軍の重巡は、駆逐艦などとは比較にならない強敵だが、目下《もっか》のところ、「アトランタ」「ジュノー」に飛んで来る敵弾はない。

日本軍の重巡は、ニューメキシコ級戦艦三隻の前面に展開している第一五、一八巡洋艦戦隊《CD15、18》のノーザンプトン級重巡、ブルックリン級軽巡と撃ち合っているのだ。

その後方にいる四隻は沈黙を保っていた。

「六番艦以降の艦は、防巡か軽巡かもしれません」

「確かか？」

首席参謀ダンカン・マイヤー中佐の具申に、CD26司令官ケビン・フェルマー少将は聞き返した。

「重巡なら、とっくに撃って来ているはずです。おそらく戦艦の近くで、駆逐艦の雷撃を阻止する役目を担っていると考えられます」

「面白い」

フェルマーはニヤリと笑った。

防巡ならアトランタ級のライバルだ。

機動部隊の対空直衛艦として設計・建造された防空艦同士が、水上砲戦で干戈《かんか》を交える可能性など考えたこともなかったが、それが今、生起《せいき》しようとしている。

「目標、左反航の敵。全艦、両用砲左砲戦。六番艦から順繰《じゅんぐ》りに叩く！」

フェルマーは断を下し、麾下の七隻に命じた。

「アトランタ」の前甲板で、三基の一二・七センチ両用砲が左舷側に旋回し、日本軍の防空艦に照準を合わせる。

左舷後部の四番両用砲も、敵を射界に捉えたはずだ。

後部三基の両用砲はまだ撃てないが、当面発射可能な四基だけでも、アオバ・タイプ、フルタカ・タイプに対抗できる。

「撃て《ファイア》！」を命じようとしたとき、

「……！」

フェルマーは目が眩《くら》み、思わず叫び声を上げた。

フェルマーだけではない。「アトランタ」艦長エドウィン・スコット大佐も、航海長グレン・フラー中佐も、一様に悲鳴じみた声を上げていた。

艦の左前方から伸びた白く太い光芒《こうぼう》が艦橋内に差し込み、フェルマーやスコットの目を眩ませたのだ。

「光源を目標にしろ。撃て《ファイア》！」

フェルマーが気を取り直して叫んだとき、敵弾の飛翔音が迫った。

初弾から「アトランタ」を捉え、艦上の複数箇所で爆発が起きた。

被害状況報告が届くより早く、第二射弾が殺到して来る。

高初速で放たれた小口径砲弾多数が、ところ構わず命中する。

前部の一、二番両用砲が爆砕され、甲板の板材が吹っ飛び、握り拳《にぎりこぶし》ほどもある破孔が舷側に穿たれる。

「撃て！　反撃しろ！」

アメリカ海軍 アトランタ級軽巡洋艦「アトランタ」

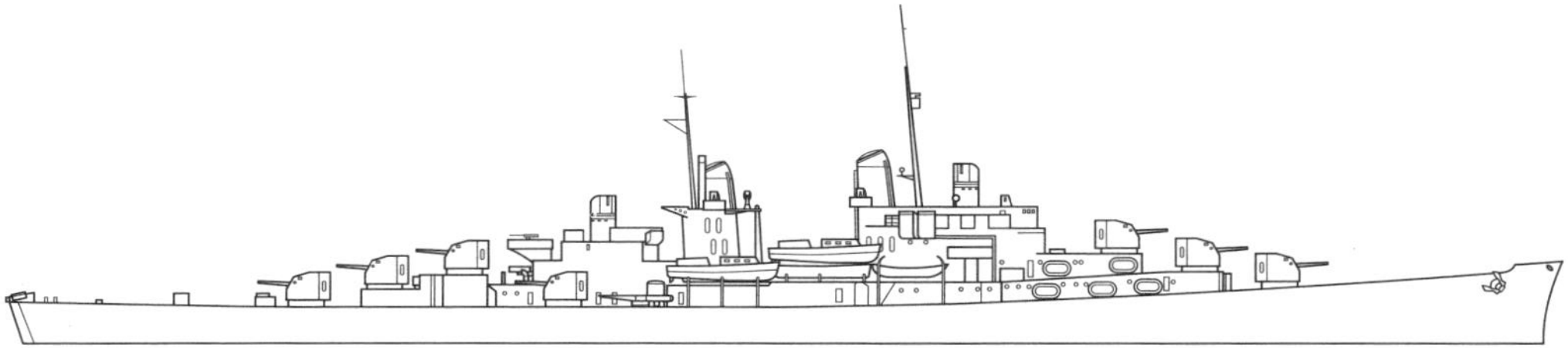

全長	165.1m
最大幅	16.2m
基準排水量	6,000トン
主機	ギヤードタービン　2基／2軸
出力	37,500馬力
速力	32.5ノット
兵装	12.7cm 38口径 連装両用砲 8基 16門 28mm 4連装機銃 4基 20mm 単装機銃 6丁 53.3cm 4連装魚雷発射管 2基
乗員数	673名
同型艦	ジュノー、サンディエゴ、サンファン、オークランド、リノ、フリント （その他、3隻が建造中）

1942年より配備が始まったアメリカ海軍の軽巡洋艦、アトランタ級の一番艦。本級は、もともとオマハ級軽巡洋艦の後継として計画されたが、イギリス海軍が建造したダイドー級防空巡洋艦を参考に、艦隊防空に主眼をおいた防空巡洋艦として完成した。主砲に採用された38口径５インチ両用砲は、最大で毎分15発という優れた連射性能を誇った。さらに新開発のレーダーと、これに連動した射撃指揮装置を搭載することで、上空から急降下してくる敵機にも有効な弾幕を張ることができた。また、水上戦闘において駆逐艦隊を指揮することも想定されており、53.3センチ４連装魚雷発射管を両舷に１基ずつ搭載している。

近年、航空機の性能向上は著しく、艦隊防空の成否が作戦成功の鍵とも言われている。今後も、本艦に代表される防空艦の必要性はますます高まると予想され、その活躍にも期待が寄せられている。

フェルマーは声をからして叫ぶが、その声も、間断ない敵弾の飛翔音、直撃弾の炸裂音、上部構造物や艦体の破壊音にかき消される。

（一〇センチ砲の連続斉射だ）

鉄の豪雨とも呼ぶべき猛射の中、フェルマーはマイヤー首席参謀の見立てが正しかったと悟った。

太平洋艦隊は航空戦のみならず、水上砲戦でも日本海軍の防空艦によって、大きな被害を受けてきた。

三年前のサン・フェルナンド沖海戦では、旧式軽巡のオマハ級二隻が討ち取られ、一昨年のウェーク沖海戦、今年七月のトラック沖海戦では、多数の駆逐艦が一〇センチ砲の猛射によって叩きのめされた。

日本軍の防空艦は「駆逐艦狩人《デストロイヤー・ハンター》」と呼ばれ、太平洋艦隊の駆逐艦乗りから恐れられて来たのだ。

多数の駆逐艦を沈めてきた「デストロイヤー・ハンター」の恐るべき猛射が、「アトランタ」の艦体や兵装を、片《かた》っ端《ぱし》から破壊している。

遅ればせながら、「アトランタ」も健在な三、四番両用砲を撃ち始めたが、命中しているのかどうか判然としない。

弾量で圧倒するはずが、先手《せんて》を取られ、逆に圧倒されている。

「通信、『ジュノー』を呼び出せ。大至急だ！」

「アトランタ」は保《も》たない――フェルマーはそう判断し、通信室を呼び出した。

通信長の応答よりも早く、鋭い飛翔音が迫った。

フェルマーが両目を大きく見開いたとき、真っ赤に灼《や》けた塊《かたまり》が「アトランタ」の艦橋に飛び込み、その場にいる全員を瞬時になぎ倒した。


「敵一番艦、沈黙！」

防巡「加古」の砲術長矢吹潤三《やぶきじゅんぞう》少佐は、艦長小《お》野田捨次郎《のだすてじろう》大佐に弾んだ声で報告を送った。

敵一番艦に照射を行ったのは「加古」だ。

敵は、軽巡と駆逐艦を合わせて七隻であり、「大和」「武蔵」への肉薄雷撃を企図《きと》している。

小野田艦長は、「弾着修正を行っている時間はない」と判断し、照射射撃に踏み切ったのだ。

その判断は図に当たった。

「加古」は、旗艦「青葉」と共に、敵一番艦に砲火を集中し、敵に反撃の余裕を与えることなく叩きのめしたのだ。

敵一番艦は、無数の一〇センチ砲弾を喰らい、炎上している。

全艦を覆《おお》う大火災ではないが、艦上の複数箇所で発生した小火災が艦を焼いている。

機関部はまだ生きているらしく、艦は航進を続けているが、艦上に発射炎が閃くことはない。敵一番艦が戦闘不能に陥ったことは明らかだ。

「照射目標を敵二番艦に変更する。準備出来次第、砲撃始め！」

小野田が、新たな命令を発した。

探照灯《たんしょうとう》の光芒が動き、白く太い光の中に、無傷の敵艦が浮かび上がった。

「目標は一番艦と同じくアトランタ級！　本艦と同じ防巡です！」

「目標、敵二番艦。砲撃始め！」

掌砲長《しょうほうちょう》稲見良次《いなみりょうじ》少尉が敵の艦形を見抜き、矢吹は気合いを込めて下令した。

敵が「加古」と同じ防巡と聞いても、特別な思いはない。どの艦種であれ、斃さねばならない敵だ。

長一〇センチ砲の砲声が轟き、射撃指揮所が発射の反動に震える。

「加古」の第一射が、目標を捉えることはなかった。

「敵二番艦、二二五度に変針！　後続艦も、順次変針する模様！」

測的長の立川俊男《たちかわとしお》中尉が、敵の動きを報告する。

敵は、二艦隊と反航戦の態勢に入ったのだ。すれ違いざまに、「大和」「武蔵」を雷撃するつもりに違いない。

「一隻たりとも通すな！」

「逃がしやしません」

小野田の新たな命令に、矢吹は落ち着いた声で返答した。

開戦前に「加古」に配属されてから、一貫してこの艦の砲術長を務めて来た身だ。「加古」の長一〇センチ砲は、手足のように操れる自信がある。

探照灯の光が動き、変針した敵二番艦を捉えた。「加古」の長一〇センチ砲のうち、左舷側に指向可能な四基八門が咆哮し、秒速一〇〇〇メートルの初速で、八発の一〇センチ砲弾を発射した。

第二射弾の命中を確認するより早く、「加古」は第三射、第四射を放つ。

帝国海軍の艦砲の中でも、随一の速射性能を誇《ほこ》る長一〇センチ砲が、四秒置きに八発ずつの射弾を、アトランタ級の防巡に撃ちこんでいる。

探照灯の光芒の中に、黒い爆煙が湧き出した。一箇所だけではない。敵艦の前部と後部に、同時に噴出した。

「よし！」

矢吹が満足の声を上げ、右手の拳を打ち振ったとき、炸裂音が射撃指揮所に届き、艦が僅かに震えた。

（喰らった！）

矢吹は、即座に状況を理解した。

照射射撃は諸刃《もろは》の剣《つるぎ》だ。目標の位置をはっきり示し、砲撃の命中率を高める反面、敵に対して格好の射撃目標を与える。

敵一番艦に対しては、先手を取ることで勝利を得たが、二番艦に目標を変更したときには、既に先制の利は失われていた。

直撃は、一度に留まらない。

およそ四秒置きに、唸りを上げて殺到し、「加古」の周囲に弾着の飛沫を上げ、上甲板や舷側に破孔を穿ち、上部構造物を破壊する。

高角砲が被弾したとの報告は届いていない。「加古」の長一〇センチ砲は、四秒置きの砲撃を続けている。

だが、敵二番艦が砲撃を続ける限り、いずれは長一〇センチ砲も破壊され、沈黙するときが来る。

「一分隊、撃ちまくれ！」

矢吹は、第一分隊長石田卓也《いしだたくや》大尉に下令した。

双方共に、連続斉射に踏み切った以上は、途中で止めるわけにはいかない。

「加古」が敵二番艦を沈黙させるか、その前に「加古」が戦闘不能になるか。

艦の耐久力と武運が勝負の分かれ目になる。

「正念場《しょうねんば》だぞ、『加古』」

矢吹は、艦に呼びかけた。

五ヶ月前、トラック環礁の沖で、米軍の新鋭戦艦から砲撃を受けたときも、このようなことは感じていない。

あのときは、何とか逃げ切れるはずだ、と楽観していたが、今回は夜間の近距離砲戦で、互いに射弾を叩き込み合っているのだ。

「加古」の長一〇センチ砲八門は、四秒置きに咆哮を上げ、敵二番艦に一〇センチ砲弾を叩き込む。

敵弾も四秒置きに唸りを上げて飛来し、一度に最低一発、多いときは三発が直撃し、被弾の衝撃が艦を震わせる。

射撃指揮所からでは、艦の被害状況は分からない。

応急指揮官を務める副長も、四秒置きに敵弾が命中するため、被害箇所も、損害の大きさも、把握《はあく》できないのかもしれない。

射撃指揮所の後方からけたたましい音が伝わり、これまで敵二番艦を捉えていた光芒が消えた。

敵弾が探照灯に命中し、粉砕したのだ。

このとき既に、探照灯の光は不要になっている。

揺らめく火災炎が、艦の姿を海上にくっきりと浮かび上がらせているのだ。

「加古」の火災炎も、敵の射撃目標となっていることは間違いない。

条件は、ほぼ互角ということだ。

「加古」の長一〇センチ砲が、更に吼《ほ》え猛《たけ》る。

既に多数の敵弾を受けているにも関わらず、四基八門の高角砲は健在であり、四秒置きに砲撃を続けている。

敵二番艦も同じだ。

火災を起こしている後部の両用砲は沈黙しているが、前部の砲は「加古」同様、四秒置きの射弾を放って来る。

果てしなく続くかに感じられた撃ち合いは、次第に弱まり始めた。

「六番高角砲被弾！」

「四番高角砲、旋回不能！」

石田第一分隊長から、報告が上げられる。

「加古」に殺到して来る敵弾も、少なくなっている。

直撃弾は、一斉射につき一発出るかどうかだ。

共に多数の刀傷《かたなきず》を負い、満身創痍《まんしんそうい》となりながらも、相手を斃さんとする二人の剣士を思わせた。

その撃ち合いも、終わるときが来た。

「加古」の一、二番高角砲が爆砕され、長い砲身が宙に舞うと同時に、敵二番艦も沈黙した。

「加古」と敵二番艦は、相打《あいう》ちになった。双方が、同時に戦闘力を失ったのだ。

「砲術より艦長――」

矢吹は艦内電話の受話器を取り上げ、小野田に呼びかけた。

江田島《えたじま》で遠泳訓練を終えた直後のような、喘《あえ》ぎながらの報告だ。敵の防空艦との撃ち合いは、それほど緊張と消耗を強いるものだった。

「敵二番艦沈黙。本艦も砲撃不能です」

「了解。よくやってくれた」

小野田はねぎらいの言葉を伝え、一旦言葉を切ってから続けた。

「本艦の役目は、戦艦の護衛だ。その任務は、最後まで果たすつもりだ」


このとき「青葉」は、敵駆逐艦に射弾を浴びせていた。

米軍の駆逐艦は、五連装の魚雷発射管二基を装備している。一艦当たり一〇本、五隻で五〇本の発射が可能だ。

六隻の戦艦にとっては、大きな脅威となる。一隻たりとも近づけるわけにはいかない。

「どんどん撃て。撃ちまくれ！」

射撃指揮所に詰めている砲術長月形謙作少佐は、第一分隊長菊池俊雄《きくちとしお》大尉に、射撃教範《きょうはん》にない命令を出した。

前任の岬恵介《みさきけいすけ》砲術長に鍛《きた》えられ、「青葉」の射撃指揮所を引き継いだ身だ。無様《ぶざま》な戦いをしたのでは、前砲術長に合わせる顔がない。

「どんどん撃ちます！」

菊池第一分隊長も、復唱を返す。

その言葉通り、「青葉」の長一〇センチ連装高角砲のうち、左舷側に指向可能な四基が、砲身を水平に近い角度まで倒し、四秒置きに八発の射弾を放っている。

「青葉」だけではない。

前をゆく第八戦隊の「利根」「筑摩」も、左舷側に装備する一二・七センチ連装高角砲二基から、敵駆逐艦に射弾を浴びせている。

敵駆逐艦も反撃する。

前部と後部に発射炎を閃かせ、およそ四秒置きに、一二・七センチ砲弾を放って来る。

第八戦隊旗艦「利根」が、最初に被弾した。左舷上甲板に爆炎が躍り、後方に黒煙が流れ始めた。

続いて「筑摩」の後甲板に、爆発光が閃く。

敵弾は、射出機《しゃしゅつき》に命中したらしい。細長い影が宙に舞い上がり、艦の後方に落下して飛沫を上げる。

「筑摩」被弾の数秒後、「青葉」は敵三番艦――敵の司令駆逐艦と思われる艦に直撃弾を得た。

艦橋の中央に爆発光が閃き、塵のような破片が飛び散った。

四秒後、次の射弾が敵艦を捉えた。艦の後部に爆炎が躍り、角張《かくば》った影が吹っ飛ぶ様子が見えた。

敵三番艦は、火災を起こしながらも砲撃する。

「青葉」の左舷側海面に弾着の飛沫が上がり、炸裂音が射撃指揮所にまで届くが、直撃弾はない。

最初の命中弾は、艦橋を捉えたようだ。敵艦は射撃指揮所を失い、有効な射撃管制ができないのかもしれない。

目標の艦尾に、更なる直撃弾の閃光が走った。

「目標、敵四番艦！」

「目標、敵四番艦。宜候《ようそろ》！」

山澄艦長の指示を受け、月形は即座に復唱を返す。

山澄は、敵三番艦が航行不能になったと判断し、目標の変更を命じたのだ。

「撃ち方始め！」

月形の号令一下、「青葉」の長一〇センチ砲八門が火を噴き、敵四番艦の艦上にも、発射炎が閃く。

米駆逐艦の艦影が、瞬間的に浮かび上がる。

第一射は、双方共に空振りに終わったが、第二射でほぼ同時に直撃弾を得た。

敵駆逐艦の艦上に爆炎が躍り、「青葉」は後部に被弾した。射撃指揮所の後方から、炸裂音と衝撃が伝わった。

「一分隊より指揮所。被弾箇所は発射管。高角砲は全て健在です！」

菊池第一分隊長が報告を上げる。

敵弾は、魚雷の発射を終えて空になっていた発射管を襲ったのだ。連管長以下の水雷科員は艦内で待機しているため、人員の被害もない。

「青葉」は敵四番艦に、続けて射弾を叩き込む。

長一〇センチ砲八門が四秒置きに咆哮を上げ、直径一〇センチ、重量一三キロの砲弾を、秒速一〇〇〇メートルの初速で目標に叩きつける。

敵四番艦の火災炎が大きく揺らめく。被弾時の爆風が、炎を煽ったのだ。

火災が拡大したのだろう、炎は一層大きくなり、黒煙が後方になびく。

敵四番艦の射弾も「青葉」を直撃し、射撃指揮所の後方から炸裂音と衝撃が伝わる。

四度目の射弾が明暗を分けた。

敵四番艦の艦上で新たな爆発が起こった直後、艦の速力が著しく低下し、右舷側に回頭し始めた。

敵の射弾は「青葉」を捉えることなく、海面に落下して飛沫を上げている。

「青葉」の長一〇センチ高角砲と米駆逐艦の一二・七センチ両用砲は、どちらも小口径砲だが、防巡と駆逐艦では防御力が違う。

耐久力に勝る防巡が、小口径砲同士の撃ち合いに勝利を得たのだ。

「目標、敵五番艦！」

「目標、敵五番艦。宜候！」

二隻の撃破を喜ぶ間もなく、山澄が下令し、月形は即座に復唱を返す。

「青葉」の長一〇センチ砲が、新たな目標目がけて撃ち始める。

敵五番艦の艦上にも、発射炎が閃く。

一〇センチ砲弾と一二・七センチ砲弾が飛び交い、海面に落下して飛沫を上げる。

先に四番艦を相手取ったときと同様、互いに第二射で直撃弾を得た。

敵五番艦の中央付近に爆発光が確認された直後、「青葉」の前甲板に強烈な閃光が走り、けたたましい炸裂音、金属的な破壊音が、射撃指揮所に満ちた。

「いかん、やられた……！」

月形は、思わず呻いた。

一番高角砲――艦の軸線《じくせん》上に設けられ、左右どちらにも指向可能な砲が爆砕され、残骸と化している。

二門の砲身は、付け根からもぎ取られて吹っ飛び、半球形の防楯《ぼうじゅん》は大きく引き裂かれ、裂け目から黒煙が噴出している。

およそ四秒後、新たな敵弾が「青葉」に命中する。

今度は後方から衝撃が伝わり、菊池第一分隊長が、

「六番高角砲被弾！」

との報告を上げる。

「続けざまか！」

月形は、罵声を漏らした。

過去の水上砲戦でも、高角砲に被弾・損傷したことはあったが、連続して二基を破壊されたのは初めてだ。

「青葉」は、残る二、四番高角砲で砲撃を続けるが、新たな命中弾の光は観測できない。

敵五番艦は、一二・七センチ両用砲を発射しながら、「青葉」の左前方から正横へと移動してゆく。

「一分隊、どうした！」

月形は、焦慮を露わにして叫んだ。

このままでは、敵駆逐艦を取り逃がす。「大和」「武蔵」への雷撃を許してしまうことになる。

菊池からの応答はない。

「これが回答です」と言わんばかりに、「青葉」の二、四番高角砲が、四秒置きの砲撃を繰り返す。

敵五番艦の艦上に、新たな爆発光はない。「青葉」の長一〇センチ砲は、空振りを繰り返している。

（駄目か……？）

月形が絶望の思いに駆られたとき、不意に敵五番艦の艦上に爆炎が躍り、無数の破片が舞い上がった。

「あれは……！」

「砲術長、九戦隊です！」

菊池が、弾んだ声で報告を送った。

「青葉」の後方に位置していた第九戦隊の「北上」「大井」が、一四センチ単装砲を発射し、直撃弾を得たのだ。

両艦は重雷装艦に改装されたとき、一四センチ単装主砲七基のうち、後部の三基を撤去している。片舷に指向可能な主砲は、三基三門のみだ。

だが「北上」「大井」は、その三門を活《い》かし、「青葉」が取り逃がしそうになっていた敵五番艦に直撃弾を与えたのだ。

「北上」「大井」の第二射弾が、敵艦を捉えた。

艦上に新たな爆発光が閃いた直後、その光が急速に拡大した。

光は次の瞬間、巨大な火柱に変わり、中天高く突き上がった。海が裂けたかと思わされるほど強烈な炸裂音が轟いた。

「やった……！」

月形の口から、その一言が漏れた。

「北上」「大井」の一四センチ砲弾は、敵五番艦の発射管に命中し、誘爆を引き起こしたのだ。敵駆逐艦は、「大和」か「武蔵」に発射するはずだった魚雷で、自らの艦体を粉砕されたのだった。

「目標、敵六番艦。急げ！」

山澄の新たな命令を受け、月形は我に返った。

安心していられる状況ではない。敵駆逐艦は、あと二隻が残っている。

「青葉」は半減した高角砲で、二隻を仕留めなければならないのだ。

「目標、敵六番艦。測的始め！」

「敵六番艦、捕捉《ほそく》できません。五番艦の火災煙に遮られています！」

「六番艦と七番艦、どちらでもいい。探せ！」

第三分隊長星川龍平《ほしかわりゅうへい》大尉の報告を受け、月形は即座に命じた。

すぐには返答がない。

測的長は、懸命《けんめい》に敵の姿を追い求めていると思われるが、「敵発見」の報告はない。

この直前まで砲撃を続けていた二、四番高角砲も、「北上」「大井」の一四センチ主砲も、沈黙を保っている。

「一分隊より指揮所！」

不意に、菊池一分隊長より報告が飛び込んだ。

「左舷後方に、敵駆逐艦二隻を確認。右に回頭し、離脱していきます！」

「しまった……！」

月形は、敗北を悟った。

菊池が報告した敵艦の動きは、魚雷発射後のものだ。六戦隊は八、九戦隊と共同し、敵の防巡二隻、駆逐艦三隻を撃沈破したが、雷撃の阻止には失敗したのだ。

（もう止める術《すべ》はない）

月形は、天を振り仰いだ。

「大和」か「武蔵」の艦腹に、巨大な水柱がそそり立つ様が脳裏に浮かんだ。


米軍の駆逐艦二隻が面舵を切り、離脱してゆく様は、「加古」の射撃指揮所からも見えていた。

現在、艦は第二艦隊旗艦「大和」の左舷正横に位置し、並進している。

敵防巡との砲撃戦で、戦闘不能になった後、速力を落とし、「大和」に並んだのだ。

矢吹潤三砲術長には、小野田捨次郎艦長の意図がはっきり分かる。

その意図通りになれば、「加古」はまず保たない。乗員の多くも、生還は望めない。

だが「加古」の任務は、戦艦の護衛だ。

「大和」が第二艦隊の要であり、五藤存知司令長官の旗艦でもある以上、我が身に換えても守らねばならない。

「貧乏くじを引くことになったな」

「開戦三日目で失われていたかもしれない命です。寿命が三年延びただけでも、儲《もう》けものですよ」

矢吹の言葉を受け、稲見良次掌砲長が笑いながら応えた。

「そうだな」

矢吹は頷いた。

開戦三日目の海南島沖海戦で、圧倒的に優勢な米英連合軍艦隊と戦ったときのことは、今でもはっきり思い出せる。

「青葉」と「加古」――六戦隊の第一小隊は、南方部隊の僚艦と共に全滅してもおかしくなかったが、奇跡的に生き残った。

その後はルソン島沖海戦、ウェーク沖海戦、マリアナ沖海戦、トラック沖海戦と戦歴を重ね、太平洋を駆け巡った。

海南島沖海戦で生き延びたことが、「加古」に武《ぶ》勲《くん》を立てる道を開いたのだ。

六戦隊の僚艦と共に、最も働いた巡洋艦だったと言える。

その艦で三年余りも砲術長を務められたのは、望外の幸運だったかもしれない。

「左舷雷跡！」

射撃指揮所に、報告が飛び込んだ。

矢吹は、右舷側に双眼鏡《そうがんきょう》を向けた。

「加古」は、「大和」と並進している。魚雷は「大和」に当たる前に、この「加古」に命中する。

「総員、衝撃に備えろ！」

小野田艦長の声が、高声令達器から響いた。

「皆、最後までありがとう」

矢吹は、射撃指揮所内の全員に言った。

できることなら、砲術科員全員に伝えたかったが、その時間はなかった。

左舷艦底部から衝撃が襲い、射撃指揮所の左脇に、太く高い水柱が出現した。

「加古」の艦体を、右舷側にひっくり返さんとするほどの凄まじい力がかかり、射撃指揮所の全員が床に投げ出され、あるいは側壁に叩き付けられた。


「『加古』轟沈！」

の報告は、第六戦隊旗艦「青葉」の後部指揮所から、艦橋に届けられた。

「どういうことだ、いったい！」

高間完司令官が叫び声を上げた。

「加古」が敵二番艦と相打ちとなり、戦闘不能に追い込まれたとき、第六戦隊司令部からは、

「戦場ヨリ離脱シ避退《ヒタイ》セヨ」

との命令電を送っている。

敵の注意が第二艦隊に向けられている今なら、単

艦での離脱も不可能ではないと、高間は考えたのだ。

その「加古」が轟沈したという。

何が起きたのか、全く分からなかった。

「艦長より後部見張り、『加古』の状況報せ」

「『加古』は、『大和』の左舷至近にて被雷した模様です」

山澄忠三郎艦長の命令に対し、後部指揮所は即座に報告した。

「司令官、『加古』は『大和』と魚雷の間に割り込んだと推測されます」

桃園幹夫首席参謀は沈痛な声で、高間に言った。

「なんという……!」

高間は絶句した。

防巡の役割が、主力艦の護衛だからといって、艦そのものと乗員六四五名の命を身代わりに差し出すことまでは求められていないはずだ——そんなことを言いたげだが、言葉にならない様子だった。

(俺は半身を失った)

桃園は、これまでにない喪失感を覚えている。

「青葉」と「加古」は、第六戦隊が参加したほとんどの海戦で、行動を共にしていた。

空母の護衛任務に就いたときは、輪型陣《りんけいじん》の左右に分かれ、互いを肉眼では視認できない位置で行動したが、どちらも長一〇センチ砲を振り立てて、敵機を相手に奮戦した。

両艦が別個に行動したのは、今年七月のトラック沖海戦で、六戦隊が将旗《しょうき》を「加古」に移していたときぐらいだ。

その「加古」が沈んだ。

「青葉」は、開戦以来の戦友を失ったのだ。

開戦以来、一時期を除いて、六戦隊の参謀を務めて来た身には、「加古」の艦長や砲術長と訓練計画について打ち合わせたり、「加古」と共に戦ったりしたことが思い出される。

特に「加古」の矢吹潤三砲術長は、江田島の一期後輩であり、砲術学校では対空戦闘について共に研究した仲だ。

「轟沈」と報告された以上、生存者は少ないであろうが、矢吹が生存者の中に入っていることを祈らずにはいられなかった。

桃園が顔を上げたとき、左舷前方に真っ赤な閃光が走った。

第二艦隊の隊列ではない。

米艦隊が展開しているあたりだ。

「あれは……」

桃園が上げた声に、月形砲術長の報告が重なった。

「砲術より艦橋。敵戦艦一隻、轟沈！」

「『大和』か。『大和』だな」

高間が、感極《かんきわ》まったような声を上げた。

第六戦隊が、八、九戦隊と協力して、敵駆逐艦の接近を防いでいる間に、後続する戦艦群は、敵戦艦と砲火を交わしていた。

たった今、敵戦艦を轟沈させた艦は分からないが、高間は、「加古」が身を捨てて守った「大和」が戦果を上げたと信じたいようだった。

三〇秒ほどの間を置いて、巨大な爆発音が伝わって来たときには、敵戦艦は炎の塊と変わっている。

おそらく、「大和」か「武蔵」の四六センチ砲弾が主砲弾火薬庫を直撃し、誘爆を起こさせたものであろう。

「青葉」の後方からは、砲声が伝わって来る。

六隻の戦艦が、残った敵戦艦に射弾を浴びせているのだ。

左舷前方の海面に、新たな爆発光が閃く。

光の中、黒い影が舞い上がる様子が遠望《えんぼう》される。

「青葉」の艦橋からは、胡麻粒《ごまつぶ》ほどにしか見えないが、一万の距離を隔てていても視認できるのだ。主砲塔か艦橋の残骸であろうと思われた。

「大和」以下六隻の砲撃は繰り返され、砲声は殷々《いんいん》と轟き渡る。

「青葉」の前方でも、四、五、八戦隊の重巡が、敵巡洋艦に二〇センチ砲弾を浴びせている。

左舷前方の海面に、被弾した敵艦の火災炎が増えてゆく。

「青葉」の艦上からは、松明《たいまつ》を一つずつ灯《とも》してゆくように見えるが、実際には、そのような生やさしいものではない。

炎の下では、艦体や上部構造物、そして各艦の乗組員が焼かれているのだ。

甲板上も、艦内も、地獄草紙《じごくぞうし》に描かれた焦熱《しょうねつ》地獄さながらの有様となっているであろうことは想像に難くなかった。

やがて——。

「旗艦より入電。『砲撃止メ』」

市川春之通信参謀が、命令を伝えて来た。

砲声は、なお数秒間轟いていたが、やがて止んだ。

左舷前方の複数箇所で、火災炎が揺らめいている。

敵艦隊から、新たな射弾が飛んで来ることはない。

第二艦隊は、タクロバン沖を守っていた敵艦隊を打ち破ったのだ。

行く手を阻《はば》む敵は、もはや存在しなかった。

「大和」から「集マレ、集マレ」の命令電が飛んだのだろう、第一、第二水雷戦隊の駆逐艦が集まって来る。

戦闘開始の時点では一九隻を数えたが、数が減っているようだ。おそらく、敵駆逐艦との戦闘で沈んだのだろう。

「本番は、これからだぞ」

高間が、力のこもった声で言った。

「作戦目的は、米軍のフィリピン奪回阻止だ。輸送船団と上陸部隊を撃滅して、初めて任務完了となる」

「もう一暴《ひとあば》れと行きますか」

山澄艦長がニヤリと笑い、松尾航海長ら「青葉」乗員も大きく頷いた。

高間の闘志が伝わったかのように、「大和」から命令電が届いた。

「艦隊針路三一五度。全軍突撃セヨ」

3

レイテ島攻略部隊の将兵は、信じられない思いで、夜のサン・ペドロ湾を見つめていた。

海面が、真昼のように明るくなっている。

輸送船と護衛艦艇とを問わず、何十隻もの艦艇が激しく燃えさかり、鋼鉄製の松明となって、海面を赤々と照らしている。

炎上する艦船の向こうでは、発射炎が間断なく明滅し、遠雷のような砲声や、けたたましい炸裂音が聞こえて来る。

誰もが恐れながらも、万が一にも起こり得ないと考えていた光景が、彼らの目の前で現実のものとなっている。

スリガオ海峡の出口を塞いでいたＴＦ34と、サン・ペドロ湾口を守っていたＴＧ77・2を打ち破った日本艦隊が、タクロバンの沖で待機していた輸送船団に突入して来たのだ。

「ＴＦ34敗退。日本艦隊、スリガオ海峡突破」

この報告が届いた時点で、輸送船団はタクロバンから離れ、避退を開始している。

だが輸送船の中には、荷下ろしの順番を待っていたものや、将兵を乗せているものが少なくない。

必然的に、喫水《きっすい》は大きく下がり、船足《ふなあし》は鈍る。

しかも輸送船の数は、四二〇隻と多いことに加え、タクロバンは日没を迎えている。

この状態で、輸送船が我先《われさき》にと避退すれば、衝突事故が発生する。

ＴＧ77・2と日本艦隊の戦闘が終わったとき、サン・ペドロ湾外に避退した船は一〇〇隻程度であり、タクロバン沖には、まだ三〇〇隻以上が残っていた。

右往左往する輸送船目がけて、日本艦隊は砲門を開き、容赦なく射弾を浴びせた。

一隻が被弾し、炎上すると、その火災炎が他の船を照らし出す。

その船に、また新たな射弾が叩き込まれ、海上の火災炎は、野火《のび》のように広がってゆく。

日本艦の中には、魚雷を撃ち込んで来るものもある。

二〇〇〇名以上の兵を乗せた大型輸送船の船腹に、巨大な水柱が奔騰するや、船はみるみる傾き始める。

いち早く上甲板に上がった兵は、被雷箇所の反対側から海に飛び込もうとするが、急坂と化した上、海水に濡《ぬ》れて滑り易くなっている甲板を登るのは、容易ではない。

浸水が急速に進んだ船は、兵士たちの絶叫と悲鳴を船内に呑み込んだまま横転し、海面下に引きずり込まれる。

日本艦隊の最後尾に位置する六隻の戦艦は、巨大な散弾を思わせる砲弾を放っている。

夜気《やき》を割いて飛来する巨弾は、輸送船の上空で弾《はじ》け、多数の焼夷弾子《しょういだんし》と弾片を、傘形に飛散させる。

焼夷弾子を浴びた輸送船の多くは火災を起こし、降り注ぐ弾片は、船員や兵士を殺傷する。

一際《ひときわ》巨大な炎を噴き上げるのは、引火爆発を起こした航空燃料の運搬船だ。

爆発は、周囲の船をも巻き込み、海上を覆う火災炎は拡大してゆく。

船団も、黙ってやられていたわけではない。

輸送船は、一隻当たり一基ないし二基を装備する一二・七センチ単装両用砲や四〇ミリ連装機銃を発射する。

エヴァーツ級、バックレイ級等の護衛駆逐艦も、七・六センチ単装砲で反撃の砲火を浴びせ、掃海艇や駆潜艇も立ち向かう。

だが、輸送船の備砲にせよ、護衛艦艇の砲にせよ、「浮上航行中の潜水艦《せんすいかん》程度なら渡り合える」程度の兵装に過ぎない。

砲員が必死の形相《ぎょうそう》で発射する小口径砲も、戦艦の大口径砲、巡洋艦の中口径砲に叩き潰され、片端《かたはし》から沈黙を強いられてゆく。

ダグラス・マッカーサー南西太平洋軍司令官は、司令部の天幕の外に佇《たたず》み、呆然とした表情で、闇の向こうで明滅する光を見つめている。

身じろぎもせず、言葉も発しない。

自分が率いてきた南西太平洋軍の精鋭が、輸送船団もろとも壊滅《かいめつ》してゆく様《さま》から、目を背《そむ》けることもしない。

沈黙を保ったまま、目の前の無残《むざん》な光景を脳裏に焼き付けようとしているようだった。

「閣下、内陸に避退なさって下さい」

情報参謀のチャールズ・ウィロビー准将《じゅんしょう》が、早口で言った。一秒の遅れが致命的な事態を招く、と言いたげだった。

「ウィロビー准将のおっしゃる通りです。日本艦隊の攻撃は、船団だけに留まりません。上陸部隊を狙っての艦砲射撃が、間もなく始まります。その前に、安全圏への避退を！」

連絡将校のヘンリー・ゴールドマン海軍中佐も、強い語調で勧めた。

レイテ島攻略部隊は、海岸に橋頭堡を築いたばかりであり、多くの物資は陸揚げされたばかりだ。

上陸からさほど時間が経過していないため、塹壕《ざんごう》も掘っていない。

生身《なまみ》の歩兵の頭上から、戦艦の巨弾が降り注げば、収拾《しゅうしゅう》のつかない惨事《さんじ》が起きる。

マッカーサー将軍も戦死する可能性が高い。

「閣下！」

ウィロビーが今一度大声を上げたが、マッカーサーの反応はない。

依然、闇の彼方に揺らめく火災炎や、明滅する発射炎を見つめているばかりだ。

「閣下、再起を図《はか》りましょう」

ゴールドマンは、力を込めて言った。

「一度失敗しても、また出直せばよいのです。生きてさえいれば、フィリピンへの帰還も果たせます。今一度の『アイ・シャル・リターン』と『アイ・ハヴ・リターンド』を、閣下!」

マッカーサーは初めて反応した。

ゴールドマンの顔を見て、両目をしばたたいた。

「合衆国は、その機会を与えてくれるだろうか?」

「無論です。失敗は、閣下の責任ではありません。統合参謀本部も、大統領閣下も、必ず分かって下さいます」

力を込めて、ゴールドマンは答えた。

これはゴールドマンが言うべき台詞《せりふ》ではない。ゴールドマンはあくまで海軍軍人であり、ハルゼーの第三艦隊を擁護《ようご》しなければならない立場だ。

だが、第三艦隊が日本艦隊の阻止に失敗し、日本艦隊のレイテ湾突入を許してしまったのは、紛れもない事実だ。

合衆国軍人としては、事実を直視しなければならない。

「……分かった。貴官の言葉が正しいようだ」

マッカーサーは頷いた。


司令部の天幕の前には、五輌《りょう》のジープが待機し、マッカーサーの乗車を待っている。

これらにマッカーサーと幕僚たちが乗り込み、敵弾が届かぬ内陸へと避退するのだ。

だが、このとき既に日本艦隊の目標は、レイテ島攻略部隊の上陸地点へと移っていた。

大気を裂く轟音と共に、巨弾が飛来する。

多くは空中で爆発し、無数の焼夷弾子と弾片を飛散させる。

将兵や陸揚げされた物資の真上から、握り拳ほどもある炎の塊と鋭い弾片が降り注ぐ。

軍服に着火した兵が、絶叫を放って転げ回り、無数の弾片を浴びた兵が、朱《あけ》に染まって倒れる。

タクロバンの海岸もまた、海面に劣らぬ、炎と殺戮《さつりく》の巷《ちまた》と化してゆく。

「何だ、あれは……?」

敵弾の炸裂を見たマッカーサーは首を傾げた。

地上戦では、常に後方の司令部にいた軍司令官には、初めて目《ま》の当たりにする光景のようだ。

「巨大な散弾《バックショット》です。ジャップが、対地射撃用に開発した砲弾です」

「地上を、広範囲に制圧するための砲弾か」

　ゴールドマンの答を聞いて、マッカーサーは唸った。あんなものを喰らったら、歩兵はたまったものではない、と言いたげだった。

「出してくれ」

　ウィロビーがジープのドライバーに命じた。

　日本軍が地上を砲撃している以上、一秒でも早く避退すべきと悟ったようだった。

　ドライバーがアクセルを踏み込み、ジープが発進したとき、敵弾の飛翔音が背後から迫った。

　マッカーサーやゴールドマンが両目を大きく見開いたとき、頭上で巨大な爆発が起こり、海岸で兵士たちを殺傷していた焼夷弾子と弾片が、豪雨のように降り注いだ。

第三章　試練の退路

1

「ここまでは、無事に戻れたな」

高間完第六戦隊司令官は、桃園幹夫首席参謀以下の幕僚や、山澄忠三郎「青葉」艦長らの顔を見渡して笑いかけた。

第二艦隊が、タクロバン沖の敵輸送船団とレイテ島に上陸した米陸軍部隊に対する攻撃を終了したのは昨日、一二月一〇日の二一時二六分（現地時間二〇時二六分）。

タクロバンより離脱したのは二三時一〇分だ。

帰路に、敵の残存艦による攻撃が懸念されたが、米艦隊は沈没艦の乗員救助で手一杯《ていっぱい》なのか、第二艦隊に手を出さなかった。

第二艦隊は、再びスリガオ海峡を抜け、ミンダナオ海を経由して、一二月一一日一一時四七分（現地時間一〇時四七分）にスル海に入った。

「捷《しょう》二号作戦」は、予想以上の大成功を収めたと言ってよい。

敵機動部隊の牽制《けんせい》に当たった山口《やまぐち》多聞《たもん》中将の第三艦隊は、敵主力をフィリピンの北方に誘《おび》き出《だ》すことに成功し、第二艦隊は二度の水上砲戦を経て、レイテ島タクロバンの沖に突入、敵の輸送船団とタクロバンの海岸に上陸した敵の陸軍部隊を叩いた。

第二艦隊司令部は、

「輸送船ノ撃沈破一〇〇隻以上。『タクロバン』ノ敵上陸部隊ニ甚大《ジンダイ》ナル打撃ヲ与《アタ》ヘタリ」

との報告電を、連合艦隊司令部に送っている。

米軍はフィリピン奪回を断念し、生き残った輸送船に地上部隊の残存兵力を乗せて、引き上げざるを得ないだろう。

ただし、連合艦隊も開戦以来最大規模の損害を受けている。

第二艦隊の残存兵力は、戦艦六隻、重巡五隻、軽巡二隻、防巡三隻、駆逐艦一二隻だ。

沈没が確認された艦は、戦艦「伊勢」「日向」、重巡「鳥海」、防巡「加古」、駆逐艦一一隻。

スリガオ海峡出口の戦闘で大損害を受け、離脱した艦は重巡「那智」「羽黒」「妙高」の三隻。他に、駆逐艦三隻が、重巡三隻の護衛に付き、一足早く離脱している。

出撃した時点では、戦艦八隻、重巡八隻、軽巡二隻、防巡四隻、駆逐艦二六隻を数えた大艦隊だが、戦力は半分近くまで激減したのだ。

生き残った艦にも、無傷のものはほとんどない。「大和」「武蔵」は、三基の四六センチ三連装砲塔こそ無事だが、高角砲、機銃のほとんどを失っている。

「長門」以下の四戦艦は、「大和」「武蔵」よりは被害が小さいものの、やはり被弾の痕《あと》が目立つ。

巡洋艦以下の艦も同様だ。

残存艦を見た限りでは、勝者には到底見えない。落ち武者《おむしゃ》の群れを思わせる姿だった。


「戦艦は、思ったよりも生き残っていますね。『長門』『陸奥』のどちらか一隻、最悪の場合には両方が失われることも覚悟していましたが」

山澄「青葉」艦長の言葉を受け、桃園が言った。

「スリガオ海峡出口での長距離雷撃で敵戦艦の半数に大きな損傷を与えたこと、砲戦に際しては、『大和』『武蔵』が敵戦艦の砲火を吸収したことの二つが主な理由だと考えます」

「『大和』『武蔵』が楯となり、他の戦艦を守ったということか」

「はい」

「あの二艦の防御力があってのことだな」

高間が感心したように言った。

「大和」「武蔵」は、決戦距離から自艦の主砲弾である四六センチ砲弾を撃ちこまれても耐えられるように作られている。

敵戦艦から砲火を集中されたことで、上部構造物にはかなりの被害を受けたものの、艦中央部の主要防御区画は、最後まで貫通を許さなかったのだ。

「ただ……空襲では、どうなりますか」

桃園は、声の調子を落とした。

レイテ湾の輸送船団と陸軍部隊、護衛の水上砲戦部隊に大打撃を受けた米軍の怒りは、尋常《じんじょう》なものではないはずだ。

敵機が猛然《もうぜん》と襲いかかって来ることは間違いない。

第二艦隊にとっては、帰路こそが正念場と言える。

問題は、残弾が乏《とぼ》しいことだ。

出撃前の最後の作戦会議で、高間は、

「帰路の対空戦闘に備え、高角砲弾はある程度残しておくべきではないでしょうか？」

と具申したが、五藤司令長官は、

「レイテ湾から生還できるかどうかも分からぬのだ。帰路のことよりも、敵艦を一隻でも余計に沈めることを優先せよ」

と命じている。

「青葉」はその命令に従い、スリガオ海峡出口とタクロバン沖の戦闘、及び敵輸送船団に対する砲撃で長一〇センチ砲を撃ちまくり、砲弾のほとんどを消費した。

速射性能を活かした対空射撃を実施すれば、砲弾は短時間で底をつく。

そうなれば、「大和」「武蔵」どころか、自艦を守ることさえできなくなる。

「艦長としましては、高角砲弾が残っている間は、『大和』『武蔵』を守りたいと考えます。撃ち尽くした後は、回避運動によって敵弾をかわします」

山澄の言葉を受け、高間が頷いた。

「いいだろう。五藤長官は、『自艦を犠牲にしてまで、戦艦を守る必要はない。いざとなれば、自艦を優先せよ』とおっしゃっていた。残弾がなくなったら、そのお言葉に甘えさせていただこう」

一一時五八分、信号長の熊沢元也《くまざわもとや》一等兵曹が報告を上げた。

「『武蔵』より信号。『対空用電探、感三。位置、当隊ヨリノ方位六五度、一〇〇浬』」

「来たな」

　高間の口から、その呟きが漏れた。

　旗艦「大和」ではなく、「武蔵」から警報が送られたのは、「大和」の対空用電探が砲戦で破壊され、使用不能となったためだ。

「武蔵」の一五メートル測距儀《そっきょぎ》上に設けられた電探用のアンテナは健在であり、周囲に電波の目を張り巡らしている。

　気象班の報告によれば、日没は一八時一七分（現地時間一七時一七分）。今から、六時間半後だ。三回から四回は、空襲があると見なければならない。

「艦長、対空戦闘」

「対空戦闘、配置に就け！」

　高間の命令を受け、山澄が全艦に下令した。

　ラッパの音が鳴り響き、「青葉」の乗員が艦上を駆ける。

　レイテ湾での水上砲戦で、高角砲二基を破壊されたが、四基はまだ健在だ。

「艦長、高角砲は雷撃機を狙って下さい」

　桃園は、山澄に言った。

　山澄は頷き、射撃指揮所に下令した。

「艦長より砲術。高角砲目標は雷撃機だ。『大和』の下腹を狙って来る奴を叩き墜とせ！」

2

「『ジェイク1』より全機へ。目標視認《ターゲット・インサイト》」

「サラトガ」爆撃機隊《VB12》隊長マーチン・ベルナップ少佐は、落ち着いた声で僚機に伝えた。

　前下方に、多数の航跡が見える。

　数は、二五、六隻。大型艦六隻を中心に、輪型陣を組んでいる。

　合衆国側のコード名「スネーク」。

　昨日の日没直前、スリガオ海峡を突破してレイテ湾に突入した水上砲戦部隊が、フィリピン南西部のスル海を西南西へと向かっている。

「逃がすかよ、ジャップ」

第三八・二《TG38・2》任務群の攻撃隊指揮官ウィルソン・ウッドロウ中佐の声が、レシーバーに響いた。

古参《こさん》の急降下爆撃機隊指揮官であり、指揮能力には定評がある士官が、珍しく感情を露わにしている。

（ミッチャー提督の怒りが伝染したか）

指揮官の心中を、ベルナップは推測した。

「スネーク」のために、合衆国軍は三年前のフィリピン遠征を上回る大損害を被《こうむ》った。

ＴＦ34は、戦艦六隻、巡洋艦六隻、駆逐艦二八隻のうち、戦艦六隻、巡洋艦四隻、駆逐艦一六隻を撃沈され、巡洋艦二隻を戦闘不能に陥れられた。

タクロバンの手前で日本艦隊の阻止を図ったＴＧ77・2は、戦艦三隻、巡洋艦七隻、駆逐艦二五隻のうち、戦艦三隻、巡洋艦四隻、駆逐艦一〇隻を沈められ、巡洋艦三隻、駆逐艦四隻を撃破された。

戦艦を中心とした合衆国の水上砲戦部隊が二隊、続けて敗れたのだ。

日本艦隊はサン・ペドロ湾に突入し、右往左往する輸送船に砲雷撃を浴びせ、タクロバンの海岸に上陸したレイテ島攻略部隊に艦砲射撃を加えた。

戦いの最終局面は、戦闘などと呼べるものではなく、一方的な殺戮でしかなかったということだ。

フィリピン奪回の総指揮を執る南西太平洋軍司令官ダグラス・マッカーサー大将も行方不明だという。

沈没した輸送船と護衛艦艇の数、及び海上、地上での戦死者数は、まだ判明していない。

この事態を招いた責任は、第三艦隊司令部にある。

日本軍の機動部隊、コード名「フロッグ」の陽動《ようどう》に引っかかり、ＴＦ38に北上を命じたため、「スネーク」に対する航空攻撃は不可能となった。

ＴＦ38がレイテ湾の近海に留まって「スネーク」を攻撃するか、戦力を二分《にぶん》して「スネーク」「フロッグ」の両方を叩く道を選んでいれば、「スネーク」

のレイテ湾突入も、レイテ島攻略部隊の壊滅もなかったであろう。

最も責任が重いのはハルゼーだが、ＴＦ38司令官マーク・ミッチャー中将も責任を免れることはできない。

ハルゼーの命令に従った結果とはいえ、ＴＦ38がレイテ湾から離れたのは事実だからだ。

ハルゼーも、ミッチャーも、現職からの更迭《こうてつ》と予《よ》備役《びえき》編入は免れない。

ミッチャーが「スネーク」に、激しい憎悪《ぞうお》を燃やしているであろうことは想像がつく。

ウッドロウの一言は、ミッチャーの怒りを代弁しているように感じられた。

ベルナップは、海上の輪型陣を観察した。

「最優先目標は『ヤマト』と『ムサシ』。この二隻に、雷爆撃を集中せよ」

というのが、ＴＦ38司令部の命令だ。

ベルナップ自身は、アオバ・タイプ、フルタカ・タイプの防空艦を叩きたいと願っていたが、「サラトガ」飛行長ジェフリー・ローレンス中佐からは、

「ＶＢ12も、目標はヤマト・タイプだ。防空艦を叩きたい気持ちは分かるが、これは司令部命令だ」

と、厳しく言い渡されている。

その「ヤマト」と「ムサシ」の姿を、ベルナップは追い求めた。

「敵戦艦の五、六番艦がヤマト・タイプです！」

後席の偵察員ジェシー・オーエンス大尉が、ベルナップよりも先に目標を見出した。

日本軍の戦艦六隻は、三隻ずつ二列の複縦陣を作っている。目標とする二隻は、その最後尾に位置している、とオーエンスは判断したのだ。

「確かか？」

「他の戦艦に比べて、大きさが際立《きわだ》っています。間違いありません」

「『ジェイク1』より全機へ。目標は、敵戦艦の五、六番艦」

「『ジョード1』より全機へ。目標、敵六番艦。繰り返す。全機で、敵六番艦に攻撃を集中する」

　ベルナップが攻撃隊全機に報せるや、ウッドロウから指示が送られた。

「『ヤマト』と『ムサシ』に目標を分散するのではなく、一隻に攻撃を集中するのだ」

　敵五番艦は、第三八・一、三《TG38・1、3》任務群が攻撃すると考えてのことだろう。

「『チーム・ヘミングウェイ』了解」

「『チーム・バーネット』了解」

　ベルナップと「タイコンデロガ」爆撃機隊《VB14》隊長エイブラハム・マローン少佐が、ウッドロウに返答した。

「『ジェイク1』より『チーム・ヘミングウェイ』。目標、敵六番艦。『チーム・スタインベック』に続いて突入する」

　ベルナップは、麾下全機に指示を送った。

　カーチスSB2C〝ヘルダイバー〟の編隊は、敵艦隊の前方へと回り込む。

　対空砲火はない。引きつけてから、撃つつもりかもしれない。

「指揮官の鑑《かがみ》みたいな人物らしいな、ジャップの艦隊司令長官は」

　VB12のヘルダイバー群を誘導しつつ、ベルナップは呟いた。

「攻撃時は陣頭《じんとう》指揮、退却時は最後尾」は、理想的な指揮官のあり方だと考えられている。

　日本艦隊の指揮官は、「ヤマト」か「ムサシ」のどちらかに乗っていると考えられるから、「退却に際しての、指揮官のあるべき姿」を実践《じっせん》していることになる。

　合衆国海軍が誇る水上砲戦部隊と大勢の将兵が乗った輸送船団、レイテに上陸した陸軍部隊を壊滅させた憎むべき敵ではあるが、指揮官の態度は勇者の名にふさわしい。

　自分たちの敵が卑劣漢《ひれつかん》や臆病者《おくびょうもの》ではなく、勇者であることを喜ぶべきかもしれない。

「だからこそ、こちらも全力でやらせてもらう」

ベルナップは口中で、「ヤマト」か「ムサシ」に乗艦しているであろう指揮官に呼びかけた。

攻撃隊は、グラマンF6F〝ヘルキャット〟とヘルダイバーのみの編成だ。

昨日、「フロッグ」を攻撃したときに比べて数が少ない。

「エセックス爆撃機隊《BV9》」は二四機、VB14は二五機であり、ベルナップのVB12も二七機となっている。被弾損傷した機体に、修理を施したものを含めての数字だ。

TF38は、昨日の「フロッグ」との戦闘で艦上機の消耗を強いられ、補充も受けていないため、定数を割り込んでの出撃となったのだ。

それでも三隊を合わせれば、七六機となる。

相手が世界最大の戦艦であっても、一隻に集中攻撃を加えれば、致命傷を負わせることは可能だ。


「『ジョード1』より全機へ。突撃！」

ウッドロウの命令がレシーバーに響き、VB9のヘルダイバー二四機が、一斉に速力を上げた。

「『ヘミングウェイ』、続け！」

ベルナップも麾下二六機のヘルダイバーに下令し、エンジン・スロットルを開いた。

一七〇〇馬力の離昇出力を持つライトR2600-8空冷複列星型一四気筒エンジンが猛々《たけだけ》しく咆哮し、ヘルダイバーが突撃を開始した。

輪型陣の外郭《がいかく》を固める軽巡、駆逐艦や、隊列の前方に位置する戦艦が迫って来る。

「どうした、ジャップ？」

違和感を覚え、ベルナップは声を上げた。

対空砲火がない。

いつもであれば、巡洋艦、駆逐艦が猛然と高角砲弾を撃ち上げ、戦艦の主砲からは、巨大な散弾が飛んで来る。

それが、今回に限っては全くない。

眼下の日本艦隊は、沈黙を保っている。

「弾切れじゃないですか？」

「そうか！」

オーエンスの推測を聞いて、ベルナップは首肯《しゅこう》した。

日本艦隊は二度の艦隊戦を戦った後、タクロバン沖の輸送船団に多数の砲弾を撃ち込み、上陸部隊に対する艦砲射撃まで行った。

これだけ戦えば、砲弾を使い果たして当然だ。

敵艦の弾薬庫には、主砲弾も、高角砲弾も、ほとんど残っていないのかもしれない。

「敵艦、取舵！」

オーエンスが、注意を喚起《かんき》した。

戦艦六隻の最後尾に位置する巨艦――「ヤマト」と「ムサシ」が、左舷側に回頭を始めている。

主砲も、高角砲も使えないため、回避によってヘルダイバーの投弾をかわそうというのだ。

ウッドロウのＶＢ９が、真っ先に突撃を開始した。

二四機が八機ずつに分かれ、中隊毎に時間差を置いて機体を翻《ひるがえ》した。

ベルナップは、すぐには突撃を開始せず、敵艦の動きを見守った。

見当をつけ、敵艦の未来位置にＶＢ12を誘導した。

「『ヘミングウェイ』、行け《ゴー》！」

無線電話機のマイクを通じて下令すると同時に、操縦桿《そうじゅうかん》を左に倒し、機体を横転させた。

視界の中で、空と雲が回転する。

一瞬後には、ベルナップのヘルダイバーは機首を真下に向け、六〇度の角度で降下を開始している。

眼下には、ＶＢ９のヘルダイバーが見える。

高角砲の発射炎も、爆煙もない。オーエンスが見抜いた通り、敵は弾切れのようだ。

ＶＢ９と敵艦の距離が、みるみる縮まる。

そろそろ投弾か、と思ったとき、敵艦の艦上から火箭《かせん》が突き上がり始めた。

高角砲弾は弾切れになっていても、機銃弾は残っていたのだ。

VB9の一機が敵弾をまともに浴び、火を噴く。大きくよろめき、投弾コースから外れる。

被弾したのは、その一機だけだ。

残りは日本軍の巨艦目がけ、まっしぐらに突っ込んでゆく。

VB9の第一中隊が、一斉に機体を引き起こした。敵六番艦の周囲に、多数の水柱が同時に奔騰した。水柱が崩れるより早く、第二中隊の八機が引き起こしをかける。再び、目標の周囲に、多数の水柱がそそり立つ。

VB9の全機が投弾を終え、離脱にかかったとき、敵艦の艦首と艦尾から、黒煙が立ち上っている様が見えた。

奔騰する海水に妨《さまた》げられ、命中の瞬間は確認できなかったが、最低でも二発の一〇〇〇ポンド爆弾を命中させたようだ。

「今度は俺たちだな」

ベルナップは、敵六番艦の動きを睨みつつ、機体の針路を微妙に調整した。

「五〇〇〇（フィート）！　四五〇〇！　四〇〇〇！」

オーエンスが、高度計の数字を読み上げる。

ヤマト・タイプが、ベルナップの眼下に進んで来る。

艦橋や煙突の脇から、赤い火箭が突き上がって来るが、数はさほど多くない。アオバ・タイプ、フルタカ・タイプほどの凄みは、感じられない。

照準器《しょうじゅんき》の環《わ》の中で、敵艦の姿が拡大した。

艦橋や煙突、後部指揮所の脇は、大きく破壊されている。鉄屑《てつくず》の捨て場を思わせる有様だ。

スリガオ海峡出口の砲戦や、タクロバン沖での戦闘で被弾し、高角砲や機銃を破壊されたのだろう。TF34とTG77・2は敗北したが、敵に大きな傷を負わせることには成功した。

ヤマト・タイプは、牙《きば》と爪《つめ》を抜かれていたのだ。

出す。

「三〇〇〇！　二五〇〇！」

オーエンスが、大声で高度を報せる。

ヤマト・タイプの姿が拡大し、照準器の外にはみ出す。

「一五〇〇！」

の声と同時に、ベルナップは投下レバーを引いた。

足元から動作音が届き、機体が軽くなった。

ベルナップにとっては初めての、ヤマト・タイプへの投弾だが、特別の思いはない。防空艦こそ、自分が叩くべき目標だとの考えは変わっていない。

ベルナップは操縦桿を目一杯《めいっぱい》手前に引きつけ、引き起こしにかかった。

敵六番艦の姿が視界の外に消え、輪型陣の外郭を守る巡洋艦、駆逐艦の姿が正面に来る。

下向きの遠心力がかかり、数倍に増加した自らの体重が全身を締め上げる。

機体が水平飛行に戻り、下向きの遠心力が消えたとき、ベルナップのヘルダイバーは、輪型陣の後方に機首を向けていた。

「後続機、無事か？」

「全機健在です！」

「オーケイ！」

オーエンスの報告を聞き、ベルナップは満足感を覚えた。

全機が投弾を無事に終えて離脱するなど、過去の戦闘ではなかった。相当数の僚機が、敵機の対空砲火に墜とされ、二度と母艦に戻らなかった。

だが今回は、全機が投弾を終え、離脱に成功したのだ。

輪型陣の最後尾に位置する巡洋艦が、目の前に迫って来る。

「あいつは……！」

ベルナップは、思わず声を上げた。

他の巡洋艦に比べ、若干小振りな艦体。前甲板に配置された、長砲身の連装高角砲。

紛れもない、日本軍の防空艦だ。

三年前のサン・フェルナンド沖海戦（ルソン島沖海戦の米側公称）以来、ベルナップが最大の攻撃目標と狙っていた艦が、目の前にある。

（撃たれる！）

ベルナップは、直感した。

零距離で発射された高角砲弾か機銃弾が、自機を打ち砕くことを予感した。

だが、何も起こらなかった。

防空艦は沈黙し、投弾を終えたヘルダイバーが離脱するに任せている。

「奴も、弾切れのようですね」

「そうらしいな」

オーエンスの一言に、ベルナップは頷いた。

輸送船団が攻撃されたとき、護衛駆逐艦、駆潜艇、掃海艇といった小型の戦闘艦艇が、多数撃沈されたとの情報がある。

防空艦の一〇センチ高角砲は、それらの小型艦相手に猛威を振るった可能性が高い。

その代償《だいしょう》として、彼らは弾切れの状態で、空襲を受けることとなったのだ。

ベルナップは機首を上向け、上昇にかかった。

防空艦を叩きたくとも、既に投弾済みだ。黙って見逃すしかない。

高度一万フィートに戻ったところで、ベルナップは海面を見下ろした。

敵六番艦は、艦上の複数箇所から黒煙を上げている。正確な命中弾数は不明だが、相当な打撃を与えたことは間違いない。

ただし、速力の低下はない。重油も引きずっていない。

TG38・2による攻撃は、上部構造物に被害を与えただけに留まったようだ。

ベルナップは、オーエンスに命じた。

「母艦に報告を送れ。『目標に爆弾多数命中なれど効果不充分。攻撃反復の要有り』とな」

3

「しつこい奴らだ」

防巡「青葉」の月形謙作砲術長は、射撃指揮所の大双眼鏡で上空を見つめながら呟いた。

新たな敵機の大編隊が、第二艦隊の前方へと回り込みつつある。

第二艦隊の帰路を塞ぐ格好だ。

「逃がしはしない。お前たちに帰る場所はない」

そう言いたげな動きだった。

「測的より指揮所。敵機の一部が、低空に降下しつつあります」

「雷撃を狙っていますね」

測的長上田辰雄《うえだたつお》中尉の報告を受け、掌砲長千田類《せんだるい》少尉が敵の狙いを予測した。

「間違いあるまい」

月形は、軽く唇を舐めた。

本艦の出番が来た——と、口中で呟いた。

第二艦隊は、一二時二六分から一四時一五分までの間に、三度の空襲を受けている。

敵はF6Fとヘルダイバーのみで編成されており、「大和」と「武蔵」だけを執拗《しつよう》に狙って来た。

第一次空襲では、「武蔵」への直撃弾六発を数え、一三時一〇分から始まった第二次空襲では、「大和」に爆弾二発、「武蔵」に爆弾四発がそれぞれ命中した。

一三時五五分より始まった第三次空襲では、空襲が終わるまでの二〇分間に、「大和」に爆弾二発、「武蔵」に爆弾四発がそれぞれ命中している。

両艦とも、主砲塔や艦中央部の主要防御区画は無事であり、機関も最大出力を発揮できるが、主砲以外の上部構造物は凄まじい破壊を受けている。

高角砲、機銃座はあらかた吹き飛ばされ、上甲板は至るところ孔《あな》だらけだ。

「武蔵」は艦橋に直撃弾を受け、艦長猪口敏平《いのぐちとしひら》少将は戦死したと報告が届いている。

敵は、「大和」「武蔵」に的を絞ったのだ。

この二隻さえ沈めれば、第二艦隊の、ひいては帝国海軍戦艦部隊の力を完全に奪い取れると、敵機動部隊の指揮官は考えているのだろう。

それを阻止するのが「青葉」の役割だ。

現在「青葉」は、「武蔵」の右舷側を守る態勢を取っている。

「大和」には、左舷側に「能代」「矢矧」が付き、敵機に目を光らせている。

三隻の防巡は、雷撃機を阻止する態勢を取っているのだ。

ただし、長一〇センチ砲の残弾は乏しい。撃ち尽くせば、「大和」「武蔵」自身の回避運動だけが頼りだ。

少ない残弾を有効に使い、一機でも多くのアベンジャーを墜とすことが、防巡に求められていた。

「敵降爆一〇機、『武蔵』の左二五度！」

上田測的長が報告する。

「武蔵」の艦首が左舷側に振られ、世界最大の巨体が回頭を始める。

思ったよりも、動きが早い。

（操艦は、副長の方が上手いんじゃないか）

月形は、そんな感想を抱いた。

猪口敏平艦長の戦死後、「武蔵」では、副長の加藤憲吉《とうけんきち》大佐が操艦に当たっている。重巡「鳥海」の副長として、海南島沖海戦の修羅場《しゅらば》を経験した後、「武蔵」副長に異動した人物だ。

あのときの経験から、早めの操艦を心がけているのかもしれない。

「武蔵」は、急降下爆撃の直下に艦首を突っ込もうとしている。

自ら敵に近づく格好だが、敵機は降下角を深めねばならず、爆撃の命中率が低下する。

猪口艦長が操艦に当たっていたときには、見られなかった動きだ。

月形は、輪型陣の右方に注意を戻した。

ヘルダイバーから「武蔵」を守る余裕はない。優先すべきはアベンジャーによる雷撃の阻止だ。

左前方から、ダイブ・ブレーキ音が届く。

それが猛々しいエンジン音に替わった直後、敵弾の炸裂音が轟く。

「『武蔵』に至近弾三。直撃弾なし！」

「了解！」

第一分隊士小村剛《おむらごう》兵曹長の報告に、月形はごく短く応答し、輪型陣の右方を注視する。

「来た！」

視線が一点で止まり、月形は叫んだ。

「青葉」の右正横から、横一線に並んで向かって来る機影がある。

回頭中の「武蔵」を狙う動きだ。

「目標、右正横の敵雷撃機。測的始め！」

月形は、第三分隊長の星川龍平大尉に命じた。

第三分隊は昨日、もっぱら水上砲戦における諸元計算で明け暮れたが、今度は本来の任務である対空戦闘だ。

「目標、右正横の敵雷撃機。測的よし！」

「高角砲、三番、五番、射撃準備よし！」

「撃ち方始め！」

星川と菊池俊雄第一分隊長が続けて報告を上げ、月形は気合いを込めて下令する。

一拍置いて、鋭さを持つ砲声が轟き、射撃指揮所が痺《しび》れるように震える。

二秒後に次の砲声が轟き、更に二秒後に第三射が放たれる。

右舷正横に指向可能な三、五番高角砲が、交互撃ち方を行っているのだ。

アベンジャーの面前《めんぜん》で、二発の一〇センチ砲弾が弾ける。初弾からの命中を期待したが、アベンジャーはぐらつきもしない。

第二射弾、第三射弾、第四射弾と、二秒置きに二発ずつの一〇センチ砲弾が炸裂する。

アベンジャーは、一機も墜ちない。「青葉」の長一〇センチ砲は、弾片を空《むな》しく撒き散らしているだけだ。

「畜生、駄目か！」

月形は歯ぎしりした。

「青葉」はマリアナ沖海戦で高角砲四基を失った後、修理を施され、戦死した砲員も補充を受けたが、高角砲の命中率は著しく落ちた。

月形は、リンガとブルネイで待機している間に、新規に補充された砲員たちに猛訓練を施したが、命中率が旧来《きゅうらい》のものに回復することは遂になかった。

昨日の戦闘では、「青葉」の長一〇センチ砲は高い命中率を誇り、敵の駆逐艦や駆潜艇、掃海艇等の小型艦艇を次々と撃沈したが、これは近距離の水上砲戦という条件だったためだ。

艦船は航空機より遥かに大きく、速度性能も低い。このため、新規に補充された砲員たちでも、高い命中率を得られたのだ。

だがアベンジャーには、有効弾を得られない。


樽《たる》のように太い胴を持つ雷撃機は、「青葉」の奮《ふん》闘《とう》を嘲笑《あざわら》うかのようにエンジン音を轟かせ、距離を詰めて来る。

第五射も失敗に終わる。二発の一〇センチ砲弾は、敵機を捉えることなく、海面付近で爆発しただけだ。

第六射で、ようやく有効弾が出た。

アベンジャー一機の正面で、一〇センチ砲弾が炸裂するや、機首から煙を噴出し、海面に突っ込んで飛沫を上げた。

続いて、第七射が一機を仕留める。

左の主翼が中央付近から折れ飛び、揚力《ようりょく》を失った機体が、回転しながら海面に激突する。

「青葉」が仕留めたのは、その二機だけだ。

残りは二手に分かれ、「青葉」の前と後ろから、輪型陣の内側に突入する。

片舷に六基を装備する二五ミリ連装機銃が火を噴き、火箭を浴びせるが、火を噴く敵機はない。射弾が命中しているように見えても、打撃はほとんどないようだ。

　アベンジャーの頑丈《がんじょう》な機体が、三名の搭乗員やエンジンを二五ミリ弾から守っている。

　輪型陣の内側に突入した敵機を目がけ、左舷側の高角砲が火を噴く。

　至近距離から射弾を浴びせたためだろう、二機がばらばらになり、大量の破片が海面に落下する。

「青葉」が墜としたのは四機に留まった。

　対空砲火を逃れたアベンジャーは、急速転回する「武蔵」を目がけ、突進してゆく。

　胴体下から、次々と魚雷が投下され、海面に飛沫を上げた。

「いかん……！」

　月形の口から、絶望の声が漏れた。

「武蔵」の艦腹に、魚雷命中の水柱が次々とそそり立つ様が脳裏に浮かんだ。

　直後、「武蔵」の動きに変化が生じた。

　白波を蹴《け》立《た》て、海面に大きな弧《こ》を描いていた巨体が直進に移り、投下された魚雷に艦尾を向けたのだ。

　月形が恐れていたようなことは、何も起こらなかった。

「武蔵」のどこにも、魚雷命中の水柱が奔騰することはない。

　加藤憲吉「武蔵」副長は、魚雷から逃げおおせたのだ。

「艦長より砲術。よくやった！」

　山澄が月形を呼び出し、賞賛《しょうさん》の言葉を送って来る。

　アベンジャーの完全阻止はできなかったが、四機を墜とし、「武蔵」の雷撃回避に貢献《こうけん》したのだ。

　残り少ない高角砲弾を、よく有効に使ってくれた。そんな言葉を、言外《げんがい》に感じさせた。

「まだ安心は――」

　月形が言いかけたとき、

「敵雷撃機、『武蔵』の左正横！」

　小村第一分隊士の悲痛な報告が、後部指揮所より飛び込んだ。

「一分隊、二、四番撃て！」

月形は咄嗟に、菊池第一分隊長に命じた。

隊列の前方から侵入し、「武蔵」を狙っていたアベンジャーがいたのだ。

「青葉」の二、四番高角砲が、火を噴く。四門の同時発射だ。

砲声が射撃指揮所を包み、四発の一〇センチ砲弾が放たれる。

第一射は、有効弾とはならなかった。
二、四番高角砲は、四秒後に第二射を放ったが、一〇センチ砲弾四発が炸裂する前に、アベンジャーは胴体下から魚雷を投下していた。
海面に飛沫が上がり、複数の白い航跡が、「武蔵」に向かって突き進む。

「武蔵」の加藤副長も、アベンジャーの動きには気づいたであろう。

咄嗟に「取舵一杯」を下令したことは間違いない。

だが、「武蔵」が艦首を振り始める前に、その巨大な艦腹に、魚雷命中の水柱が、続けざまに突き上がっていた。


「『武蔵』を放棄しろと言うのかね？」

五藤存知第二艦隊司令長官は、仰天《ぎょうてん》した声を上げた。

第二艦隊の司令部幕僚も、凍り付いたように動かなかった。

「残念ではありますが、止むを得ないと考えます」

岩淵三次参謀長は、絞り出すような声で言った。

顔色は青ざめ、表情は苦衷《くちゅう》に歪《ゆが》んでいる。このような意見を口にせざるを得ない自身の立場を、呪《のろ》っているようだった。

「今のままでは、第二艦隊全艦が『武蔵』の速力に合わせなければならず、敵機の行動圏外に逃れることはできません。遺憾《いかん》ではありますが、『武蔵』には乗員救助用の駆逐艦を付けてこの場に残し、他の艦は先に避退すべきです」

第四次空襲で、「武蔵」には爆弾三発、魚雷四本が命中した。

「武蔵」の防御力であれば、魚雷四本程度の命中であれば、沈没にまでは至らないはずだったが、艦内に奔入した海水は複数の艦内隔壁をぶち破り、艦底部を侵した。

現在「武蔵」は、喫水を大きく下げ、速力は八ノットにまで低下している。

魚雷は全て左舷側に命中したため、艦体は左に傾斜し、左舷側から艦の後方にかけての海面は、漏れ出した重油で黒く染まっている。

深手《ふかで》を負いながらも、刀《かたな》を杖《つえ》代わりにして、よろばい歩く落ち武者を思わせる姿だ。

第二艦隊は、「武蔵」に合わせて、八ノットで航行している。

五藤には、「武蔵」を見捨てるつもりはない。

「大和」と共に、帝国海軍の頂点に君臨する戦艦であり、スリガオ海峡とタクロバン沖で、世界最強の実力を証明した艦なのだ。

浸水の拡大を食い止めさえすれば、ブルネイまで連れ帰ることは可能なはずだ。

だが参謀長は、敢えて非情《ひじょう》の意見を具申したのだった。

「魚雷四本で、大量の浸水が発生するとは……」

五藤はかぶりを振った。

大和型戦艦は、自艦の主砲弾である四六センチ砲弾の直撃に耐えられるだけではない。

水中防御にも十二分な配慮がされ、左右両舷に巨大なバルジが設けられている。

雷撃で大和型戦艦を沈めるとしたら、最低でも二〇本程度の魚雷が必要だろう、と五藤は考えていた。

それが、四本の魚雷が命中しただけで、大量の海水を飲み込み、航行不能寸前の状態に陥ったのだ。

「攻撃力、防御力共に世界最強」との触れ込みは虚偽《きょぎ》だったのか。海軍上層部の、単なる思い込みに過ぎなかったのではないか。

「敵弾が命中すれば、貫通を許さなくとも、装甲鈑《そうこうばん》や構造材は打撃を受けます。何発も被弾している間に、各所にひずみが生じた可能性が考えられます」

「大和」艦長森下信衛少将の意見を受け、五藤が聞いた。

「魚雷が命中したとき、ひずみが一挙に拡大し、大量の浸水を招いた、ということか？」

「あくまで推測ですが」

「直撃弾を繰り返し受ければ、貫通を許さなくとも、いずれ限界が来る、ということか」

「『大和』『武蔵』といえども、無限大の防御力を持つわけではありません」

「うむ……」

五藤は、深々とため息をついた。

「武蔵」には、いや第二艦隊全体に無理をさせ過ぎたのかもしれない。

スリガオ海峡出口で待ち構えていた、米軍の新鋭戦艦部隊を相手取るだけでも荷が重いのに、タクロバン沖では旧式戦艦三隻を中心とした部隊と渡り合い、輸送船団や上陸部隊をも攻撃したのだ。

その間に、第二艦隊の全艦が多数の敵弾を受けている。艦体に蓄積《ちくせき》された目に見えない打撃が、空襲によって限界を超えたのかもしれない。

「長官、御決断を」

岩淵の言葉に五藤が応えようとしたとき、新たな報告が艦橋に上げられた。

「敵戦爆連合の編隊、左一六〇度、高度三五《サンゴ》（三五〇〇メートル）。機数一〇〇機以上！」

桃園幹夫第六戦隊首席参謀は、「青葉」の艦上で目を見張った。

敵機の大半――おそらく七割以上が、「大和」に向かっている。

敵の指揮官は、喫水を大きく下げ、重油も漏れ出している「武蔵」を見て、沈没寸前と判断したのだろう、「大和」に攻撃を集中して来たのだ。

「砲弾が続く限り『大和』を守る！」

「艦長より砲術、『大和』を援護せよ。ヘルダイバーよりもアベンジャーを狙え！」

高間司令官が断を下し、山澄「青葉」艦長が、射撃指揮所に下令した。

「青葉」の長一〇センチ高角砲は、二、四番を左舷側に、三、五番を右舷側にそれぞれ向け、長い砲身を水平に近い角度まで倒している。

残り少ない一〇センチ砲弾で、どこまで「大和」を守れるか。

「大和」が、早くも回避運動に入っている。

先の空襲では取舵を切り、ひたすら左に回頭していたが、今度は面舵だ。

全長二六三メートル、最大幅三九メートルの巨体が、スル海の海面を弧状に切り裂き、白波を蹴立てながら、右へ右へと回ってゆく。

上部構造物、特に副砲、高角砲、機銃座は、昨日の砲戦や今日の空襲でかなり破壊されているが、艦の心臓部である一二機の重油専焼缶も、四基のオールギヤードタービンも、全て健在なのだ。

高角砲を発射する艦は、ほとんどない。

どの艦も昨日の水上砲戦で、高角砲弾をほとんど使い果たしているのだ。

今にも攻撃を受けようとしている「大和」ですら、機関出力を振り絞り、逃げ回るばかりだ。

「敵降爆六、『大和』に急降下！」

「『大和』の前方より雷撃機。機数九！」

見張員が、連続して二つの報告を上げた。

山澄艦長から、射撃指揮所への指示は飛ばない。

目標の選定も、射撃開始の時機判断も、全て月形に委ねているのだ。

「大和」は、右回頭を続けている。

回頭に伴い、敵機との相対位置が変わる。

ヘルダイバーは「大和」の前上方から降下する形

になり、アベンジャーは「大和」の左前方へと移動する。

（危ない！）

桃園は、背中に冷たいものを感じた。

「大和」はアベンジャーに横腹をさらしている。このままでは、「武蔵」の二の舞だ。

ヘルダイバー群が、先に投弾した。

「大和」を囲むようにして、多数の水柱が奔騰するが、直撃弾炸裂の爆炎はない。

森下信衛「大和」艦長は、敵機の真下に潜り込むことで、敵弾をかわしたのだ。

ヘルダイバー群が離脱にかかったとき、長一〇センチ砲の砲声が、「青葉」の艦上に轟いた。

左舷側の二、四番高角砲だ。

一番砲の第一射。二秒後に二番砲で第二射。更に二秒後、一番砲で第三射。

アベンジャー群の面前で爆発が起こり、黒い爆煙が湧き出す。一機が弾片を喰らったのか、大きくよろめくが、姿勢を立て直し、突撃を続ける。

第二射弾までは有効弾が出なかったが、第三射弾がアベンジャー一機を墜とした。

一〇センチ砲弾の爆風に大きく煽られたアベンジャーが、右の翼端を波頭《なみがしら》に突っ込み、大きく回転して、海面に叩き付けられた。

先に「武蔵」の援護射撃を行ったときより、狙いが正確だ。技量未熟だった砲員たちも、実戦経験を通じて腕を上げたのかもしれない。

第四射弾が、二機目を撃墜する。

一〇センチ砲弾が至近距離で炸裂したのだろう、アベンジャーは閃光と共にばらばらに砕け、大量の破片が海面に落下して飛沫を上げる。

第五射弾が炸裂し、更に一機のアベンジャーを墜とした直後、「大和」の艦上からも火箭がほとばしった。

生き残っている二五ミリ三連装機銃が、応戦を始めたのだ。

アベンジャー群が次々に投雷し、左右に分かれた。

上下に太い、特異な形状を持つ機体が、「大和」の艦首と艦尾をかすめて離脱した。

桃園は、息を呑んで見つめる。

「青葉」はアベンジャー三機を墜としたが、六機に投雷を許してしまった。「大和」の艦腹に、巨大な水柱が続けざまに奔騰する様が脳裏に浮かんだ。

恐れていたことは起こらない。「大和」は回頭を続けている。

「青葉」の猛射と「大和」自身の機銃掃射が、照準を狂わせたのかもしれない。

「新たな敵降爆八、『大和』に急降下！」

「『大和』の左前方にアベンジャー一〇機以上！」

見張員より、相次いで報告が上げられた。

「何としつこい！」

「奴らにしてみれば、昨日の報復のつもりだ。レイテの上陸部隊を蹂躙《じゅうりん》されたことへの」

山澄の呆《あき》れたような声に、高間が応じた。

（他に、もう一つある。囮《おとり》に引っかけられたことへの報復だ）

腹の底で、桃園は呟いた。

敵機動部隊の指揮官は昨日、山口多聞中将の第三艦隊に誘き出され、レイテ湾をがら空きにした。

「日本軍に騙《だま》された」「小癪《こしゃく》な敵に引っかけられた」という怒りは、相当なものであろう。

その怒りが、「大和」「武蔵」に向けられている。

桃園は、その推測は口にせず、「大和」の動きを見守った。

ヘルダイバーが、アベンジャーよりも先に投弾する。八機が「大和」の頭上から落ちかかり、艦橋の真上で引き起こしをかける。

「大和」の周囲に多数の水柱が奔騰し、後甲板で爆発が起こる。

先の急降下爆撃はかわしたが、今度は一発を被弾したのだ。

黒煙を引きずる「大和」に、アベンジャーが突進する。

「青葉」の二、四番高角砲が咆哮を上げる。

真っ赤な発射炎が砲口からほとばしり、雷鳴のような砲声が艦橋に届く。褐色の砲煙が、艦の後方に流れ去る。

有効弾が出たのは、第二射だ。

アベンジャー一機が機首から煙を噴き出し、高度を大きく下げた。下向きになった機首が波頭に接触するや、盛大な飛沫を上げて逆立ちになった。

第三射では有効弾は得られなかったが、第四射が一機を仕留める。

胴体を大きく損傷したのか、塵のような破片を撒き散らしながら、海面に激突して飛沫を上げる。

第五射弾は、アベンジャーの真正面で炸裂した。

飛び散る無数の弾片が、エンジン・カウリングや風防ガラスを直撃したのだろう、そのアベンジャーは力尽きたように墜落し、波のうねりの中に姿を消した。

第五射を最後に、砲声が途絶えた。

「砲術より艦長。二、四番高角砲、残弾なし！」

「ここまでか！」

月形の報告に、山澄が唸り声を発した。

顔が、真っ赤に染まっている。心中に、激しい鬱《うっ》憤《ぷん》があるようだ。

「青葉」の高角砲員は、実戦を通じて腕を上げた。マリアナ沖海戦で戦死した高角砲員たちに、勝るとも劣らぬだけの技量を、短時間で身につけた。

にも関わらず、「青葉」はこれ以上「大和」を援護できない。

その現実と無念さに、苛《さいな》まれているようだった。

「二艦隊司令部に送信。『我、残弾ナシ』」

高間が、通信室の市川春之通信参謀に指示を送ったとき、アベンジャー群の周囲で新たな爆発が起こり、一機、二機と火を噴いて墜落し始めた。

「しめた！」

桃園は、思わず叫び声を上げた。

「青葉」と共に、「大和」の援護に当たっていた二隻の防巡「能代」「矢矧」が、アベンジャー群に一〇センチ砲弾を浴びせたのだ。

「能代」「矢矧」も残弾が乏しいはずだが、弾薬庫の中を空にするつもりで砲撃しているのかもしれない。

半数近くまで打ち減らされたアベンジャーが投雷し、離脱する。

プロペラで波頭を切り裂かんばかりの低高度を、フル・スロットルの爆音を轟かせながら逃げ去ってゆく。

「大和」の艦腹に、被雷の水柱がそそり立つことはない。

「青葉」以下三隻の防巡は、アベンジャー第二波の阻止に成功したのだ。

アベンジャーの生き残りが輪型陣の外に離脱した直後、

「新たな敵雷撃機、『大和』の左前方！」

見張員が、悲鳴じみた声で報告を上げた。

敵は、まだ「大和」を諦《あきら》めていない。第三波が襲って来たのだ。

「本艦にはどうにもならん」

高間がかぶりを振った。

「青葉」の二、四番高角砲には、一発の砲弾も残っていない。

右舷側の三、五番高角砲には、まだ何発かが残っているが、こちらは敵機を射界に捉えていない。

黙って「大和」を見守る以外、「青葉」になし得ることはなかった。

「能代」「矢矧」が、長一〇センチ砲を連射する。

一〇センチ砲弾の弾片を浴びたアベンジャーが二機、連続して火を噴き、「青葉」の艦上では歓声が上がる。

戦闘を直接目視できる機銃員たちは、

「いいぞ、やっちまえ！」

「生かして帰すな！」

と声援を送り、右手の拳を突き上げる。

だが、「能代」「矢矧」の長一〇センチ砲は、ほどなく沈黙した。「青葉」同様、砲弾が尽きたようだった。

「大和」は、なお抵抗を止めない。

右に回頭しつつ、健在な機銃座から、二五ミリ弾の火箭を放つ。

「青葉」の艦上からは、二五ミリ弾がアベンジャーを捉えているように見える。

にも関わらず、火を噴く機体はない。

樽のように太い機体が、機銃弾を撥《は》ね返さんばかりの勢いで、「大和」目がけて突き進んでゆく。

アベンジャー群が、次々と「大和」の後方に離脱した。

最初の一本は、「大和」の左舷艦首に命中し、水柱が主砲塔を大きく超えて伸び上がった。

炸裂音は、「青葉」の艦橋まで届く。世界最強の座に君臨した戦艦の水線下が抉られた音だ。

高間以下の六戦隊司令部幕僚や、山澄以下の「青葉」乗員が見守る中、「大和」への魚雷命中は相次いだ。

第二砲塔の左脇、艦橋の左舷直下、後部指揮所の直下と、魚雷は次々に命中し、「大和」の巨体を震わせる。

炸裂音が時間差を置いて届き、「大和」の打撃が深刻さを増していることを告げ知らせる。

最後の一本は、「大和」の艦尾に命中した。

被雷の瞬間、「大和」の巨体が大きく震えたように見えた。艦が致命傷を受けたことを、報せんとしているようだった。

炸裂音が「青葉」の艦橋に届いた直後、「大和」は左舷側に傾斜した状態で、ゆっくりとその場に停止した。

4

「長官、お待ちしておりました」

「青葉」の艦橋に上がって来た五藤存知第二艦隊司令長官を、高間完司令官以下の第六戦隊司令部幕僚は敬礼で迎えた。

第二艦隊司令部は、多数の魚雷を受けた「大和」から「青葉」に将旗を移したのだ。

「青葉」の艦橋は、「大和」に比べて遥かに狭いため、岩淵三次参謀長以下の司令部幕僚は、士官室で待機している。

答礼を返した五藤は、桃園幹夫首席参謀の顔を見て小さく頷いた。元気そうだな、と言いたげだった。

「刀は全て折れ、矢も尽き果てた」

五藤は高間に向き直り、大きく息を吐き出しながら言った。

「『大和』も『武蔵』も、致命傷を受け、ブルネイまでは帰り着けそうにない。乗員は艦を生き残らせるため、奮闘してくれたが、無理をしても犠牲を増やすだけだ。この上は、艦よりも人を残す方を優先すべきだと判断した」

「六戦隊の司令官としましては、『大和』を守り切れなかったことについて、幾重《いくえ》にもお詫び申し上げるしかありません」

「六戦隊の責任ではない。弾切れの状態では、如何《いかん》ともし難い。敵の物量に抗《こう》しきれなかっただけだ」

五藤はかぶりを振り、謝罪が無用であることを伝えた。

この三〇分前に終了した第五次空襲が、「大和」「武蔵」に対するとどめとなった。

米軍の攻撃隊は、四分の三を「大和」に、四分の一を「武蔵」にそれぞれ振り向け、雷爆撃を集中したのだ。

「武蔵」は、第四次空襲時の被雷によって、最高速度が八ノットまで低下していたため、爆弾一〇発、魚雷八が命中した。

上部構造物の大半は破壊され、浸水は急速に進み、艦は左舷側に横転した。

艦の右半分は、まだ水面上に姿を見せているが、完全に没し去るのは時間の問題だ。

脱出した乗組員は、沈没時の渦流《かりゅう》から逃れるべく、一メートルでも艦から遠ざかろうとしている。

一方の「大和」は、「青葉」「能代」「矢矧」が雷撃機に的を絞って対空戦闘を行い、森下信衛「大和」艦長も懸命の回避運動を行った。

急降下爆撃による被弾は一発に留まり、アベンジャーの第一波、第二波は回避に成功した。

だが、第三波まではかわし切ることができず、「大和」は五本の魚雷を受けた。

「武蔵」同様、大量の浸水が発生し、「大和」は左舷側に八度傾斜した。

致命傷となったのは、後部に命中した二本だ。

一本は四番機械室に浸水を発生させ、四番推進軸が動かなくなった。

のみならず、前部の二番機械室にも浸水が始まっており、主機の停止は時間の問題と見られている。

更に、艦尾への命中魚雷によって主舵《しゅだ》が破壊され、「大和」は操舵不能に陥った。

舵を失っても、推進軸が全て健在なら、左右のスクリュー・プロペラを逆向きに回転させることで、回頭することはできる。

だが、左舷側の推進軸二基が停止したのでは、回頭は不可能だ。

五藤は「大和」の放棄を決断し、自らは「青葉」に移乗したのだった。

森下艦長は、既に総員退艦を命じている。

生き残った「大和」の乗員は、艦の右舷側から海面に飛び込み、駆逐艦が救助に当たっている。

被雷した左舷側の水線付近では、海水が激しく泡立っており、艦は刻々《こくこく》と傾斜を深めている。

「武蔵」同様、昨日の砲戦で敵弾多数を被弾し、艦の各所に見えない歪みが発生していたのだろう。

そこに五本もの魚雷を受けたため、各部の隔壁が破れ、浸水が急速に拡大したのだ。

「大和」が沈み切る前に、全員が脱出できるかどうかはまだ分からなかった。

「我が軍は昨日、米軍に記録的な大勝利を収めたばかりです。その立役者《たてやくしゃ》となった『大和』『武蔵』を、失うのは、断腸《だんちょう》の思いです」

苦衷の表情で言った高間に、五藤は寂《さび》しげに笑って見せた。誰よりも悔《くや》しい思いをしているのは自分なのだ、と言いたげだった。

「我々は、作戦目的を達成した。フィリピンに来寇した米軍の撃滅に成功したのだ。『大和』『武蔵』の喪失は、止《や》むを得《え》ざる犠牲と考えるべきだろう」

「『武蔵』はまだしも、『大和』は生還が可能だと考えていたのですが」

「『長門』か『陸奥』で『大和』を曳航《えいこう》する手も考えたが、そのようなことをしては、敵の空襲圏外に脱出できない。曳航中に空襲を受ければ、犠牲を更に増やすことになる」

「『大和』と『武蔵』を共に失えば、我が軍は以後、艦隊戦で米軍には勝てなくなります。残された戦艦で、米軍の新鋭戦艦に対抗できるとは思えません」

「『大和』を連れ帰っても対抗でききんよ」

傍《かたわ》らで聞いていた桃園は、耳を疑った。

桃園が知る限り、五藤は帝国海軍の提督の中では、特に勇敢な人物の一人だ。その勇敢さを買われて第二艦隊司令長官に抜擢《ばってき》され、強気の采配《さいはい》でレイテ湾突入を成功させた人物だ。

その五藤が、弱気な言葉を口にしたことが意外だったのだ。

「『大和』を内地に回航しても、修理には一年以上を要する。その間に、米軍は何隻もの新鋭戦艦を就役《しゅうえき》させ、我が軍を圧倒するだろう。いや、米軍にしてみれば、新鋭戦艦を繰り出す必要すらない。『大和』『武蔵』といえども、航空攻撃によって沈められてしまうことが実証されたのだからな」

「艦隊決戦はもう起こらない、とおっしゃるのですか？」

　高間の問いに、五藤は頷いた。

「昨日、スリガオ海峡出口で艦隊決戦が生起したのは、第三艦隊による囮作戦が成功したからだ。米軍は、奇策《きさく》が何度も通用する相手ではない。艦隊決戦が起こる見込みがない以上、無理に『大和』を持ち帰ろうとして、犠牲を増やすことはない。それよりは、『大和』『武蔵』の乗員を一人でも多く救出し、内地に帰還させることだ。海軍の要となるのは、軍艦でも飛行機でもなく人材だ。人さえいれば、必ず再建できる」

「……」

「一つだけ、私が幸いだったと考えていることがある」

「何です、それは？」

「艦隊決戦が先になったことだ」

　五藤は、沈みかかっている「大和」と「武蔵」に視線を向けた。

「空襲を先に受けていたら、二艦隊は手負いの状態で敵の新鋭戦艦群と戦うことになっていた。いや、艦隊戦すら望めず、スリガオ海峡の手前で反転退却を余儀《よぎ》なくされていたかもしれぬ。艦隊戦の機会を作ってくれた三艦隊の山口長官に、私は心から感謝しているよ」

　海面では、溺者《できしゃ》救助が続いている。

「対空用電探に反応があった場合は、即座に作業を中止し、避退せよ」

　と、五藤は命じていたが、どの艦からも「対空用電探、感有リ」の報告はなかった。

　米軍は、第五次空襲で「大和」「武蔵」両艦の沈没を確信し、「これ以上の攻撃は無用」と判断したのかもしれない。

　日没が近いため、攻撃を見送った可能性も考えられる。

潜水艦による襲撃の可能性はあるものの、第二艦隊は頭上の脅威に脅《おびや》かされることなく、「大和」「武蔵」乗員の救助作業を続けていた。

日没を一時間後に控えた一七時四三分（現地時間一六時四三分）、「武蔵」が姿を消した。

艦は横転した状態から九〇度回転し、赤く塗装された下腹を海面に覗《のぞ》かせたと見るや、周囲の海面を激しく泡立たせながら姿を消した。

「大和」は、日没とほとんど同時に沈んだ。

艦は左舷側に傾斜したものの、「武蔵」のように横転も転覆《てんぷく》もせず、ゆっくりと喫水を下げていった。

日が没し去る直前、「大和」の艦首が大きく持ち上がった。

水線下の球状艦首が露わになり、左舷側の破孔から、一旦呑み込んだ海水が滝《たき》となってなだれ落ちた。

西の水平線付近から差し込む陽光が、艦首に反射して光を放った直後、「大和」は艦尾から吸い込まれるようにして、静かに海面下へと消えていった。

「引き上げよう」

五藤の命令が「青葉」の艦橋に響いた。

「溺者救助終了。艦隊針路二七〇度」

の命令が、「青葉」から全艦に送られた。

第二艦隊は、「大和」「武蔵」が沈んだ海面を背にして、ゆっくりと動き始めた。

第四章　はばたく魔鳥

1

マリアナ諸島の破局《はきょく》が始まったのは、昭和二〇年一月一〇日だった。

「グアムの電探基地より報告。電探、感五。反射波大。位置、グアム島南岬（アガ岬）よりの方位一三五度、一〇〇浬！」

一〇時三六分、テニアン島の第一航空艦隊司令部に、通信所からの報告が飛び込んだ。

「一〇〇浬で感五となりますと、非常に規模の大きな編隊です」

航空甲参謀板谷《いたや》茂《しげる》中佐が、参謀長の三和《みわ》義勇《よしたけ》大佐に具申した。

「戦闘再開かもしれんな」

司令長官の竹中《たけなか》龍造《りゅうぞう》中将がぼそりと言った。

昨年八月、トラック環礁が米国の手に落ちて以来、サイパン、テニアン、グアムのマリアナ三島は、恒常的にボーイングB17〝フライング・フォートレス〟、コンソリデーテッドB24〝リベレーター〟といった四発重爆撃機の空襲にさらされて来た。

一航艦は、指揮下にある第六一、六二両航空戦隊の戦闘機隊を総動員して敵機を迎え撃ち、多数のB17、B24を撃墜して、一歩も退《ひ》かぬ構えを見せた。

昨年一二月一〇日、連合艦隊が捷二号作戦に勝利を収め、フィリピン・レイテ島に来寇した米軍の撃退に成功した後、トラックからの長距離爆撃は小康状態に入った。

B17、B24の大編隊による空襲は影を潜め、高高度からの偵察か、少数機による夜間爆撃が中心となっていたのだ。

米軍の目論見《もくろみ》は分からない。

フィリピンへの再度の侵攻を企てているのかもしれず、マリアナ諸島に来襲するのかもしれない。

後者の場合、連合艦隊の来援は期待できず、一航艦は単独で米軍を迎え撃たねばならない。

竹中司令長官以下の幕僚も、各航空隊の搭乗員、整備員らも、激戦を予感しつつ、迎撃準備を整えていたのだ。

「敵の目標はグアムだろうか？」

「グアムの電探基地に命令。『敵の針路報せ』」

竹中の問いを受け、三和が通信所に命じた。

「敵の針路は三一五度。攻撃目標はグアムと認む」

若干の間を置いて、報告が届く。

「六二航戦に命令。健在な全戦闘機を出撃させ、迎撃せよ」

竹中は即断し、命令を下した。

一航艦の指揮下にある二つの航空戦隊のうち、六一航戦はサイパン、テニアンの防衛を、六二航戦はグアムの防衛を、それぞれ担当しているのだ。

六二航戦司令部より通信所を通じて、「五個航空隊にて迎撃す」との答が届く。

六二航戦は、麾下に七隊の戦闘機隊を擁している。うち、夜間戦闘機隊を除いた全部隊で、敵機を迎え撃つのだ。

第一航空艦隊が編成された当初、戦闘機隊の装備機は零戦が中心だったが、現在は新型戦闘機の「紫《し》電《でん》」も配備されている。

零戦より速度性能が高く、火力も大きく、重爆撃機の迎撃に適した機体だ。

それらがＢ17、Ｂ24の大編隊に突っ込んでゆく光景を、竹中は脳裏に思い描いた。

一〇時五〇分、新たな報告が一航艦司令部に飛び込んだ。

「グアムの電探基地より、新目標探知との報告あり。位置、グアム島南岬よりの方位一三〇度、一〇〇浬。針路三二五度！」

「新目標だと⁉」

三和が大声を上げた。

敵は、攻撃隊を二波に分けてグアムを襲うつもりなのか。

「敵の針路はサイパンを向いています。サイパンかテニアン、あるいは両方を襲う可能性大です」

　板谷航空甲参謀が強い語調で言った。

「二島もしくは三島に対する同時攻撃か⁉」

　竹中は、長官席から立ち上がって叫んだ。

　トラックの米軍は、マリアナ諸島への航空攻撃に当たり、目標を分散させないことが常だった。

　サイパンならサイパン、グアムならグアムに的を絞り、各島の飛行場に攻撃を集中したのだ。

　二つ以上の島が同時に攻撃を受けるとなれば、初めての例になる。

「マリアナ侵攻の開始だ」

　竹中は、直感したことを口にした。

　米軍は、マリアナ三島の飛行場を一挙に叩き、制空権、制海権を奪取した上で、攻略にかかるつもりなのだ。

「六一航戦の全戦闘機を発進させよ！」

　竹中は、力を込めて叫んだ。

　今は、目の前の敵を叩くことが最優先だ。


　サイパン島四箇所、テニアン島二箇所に設けられている飛行場に、爆音が轟く。

　零戦三二型、五二型、新型戦闘機「紫電」が次々と発進し、上空へと向かってゆく。

　B17、B24の侵入高度には幅があり、低い場合には三〇〇〇メートル、高い場合には六〇〇〇メートル前後に取る。

　零戦は高度六〇〇〇まで七分一秒、紫電は七分五〇秒だから、充分間に合うはずだ。

「通信参謀、内地に緊急信を送ってくれ。『敵重爆ノ大編隊、〈サイパン〉〈テニアン〉〈グアム〉ニ来襲セリ。一一〇〇《ヒトヒトマルマル》』」

「『敵重爆ノ大編隊、〈サイパン〉〈テニアン〉〈グアム〉ニ来襲セリ。一一〇〇《ヒトヒトマルマル》』。内地に打電するよう手配します」

　竹中の命令を、通信参謀多田《ただ》大典《ひろのり》大尉が復唱し、通信所に連絡を入れた。

「内地からの早急な増援が必要ですな」

「うむ」

三和参謀長の言葉に、竹中は頷いた。

一航艦も、敵重爆部隊との戦いで消耗しているが、内地では新型戦闘機の生産が軌道に乗りつつある。

紫電の改良型である「紫電改《しでんかい》」は、既に比島《ひとう》沖海戦で実力が証明された。高い速度性能と、二〇ミリ機銃四丁の重火力は、重爆相手の戦闘でも威力を発揮できると期待されている。

高速の局地戦闘機「雷電《らいでん》」は、紫電改を上回る速度性能と、紫電改と同等の火力を持つ。

これらをマリアナに配備すれば、防空態勢は著しく強化されるはずだ。

「マリアナから北には踏み込ませぬ」

重責《じゅうせき》を担う立場として、竹中は闘志を燃やしていたが――。

「戦闘機隊より緊急信！　『敵機ハＢ17、Ｂ24ニアラズ。識別表ニナシ。今ヨリ攻撃ス』」

一一時一八分、通信所から泡を食ったような声で報告が飛び込んだ。

「識別表にない機体だと？」

「Ｂ29かもしれません」

聞き返した三和に、板谷が言った。

一瞬、司令部の空気が凍り付いた。

ボーイングＢ29〝スーパー・フォートレス〟。

速度、防御力、爆弾搭載量等、あらゆる性能でＢ17、Ｂ24を上回り、マリアナ諸島を足場にすれば、直接日本本土を攻撃できる重爆撃機。

大本営《だいほんえい》が、その出現を何よりも恐れていた恐るべき機体だ。

そのＢ29が、前線に姿を現したのか。

「自分の目で確認したい。司令部の外に出る」

竹中は長官席から離れた。

司令部は、半地下式の防空壕《ぼうくうごう》の中にある。外に出るのは危険を伴うが、自分の目で確かめた上で、内地に報告を送りたかった。

「私も、同行します」

三和参謀長、板谷航空甲参謀が申し出、三人は司令部の外に出た。

ほどなく南東の空から、爆音が聞こえ始めた。

空そのものが頭上からのしかかって来るような、重みのある音だ。

Ｂ17、Ｂ24の爆音も威圧感があったが、今テニアンに接近しつつある敵機の爆音は、それ以上だ。

竹中は、南東の空に双眼鏡を向けた。

三〇機前後と思われる編隊が多数、前後左右に連なる様が見えた。

周囲で飛び回る小さな影は、六一航戦の戦闘機隊だ。

「押されています」

竹中と同じように、双眼鏡で上空を見つめていた板谷が、呻くように言った。

敵は編隊形と速力を保ったまま、テニアン上空に迫って来る。

時折《ときおり》、空中で爆発が起こり、海面に向かって黒煙が伸びるが、全て味方機のようだ。

「Ｂ29だ。Ｂ29に間違いない」

竹中は声を震わせながら、その機名を口にした。

Ｂ17、Ｂ24に対する迎撃戦で、ここまで一方的に迎撃側が蹴散《けち》らされることはあり得ない。

あらゆる面で従来の重爆撃機を凌《しの》ぐ恐るべき機体が、マリアナに来襲したのだ。

距離が詰まったためだろう、双眼鏡の中の機影が拡大する。

Ｂ17、Ｂ24と同じ四発の重爆撃機だが、印象は大きく異なる。

最大の違いは、塗装が全くされていないところだ。銀色の地肌《じはだ》が剝《む》き出しになり、陽光を反射して、輝きを放っている。

天空からマリアナ諸島に振り下ろされんとしている刃《やいば》のようだ。

「長官、司令部に戻りましょう。ここは危険です」

「分かった」

三和の具申を受け、竹中は頷いた。

司令部に戻ってから間もなく、テニアン島上空は轟々たる爆音に覆われた。

島に二箇所ある飛行場から、爆弾の炸裂音と地響きが伝わり始めた。

2

「最初から、このようにしていればよかったのだ」

統合参謀本部の会議室に、陸軍戦略航空軍司令官ヘンリー・アーノルド大将の無遠慮《ぶえんりょ》な声が響いた。

戦略航空軍は、陸軍の下部組織だ。

階級は同じ大将でも、陸軍参謀総長ジョージ・マーシャル大将、海軍作戦本部長アーネスト・キング大将より格下《かくした》だ。

にも関わらずアーノルドは、マーシャル、キングと同格の司令官として振る舞っていた。

「戦略航空軍は、単独でマリアナ諸島の制空権を奪取できることを実証した。マリアナの攻略をフィリピンよりも優先すると定めておけば、マリアナ諸島は昨年のうちに我が軍のものとなっており、海軍も無益《むえき》な犠牲を出さずに済んだのだ」

「仮定の話は意味がない、と言いたいところだが、今回ばかりは貴官の正しさを認めざるを得ない」

キング作戦本部長は、努めてポーカーフェイスを保ちつつ言った。

胸中では、悔しさと忌々《いまいま》しさが渦巻いているが、感情を露わにするわけにはいかない。

「ミスター・アーノルドの主張はもっともだが、あくまで結果論だ。フィリピン奪回作戦があのような結末に終わるとは、誰にも予想できなかったのだからな。ミスター・キングだけではなく、ニミッツも、ハルゼーも、日本軍には一〇〇パーセント勝利し得るとの確信を持っていた」

議長のウィリアム・レーヒ大将が脇から言い、キングは深々とため息をついた。

「第三艦隊の司令長官にハルゼーを就けたのは、人事上の重大なミスだった。マリアナで日本軍に勝利を収めたフレッチャー（フランク・J・フレッチャー中将。第五艦隊司令長官）に引き続き指揮を執らせるか、キンケードに全艦隊の指揮を委ねれば、日本軍の罠《わな》にかかることはなかったかもしれぬ」

昨年一二月一〇日、フィリピン近海で生起した戦いにおいて、合衆国海軍第三艦隊は、一九四一年一二月以来の記録的な敗北を喫した。

第三艦隊司令長官ウィリアム・ハルゼー大将が自ら率いるTF34、ジェス・オルデンドルフ少将が率いるTG77・2は共に敗北し、日本艦隊はタクロバン沖の輸送船団と同地に上陸したレイテ島攻略部隊を蹂躙した。

輸送船は五二隻が沈没、七四隻が被弾損傷し、タクロバンの海岸では、三万二〇〇〇名以上の兵士が死傷した。

輸送船と共に海没した兵も多数に上るが、こちらは一ヶ月以上が経過した現在も、正確な数が分かっていない。

何よりも重大な被害は、南西太平洋軍司令官ダグラス・マッカーサー大将が戦闘に巻き込まれ、行方《ゆくえ》不明《ふめい》となったことだろう。

軍司令官と多数の兵を失った以上、作戦は中止せざるを得ない。

上陸部隊の生存者や、沈没した輸送船から脱出した兵は、被害を免れた輸送船に乗って、レイテ島から引き上げたのだ。

「作戦が失敗に終わった最大の原因は、TF38が日本軍の小細工《こざいく》に引っかかり、レイテ湾から離れたことにある」

というのが、作戦本部の分析結果だ。

TF38の指揮下にあった各任務群のうち、一群だけでも残しておけば、日本軍の水上砲戦部隊を航空攻撃で迎え撃つことが可能であり、スリガオ海峡の突破を許すことはなかったのだ。

　TF38は、一二月一〇日の機動部隊戦と水上砲戦――合衆国の公称「エンガノ岬沖海戦」（エンガノ岬は、ルソン島北東端にある岬）で、空母三隻、巡洋艦三隻、駆逐艦四隻撃沈の戦果を上げ、翌一一日の敵水上砲戦部隊に対する攻撃――合衆国の公称「スル海海戦」で、巨大戦艦「ヤマト」「ムサシ」を撃沈したが、作戦を失敗に終わらせた責任が消えるわけではない。

　第三艦隊司令長官ウィリアム・ハルゼー大将は、真珠湾に帰還した後、

「ミッチャーは、自分の命令に従っただけだ。彼は日本艦隊が発見されたとき、空母の半数程度をレイテ湾に留めるべきだと意見を具申していた。責任は全て自分が取るので、ミッチャーを現職に留めて欲しい」

　と主張し、辞表を提出した。

　だが海軍省は、ハルゼーとミッチャーを共に指揮官から更迭し、予備役に編入している。

　今回の敗北は、一拠点の攻略に失敗したというだけではない。

「フィリピンを奪回することで、日本本土と資源地帯の連絡線を遮断《しゃだん》し、日本の戦争遂行能力を奪う」

　という戦略そのものの瓦解《がかい》を意味している。

　ハルゼー一人に責任を負わせて、片付く問題ではなかったのだ。

「作戦そのものは、必ずしも無駄ではなかった。我が軍は、奴らの正規空母三隻と、日本海軍最強の戦艦二隻を撃沈したのだからな。これは連合艦隊《コンバインド・フリート》にとって、決定的な打撃になったはずだ。今後は、機動部隊戦であれ、水上砲戦であれ、合衆国海軍が日本海軍に敗れる要素は全くなくなった。第三艦隊は大きな失敗をしたが、長い目で見れば、最終的な勝利のために大きな貢献をしたと言えるだろう」

　レーヒが言い、ちらとアーノルドに視線を投げた。

「その意味では、海軍は戦略航空軍の側面援護を行ったことになる。レイテで日本海軍に壊滅的な損害

を与えていなければ、マリアナ攻略は困難になっていただろうから」

　フィリピン奪回の失敗に伴い、改めて注目されたのが、マリアナ諸島の攻略作戦だ。

　サイパン、テニアン、グアムの三島を攻略し、B29を進出させれば、日本本土を直接叩くことが可能となる。

　太平洋艦隊の主力部隊は、フィリピン奪回に失敗した直後であり、新たな作戦を実施するには戦力面で不充分だったが、アーノルドは、

「マリアナ諸島の制空権奪取に、海軍の力は必要ない。我が戦略航空軍の力で、マリアナのジャップを叩き潰してくれる」

と主張し、統合参謀本部のメンバーを説き伏せた。

　作戦は、ワシントン時間の一月九日より実行に移され、B29の装備部隊である第二〇航空軍《20AF》とB17、B24で編成された第一五航空軍《15AF》が、トラックからマリアナに長距離爆撃を敢行した。

　20AF、15AFは、一月一一日までにマリアナ三島の日本軍飛行場を使用不能に追い込み、一月一二日からは、海岸の防御陣地や日本軍守備隊の集結地点、港湾施設等に攻撃目標を移した。

　一月一六日には、リッチモンド・ターナー海軍中将が率いる第五水陸両用軍団がサイパン、テニアンに上陸し、一九日には、第三海兵師団、第七七歩兵師団がグアムに上陸した。

　サイパン、テニアン、グアムとも、日本軍は頑《がん》強《きょう》に抵抗しているが、上陸部隊は着実に占領地域を広げている。

「早ければ一月末、遅くとも二月半ばまでには、サイパン、テニアン、グアム三島を完全占領できる見込み」

と、ターナーは報告している。

　マリアナが合衆国の占領下に入り、日本本土爆撃のための前線基地となるのは、時間の問題だった。

「終わった作戦のことよりも、今後のことを考える

べきだ。レイテ作戦の戦訓分析は、海軍作戦本部と太平洋艦隊司令部が行えばよい」

ジョージ・マーシャル陸軍参謀総長が口を開いた。

レイテ攻略の失敗により、合衆国陸軍は多数の兵力を失っている。地上での戦死者と輸送船もろとも海没した者を合わせ、約七万名が失われたと見積もられている。

にも関わらずマーシャルは、戦死者のことをさほど気にかけていないようだった。

「20AFは、いつから日本本土攻撃にかかれるかね？」

「二月の初めから飛行場の整備を始めるとして、五月の末か六月の頭には、日本本土に対する攻撃準備を完了できる」

「ざっと四ヶ月か。B29のような最新鋭機を多数配備し、整備や補給の態勢を十二分に整えるには、相応の時間がかかるのだろうな」

「だからこそ私は、早期のマリアナ攻略が必要だと主張していたのだ」

「フィリピン攻略を優先したのは、統合参謀本部の責任ではない。批判すべき相手は、ルーズベルト氏だろう」

キングが言った。

フランクリン・デラノ・ルーズベルトを「氏《ミスター》」と呼んだのは、一月二〇日を境《さかい》に「過去の人」となったためだ。

ホワイトハウスの主は、新大統領トーマス・E・デューイになっている。

「デューイ新大統領は、当面は前任者の責任追及をするつもりはないようだ。就任演説でも言っておられたが、最優先すべきは連合国を勝利に導くことであり、全てをそこに傾注《けいちゅう》したいとのお考えだ」

レーヒの一言に、アーノルドは満足したように頷いた。

「デューイ新大統領は、新しい戦争のやり方を目の当たりにすると共に、歴史に名を残すことになるだろう。戦略爆撃のみで一国を屈服させた、史上初めての大統領として」

3

「アメリカ合衆国政府から、首脳会談についての回答が届きました」

ロンドン・ダウニング街の大英帝国首相官邸を訪れた外務大臣アンソニー・イーデンは、首相の執務室に入室するなり言った。

「今は、まだその時期ではない。会談の必要性については理解するが、合衆国では新政権が発足してから日が浅いこともあり、準備が整っていない。後日、合衆国政府より改めて首脳会談の希望日時と場所について連絡する、とのことです」

「そうだろうな」

大英帝国首相ウィンストン・チャーチルは、小さく頷いた。

イギリス、アメリカ、ソ連三国の首脳会談は、ソ連政府より申し入れがあったものだ。

会談の場所は、ソ連領クリミア半島のヤルタ。日時については二月末から三月初めを希望している。

イギリス政府は、

「大英帝国政府としては、首脳会談の開催を希望するものであるが、三国の首脳が揃《そろ》わなければ意味がない。アメリカ合衆国政府の回答を待った上で、改めて御返答申し上げる」

との回答を既に送っている。

アメリカが拒否の回答を送って来た以上、イギリスの態度も自ずと決まる。

「スターリン（ヨシフ・スターリン。ソビエト連邦共産党書記長）が今の時期に首脳会談を提案したのは、何故《なぜ》だと思うかね？」

「ドイツに対する戦略爆撃、及びソ連に対する物資援助の再開を、首脳会談の場で要求したいのでしょう。スターリンやモロトフ（ヴャチェスラフ・モロトフ。ソビエト連邦外務大臣）は、大使館経由の交渉では、我が国やアメリカを動かすことができないと判断したものと推測されます」

「ソ連政府の、というより、スターリンの苛立《いらだ》ちが透《す》けて見えるな」

チャーチルは、うっすらと笑った。

「昨年六月の大攻勢を成功させたとき、彼は勝利を確信したはずだ。ベルリンの占領だけに留まらず、ドイツ全土、いや全ヨーロッパの併合《へいごう》までを視野に入れていただろう。それが思うに任せず、ポーランドで足踏《あしぶ》みをしているのだからな」

昨年八月、イギリス、アメリカ両国は、ドイツに対する戦略爆撃の規模を、それまでの一〇パーセント以下に削減すると共に、ソ連に対する物資援助を打ち切った。

ソ連政府に対しては、

「大陸反攻の失敗により、対独戦略の大幅な見直しが必要となった」

「イギリスも、アメリカも、ノルマンディーの海岸で大きな被害を受けたため、貴国に援助する余裕がない」

と通知した。

アメリカ、イギリスに駐在するソ連大使は、

「大陸反攻が失敗したといっても、失ったのは陸軍部隊のみであり、航空兵力は健在であるはずだ。戦略爆撃を削減する理由にはならない」

「ソビエト連邦は対独戦のため、戦車、火砲、軍用機といった正面装備の生産を優先して来た。トラックを始めとする非装甲の軍用車輛や通信用機材、医薬品等は、慢性的に不足している。物資援助の再開は我が国にとってだけではなく、連合国全体にとって不可欠《ふかけつ》なのだ。即時、無条件で再開して欲しい」

と強硬に要求したが、イギリス、アメリカ両国政府が決定を覆すことはなかった。

その結果、ドイツ軍は息を吹き返した。

西方に配置されていた陸軍部隊や本土防空のため

に展開していた空軍部隊を、東部戦線に送り込んだのだ。

ドイツ軍は、ソ連軍を押し戻すまでには至らなかったものの、戦線を膠着《こうちゃく》状態に持ち込むことには成功している。

現在は、ポーランドのヴィスワ川――独ソ戦が始まった場所を天然の防壁として、ソ連軍の侵攻を食い止めている状態だ。

スターリンは、モスクワに駐在するイギリス、アメリカ両国の大使を呼びつけ、

「我が国の要求が容《い》れられない場合、ドイツとの単独講和も考えなくてはならない。イギリス、アメリカ両国政府は、我が国抜きでドイツを打倒できると考えているのか?」

と脅《おど》しをかけている。

これがハッタリでしかないことは、チャーチルには分かっている。

独ソの開戦直後ならいざ知らず、現在はソ連が戦争の主導権を握っている状態だ。

スターリンが恐れているのは「ナチス・ドイツの存続」ではなく、「ソ連による全ヨーロッパ征服の頓挫」であろう。

チャーチルは、あることを思い出した。

「デューイ新大統領は、四二歳だったな?」

「左様《さよう》です」

「国家元首としては、異例の若さだ。アメリカ建国史上、最年少ではないかね?」

「そのように記憶しております」

「私から見れば、若造《わかぞう》と言っていい年齢だ。スターリンにとってもな」

「ワシントンの我が国大使館からの報告によれば、デューイ氏は大統領選の際、若さを前面に押し出して、現職のルーズベルト氏に勝負を挑んだとのことです。デューイ氏が勝利を得たのは、対日開戦時におけるルーズベルト氏の失敗を激しく攻撃したことが奏功《そうこう》したということもありますが、アメリカ国民

が彼の若さに懸けたということもあるでしょう」

「若さは大きな武器であると同時に弱点でもある。特に、経験の少なさという面で。スターリンが首脳会談を提案したのは、デューイ氏を籠絡《ろうらく》できると考えたためかもしれぬな」

「若く、経験が浅いとおっしゃいますが、なかなかしたたかで、仮借《かしゃく》ないところもある人物ですぞ、デューイ氏は。そうでなければ、三選を果たした現職の大統領を選挙で破ることはできますまい」

「味方につければ頼もしいが、敵に回せば恐ろしい人物ということかね？」

「私は、そのように見ております」

「幸い、アメリカは盟邦だ。デューイ氏もまた、我々の味方ということだ」

チャーチルは愛用の葉巻《はまき》に手を伸ばし、火をつけながら微笑《びしょう》した。

「彼はヨーロッパが直面している危機について、どのように認識しているのだろうか？」

チャーチルは机上《きじょう》の地球儀《ちきゅうぎ》をゆっくりと回し、ヨーロッパを目の前に持って来た。

現在のところ、攻撃を手控《てびか》えてはいるが、ナチス・ドイツが敵であるとの事実に変わりはない。

一日も早くドイツを打倒し、占領下にある西ヨーロッパの国々を解放してやりたい。

かといって、ソ連がドイツに取って代わることも容認できない。

君主制を否定する共産主義国家が全ヨーロッパを併呑《へいどん》し、イギリスとドーバー海峡を隔てて対峙《たいじ》するなど、想像したくもない悪夢だ。

それを防ぐためには、再度の大陸反攻作戦を一日も早く実施し、西ヨーロッパに橋頭堡を確保しなければならないが――。

「ウッド（エドワード・ウッド。駐アメリカ・イギリス大使）から届いた報告によれば、我々とほぼ同一の認識を持っている、とのことです。『ナチス・ドイツの存続を許すことはできない。しかし、ソ連による全ヨーロッパの併合を見過ごすこともできない』と。若い頃から、全体主義には厳しい目を向けて来た人物ですから」

「日本との講和、もしくは休戦という選択肢についてはどうだろう？」

チャーチルは、以前からアメリカに提案して来た案件について触れた。

「デューイ氏に、その意志はないようです。アメリカはフィリピン奪回には失敗しましたが、マリアナ諸島の確保には成功しました。同地を足場にして、日本本土を直接叩くという戦略は、前政権が定めたものですが、新政権も旧来の対日戦略を踏襲《とうしゅう》するつもりです」

「対日戦が長引けば、ソ連を利《り》するだけだ。デューイ氏には、理解できるはずなのだが」

対日戦を終息に導くことができれば、太平洋の兵力をヨーロッパに転用できることに加え、枢軸《すうじく》国の切り崩しによるドイツの戦意低下も期待できる。

それだけではない。

日本が提示してきた講和条件「満州《マンチュリア》の門戸《もんこ》開放」を利用すれば、アメリカやイギリスが自らマンチュリアに進出し、ソ連を東から牽制することも可能になる。

ナチス・ドイツの打倒、及びソ連の勢力圏拡大阻止を同時に行える、一石二鳥《いっせきにちょう》の選択肢なのだ。

チャーチルはそのような構想を考えていたが、アメリカとイギリスが足並みを揃えなければ、単なる構想倒れで終わってしまう。

「アメリカも、対日戦を早期に決着させる手段は考えているようです。デューイ氏がウッドに語ったところによれば、アメリカは戦争の帰趨《きすう》を決定づける切り札を準備している、とのことで」

イーデンの言葉を聞き、チャーチルは顔を上げた。

「B29のことかね？」

アメリカが対日戦に投入した新鋭機B29の性能は、チャーチルにも知らされている。

　同機をヨーロッパ戦線に投入すれば、ドイツに対する戦略爆撃の効果は極めて大きなものとなり、ドイツの崩壊を早めることも可能となるはずだが――。

「Ｂ29のことではないようです。『切り札を使うときが来たら、イギリスにも報せる。遅くとも、九月まで待たせることはない。期待しつつ、朗報を待っていただきたい』。デューイ氏は、ウッドにそう語ったということです」

「我が国にも明かせないということか？」

「我が国だからこそ、明かせないのかもしれません。我が国には、ドイツやソ連のスパイが多数侵入しておりますから」

「ふむ……」

　チャーチルは葉巻を灰皿の上に置き、人差し指で叩いて灰を落とした。

「戦争の帰趨を決定づける」との一言が、気になるところだ。

　一つだけ、思い当たるものはあるが、果たして自分の想像通りなのか。

「一度、デューイ氏と首脳会談を開くべきかもしれぬな。――スターリンは抜きで」

「デューイ氏と一対一で会談しても、切り札の内容は明かされないでしょう」

「構わぬさ。アメリカは盟邦である以上に、我が大英帝国の戦友だ。そのトップを知っておくのは、為《い》政者《せいしゃ》としての責務だ」

　改まった口調で、チャーチルは言った。

「ウッドに、訓令を送ってくれ。チャーチルが、一対一での首脳会談を希望している、と」

4

　テニアン島の北端付近に設けられた飛行場は、全体が銀色に照り輝いているように見えた。

　亜熱帯圏の強い日差しが、舗装《ほそう》された滑走路上に待機している機体や、無蓋掩体壕《むがいえんたいごう》に収容されている機体に反射しているのだ。

滑走路には陽炎《かげろう》が立ち、基地司令部や整備場、弾薬庫、部品倉庫、対空砲陣地等の付帯設備を揺らめかせている。

島の北端を、東西に貫く四本の滑走路上では、両翼に四基のエンジンを装備する巨大な重爆撃機の群れが待機している。

ヨーロッパで、ナチス・ドイツ軍と戦っているB17、B24とは、一線を画《かく》する形状だ。

機首は野球のバットのように丸っこい。はめ込まれた防弾ガラスは、昆虫の複眼《ふくがん》を思わせる。

胴体の上面と下面、左右側面、尾部には、多数の動力旋回銃塔が設けられているが、突起はさほど目立たない。

近代的というより、未来的と言ってもいい形状だ。

ボーイングB29〝スーパー・フォートレス〟。

出撃準備中の機体と、掩体壕で待機中の機体を合わせ、二〇〇機以上の新型戦略爆撃機が、テニアン北飛行場に展開していた。

「鳥の巣《バーズ・ネスト》と言うより武器庫《アーセナル》だな、こいつは」

20AF司令官ヘイウッド・ハンセル少将は、傍らに控える副官ロジャー・バートレット少佐に、そんな感想を漏らした。

基地の北端に設けられた司令部棟だ。

司令官室の窓からは、テニアン北飛行場を一望《いちぼう》できる。

「発進を待つ機体や、掩体壕の機体を見たまえ。まるで、研ぎ上げられた刃《ブレード》のようじゃないか」

「全く同感です」

バートレットは答えた。

合衆国がサイパン、テニアン、グアム三島の完全占領を宣言したのは二月二七日だ。

テニアン島の陥落が最も早く、二月九日には日本軍の組織的抵抗が止んだ。

その五日後、二月一四日には、サイパンが完全に制圧された。

アメリカ陸軍 B29 戦略爆撃機

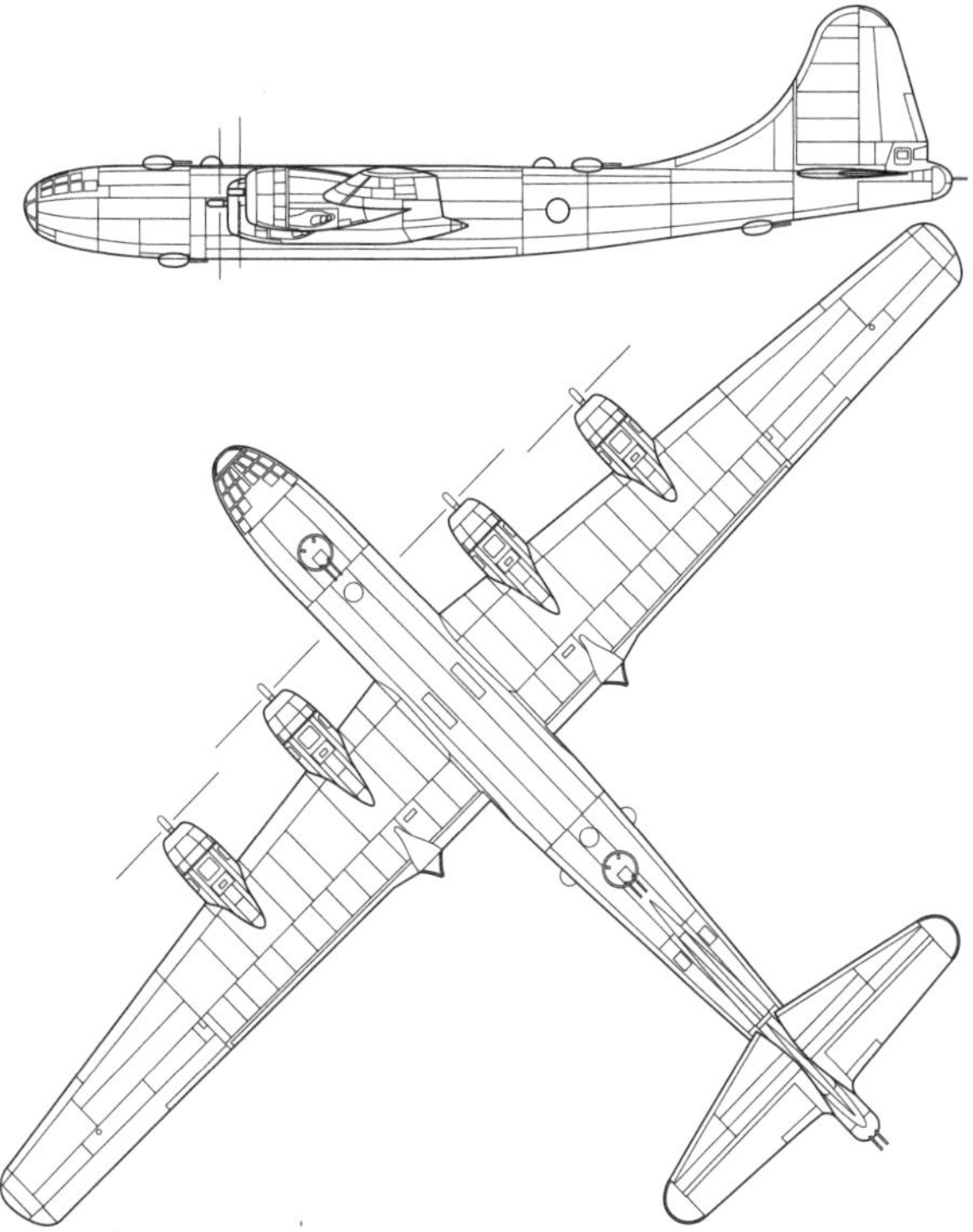

全長	30.2m
翼幅	43.1m
全備重量	54,500kg
発動機	ライトR-3350-79/81　2,200馬力×4基
最大速度	580km/時
兵装	12.7mm機銃×12丁 爆弾 最大9,072kg
乗員数	11名

長距離戦略爆撃を目的に開発された最新鋭爆撃機。超高空を戦闘機なみの速度で飛行できる。装甲も厚いうえ、死角がないよう配置された銃座など防御火器も充実しており、まさに難攻不落の「超空の要塞」である。航続距離は6,000キロを上回ることから、マリアナ諸島からであれば日本各地を空襲できるとされ、日本にとって最も恐るべき難敵といえる。

グアム島は、他の二島よりも面積が広いため、日本軍の掃討に時間を要したが、二月二七日の夜明けまでには戦闘が終了した。

サイパン、テニアン、グアムには、上陸部隊が飛行場を占領した時点から海兵隊航空部隊が進出し、地上戦の支援に当たっていたが、日本軍の抵抗が終わった島から、順次B29の進出に向けた飛行場の拡張と建設が始まった。

日本軍は、硫黄島《イオージマ》からサイパン、テニアンへの長距離爆撃を繰り返すと共に、マリアナ三島に向かう輸送船団を潜水艦で攻撃したが、基地建設は着々と進められ、五月二〇日にはテニアン北飛行場が完成した。

その翌日には、B29装備部隊の第一陣がトラックよりテニアンに移動した。

マリアナ諸島の攻略作戦が始まる前、マリアナ三島の日本軍飛行場は、整地された地面の脇に付帯設備を並べただけの代物《しろもの》であり、いかにも最前線の野戦飛行場といった趣《おもむき》だったが、今は違う。

テニアン北飛行場一つを取っても、滑走路、誘導路、駐機場は全て舗装され、近代的な設備が整然とならんでいる。滑走路や地上建造物の周囲には、給水用のパイプラインが張り巡らされている。

旅客機を運んで来れば、そのまま民間用の飛行場として使うことも可能だ。

激しい砲火が交わされた戦場の跡地に、僅か三ヶ月でこれだけの飛行場を完成させたところに、アメリカ合衆国の国力が表れていた。

テニアン島の西飛行場、サイパン島の北、東、南各飛行場では、滑走路の拡張とB29の進出が並行して進められている。

グアム島は、日本軍の抵抗が最後まで続いたこともあり、サイパン、テニアンよりも飛行場の建設が遅れていたが、西部のオロテ飛行場とアガナ飛行場が既に稼働《かどう》状態にあり、他に三箇所が建設中だ。

マリアナ攻略作戦の序盤は、20AF自らがトラック環礁からサイパン、テニアン、グアムを爆撃し、制空権の確保に当たっている。

島嶼《とうしょ》の攻略作戦では、空母の艦上機による目的地周辺の制空権確保、戦艦や巡洋艦の艦砲射撃による海岸の防御陣地破壊という手順を踏んでから地上部隊を上陸させるが、戦略航空軍は海軍部隊に代わって、準備攻撃を担当したのだ。

作戦に参加した海軍艦艇は、揚陸戦用の艦艇と多数の護衛駆逐艦、護衛空母だけであり、正規空母や巡洋艦は参加していない。

「マリアナ諸島は、B29のための基地だ。自分たちで使う基地は、自分たちの手で確保するのだ」

作戦開始前、戦略航空軍司令官ヘンリー・アーノルド大将は、ハンセルを始めとする20AF各隊の指揮官に檄《げき》を飛ばしたが、上陸後の地上戦闘を別にすれば、アーノルドの言葉通りになったと言える。

20AFが今、自ら確保したマリアナ諸島の基地から、日本本土に対する最初の爆撃行に出撃しようとしていた。

現地時間の六時二五分、指揮所《コントロール》から「行け《ゴー》！」の指示が飛んだ。

四本の滑走路上で、一斉にエンジン音が轟き、B29が全長三〇・二メートル、最大幅四三・一メートル、全備重量五四・五トンの巨体を揺すって、離陸を開始した。

大きく、鈍重《どんじゅう》そうに見える巨体だが、それはこの機体が内に秘める力と一体のものだ。

銀色に照り輝く機体は、空中の巨象《きょぞう》とも呼ぶべき力量感と重量感を醸し出していた。

全機が発進を終えるまでに、二五分近くを要した。

作戦参加機数は九〇機。第三一三爆撃航空団《313BW》より六〇機、第五〇五爆撃航空群《505BG》より三〇機だ。

本国の戦略航空軍司令部からは、

「七月末までに、東京《トーキョー》周辺の飛行場、レーダー基地、航空機工場を破壊し、制空権を奪取せよ」

との命令が届いている。

トーキョーに対し、決定的な一撃を見舞う計画を立てているようだが、詳細は知らされていない。ハンセルとしては、命令に従い、トーキョー周辺の制空権確保に努めるだけだ。

この日の目標は、日本の航空機メーカーの中でも最も有力な一つである中島《ナカジマ》飛行機の武蔵野工場《ムサシノ・ファクトリー》。

その上空九〇〇〇メートルから、Ｂ29一機当たり一〇〇〇ポンド爆弾一二発、九〇機合計一〇八〇発を投弾する予定だった。

第五章　母港の対決

1

六月九日一一時、神奈川県横須賀《かながわけんよこすか》の飛行場より発進した局地戦闘機「天雷《てんらい》」一八機は、伊豆大島《いずおおしま》の上空で、北上して来るＢ29の編隊を待ち受けていた。

天雷は、中島飛行機《なかじまひこうき》が開発した双発単座の重戦闘機だ。

元々は、「空《そら》の要塞《ようさい》」ことＢ17の迎撃を主目的に開発が始まった機体だが、米軍の本格的な反攻の開始と戦線の後退に伴い、任務は日本本土の防空に変わり、相手もＢ17より遥かに強力なＢ29となった。

日本本土が最初の空襲を受けてから、既に二週間余り。

Ｂ29は毎日のように飛来し、爆弾を落としてゆく。

主な標的となったのは、帝都の周辺にある陸海軍の飛行場、電探基地、航空機の生産工場だ。

大本営は工場を地方に疎開《そかい》させて、航空機を始めとする兵器の生産を継続しているが、生産力の低下は否《いな》めない。

軍上層部の期待を担って誕生した天雷も、二個中隊一八機が配備されただけだ。

Ｂ29を一機でも多く撃墜することで、戦力や生産力の低下を少しでも防ぐ。同時に、天雷の有効性を実戦の場で証明する。

その二つが、二個中隊一八機の天雷に求められていた。

「来たか！」

第二中隊を率いる潮崎宅美《しおざきたくみ》大尉は、南の空を見て、小さく叫んだ。

銀色に照り輝くものが、数を増しつつある。

米軍はＢ29の防御力によほどの自信があるのだろう、一切の塗装を施さず、銀色の地肌を剝き出しにしているのだ。

日本側としては悔しい限りだが、Ｂ29が「迷彩《めいさい》など不要」と思わされるほど強固な防御力を持つのは事実だ。旋回機銃座が巧みに配置され、死角は少ない。迂闊に接近すれば、返り討ちに遭《あ》う。

距離を詰め、射弾を叩き込んでも、容易に火を噴かない。ラバウルやマリアナに展開していた戦闘機隊は、Ｂ17、Ｂ24の防御装甲の厚さに手を焼いたが、Ｂ29の防御力はそれらを上回る。

「空の要塞」どころか、「空中の城」とでも呼ぶべき機体だ。

Ｂ29が距離を詰めて来る。

二〇機前後と思われる編隊が四隊だ。

Ｂ29群の後方にも、小型機の編隊が見える。

一足先に神奈川県厚木《あつぎ》より発進した、第三〇二航空隊の局地戦闘機「雷電」であろう。

雷電は、基地の防空を主目的に開発された単発単座の戦闘機で、最大時速五九六キロの速度性能と高度六〇〇〇まで五分三八秒の上昇性能、二〇ミリ機銃四丁の重火力を併《あわ》せ持つが、その雷電も、Ｂ29にさしたる打撃は与えられなかったようだ。


「隊長機より全機へ。目標、左方の敵編隊」

天雷隊の指揮を執る三枝健一郎《さいぐさけんいちろう》少佐の声が、無線電話機のレシーバーに響いた。

機載用の無線電話機は雑音が多く、なかなか使えるものができなかったが、昨年末から実用に耐えるものが登場し、天雷、紫電改といった新鋭機に装備されている。

「目標、左方の敵編隊。二中隊了解」

潮崎は、三枝に復唱を返した。

一八機の天雷で、二〇機前後のＢ29に攻撃を集中するのだ。

この数では、全てのＢ29を相手取ることはできない。一編隊に攻撃を集中し、壊滅に追い込もうというのが、三枝の考えであろう。

三枝機が左に旋回し、Ｂ29の編隊に後続機を誘導する。

旋回の角度は、ごく緩《ゆる》やかだ。

天雷は、速力、上昇力、火力に重点を置いた機体であり、旋回性能はそれほど高くないということもあるが、高高度で急激な機動を行うと、高度が一気に下がってしまうのだ。

高度計が示す数字は八七〇〇メートル。この空域では、一旦下がった高度を取り戻すのは容易ではない。

目標を捕捉できないだけならまだしも、ふらついたところを旋回機銃で撃たれたら命取りになる。操縦には、精密機械を扱うような繊細《せんさい》さが必要だ。

B29群は速度も、高度も変えることなく、北上を続けている。一八機の天雷など、視界に入っていないかのようだ。

八〇機ものB29にとり、自隊の四分の一にも満たない小型双発機の編隊など、取るに足りない存在なのかもしれない。

先頭をゆく三枝機と第一小隊の二機が、左方の編隊とすれ違う寸前、機体を大きく左に倒した。

天雷が横転し、次いで機首を真下に向けて、急降下に転じた。

B29が、胴体上面に発射炎を閃かせ、青白い曳痕《えいこん》が突き上がり始めた。

グラマンF6F〝ヘルキャット〟やカーチスSB2C〝ヘルダイバー〟が装備しているものと同じ、ブローニング一二・七ミリ機銃だ。弾道の直進性に優れ、遠距離からの射弾でも充分な貫通力を持つ。

隊長機が搦《から》め取られるか、と危惧したが、そうはならなかった。

三枝の天雷は、火箭に捉えられることなくB29に肉薄し、機首に発射炎を閃かせた。

一二・七ミリ弾のそれより遥かに太い火箭がほとばしり、B29一機の右主翼に突き刺さった。あたかも、真っ赤な鉄槌をB29の真上から振り下ろしたように見えた。

三枝機だけではない。坂部俊雄《さかべとしお》飛行兵曹長の二番機、山田剛《やまだつよし》一等飛行兵曹の三番機が、続けてB29に射弾を浴びせる。

日本海軍 局地戦闘機「天雷」乙

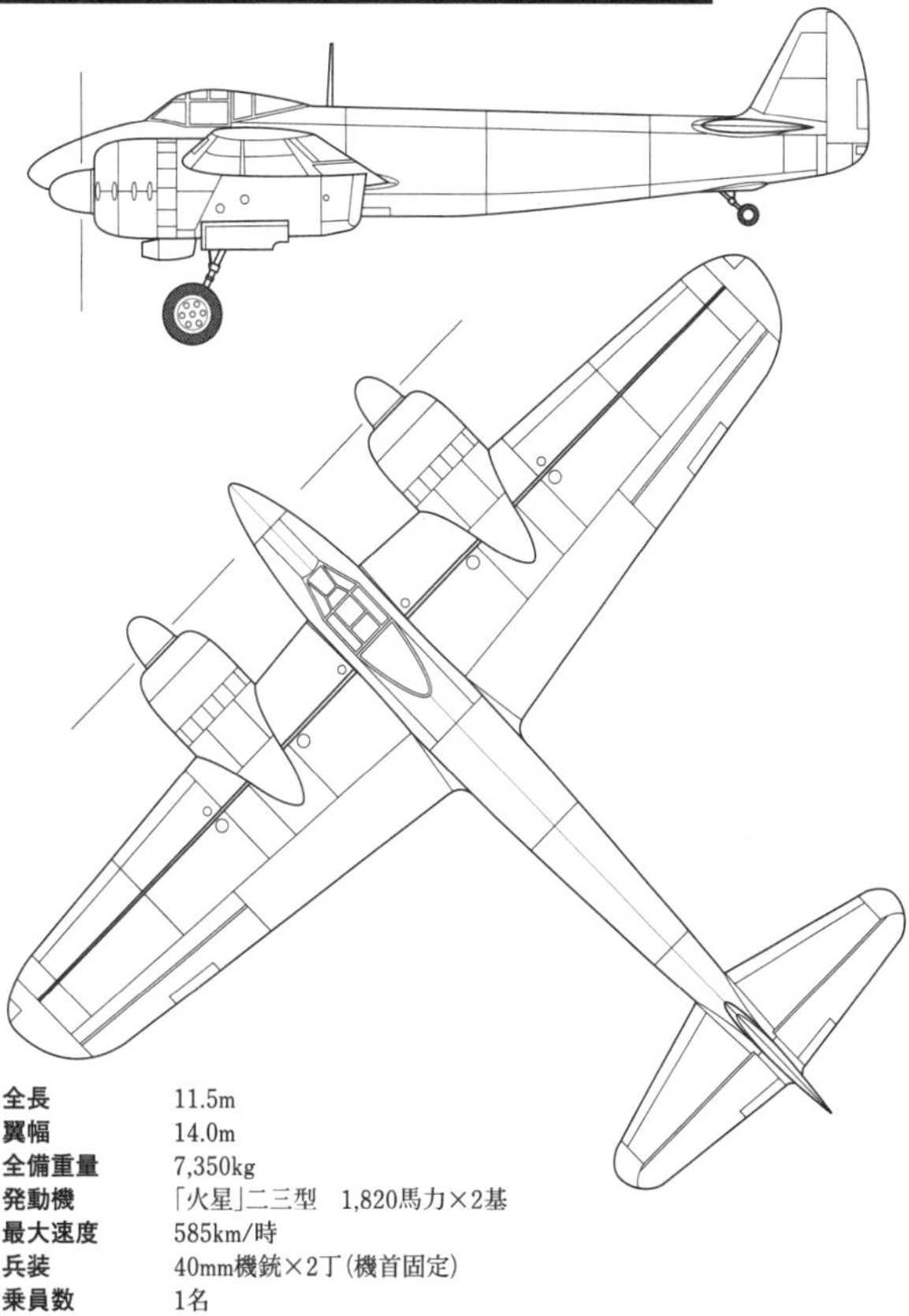

全長	11.5m
翼幅	14.0m
全備重量	7,350kg
発動機	「火星」二三型　1,820馬力×2基
最大速度	585km/時
兵装	40mm機銃×2丁(機首固定)
乗員数	1名

　中島飛行機が開発した新鋭局地戦闘機。長距離進攻作戦の際、爆撃機隊を護衛できる機体として双発・三座の大型戦闘機として計画されたが、実用性に欠けるとの理由で開発は中断。その後、米軍の戦略爆撃機が日本本土を襲う可能性が高まり、上昇力と高高度性能を重視した双発単座戦闘機として再設計されたのが本機である。試作機には「誉」発動機を搭載したが、実績のある「火星」発動機を採用。30ミリ機銃、20ミリ機銃を混載した「甲型」と、40ミリ機銃２丁を搭載した「乙型」があり、いずれも堅固な敵重爆撃機を相手に威力を発揮すると期待されている。

一連射を浴びせた天雷は、速力を緩めることなく、B29群の下方へと離脱する。

一小隊が攻撃したB29三機のうち、二機が火を噴き、黒煙を後方に引きずっている。

一機は右主翼の第三エンジンに、もう一機は左主翼の第二エンジンに、それぞれ被弾したようだ。

「B29は高性能な自動消火装置を装備しており、火災を起こしてもすぐに消し止めてしまう」

その報告は、天雷隊が所属する横須賀航空隊にも届けられているが、第一小隊が叩いた二機は、鎮火《ちんか》する様子がない。火災は拡大の一途《いっと》を辿《たど》っているようだ。

その二機の運命を見極《みきわ》めるよりも早く、第二小隊、第三小隊が急降下に転じる。三機を一組とした新鋭機の小隊が、矢を思わせる勢いで、B29群に突っ込んでゆく。

「二中隊、続け！」

潮崎は、麾下の八機に命じた。


操縦桿を前方に押し込み、機首を真下に向け、エンジン・スロットルをフルに開いた。

両翼に装備する三菱「火星《かせい》」二三型二基が猛々しい咆哮を上げ、天雷を加速させた。

当初は、二〇〇〇馬力の離昇出力を持つ中島飛行機の「誉《ほまれ》」を装備するはずだったが、航空本部が、「誉は構造が複雑で整備が困難であるため、単発機のみの使用とせよ」

と中島飛行機に指示を出したため、火星に変更されたのだ。

雷電が装備するものと同じ大直径・高出力のエンジン二基が、天雷の機体をぐいぐいと引っ張り、銀色の巨人機に突っ込ませてゆく。

B29の胴体上面に発射炎が明滅し、無数の青白い曳痕が突き上がって来るが、恐怖はさほど感じない。

潮崎の両目は、照準器を通じ、狙い定めたB29の機体だけを見つめている。

頃合いよし、と見て、潮崎は発射把柄《はへい》を握った。

先に、三枝機が放ったものとは異なる太い火箭が機首から噴き延びた。大人の握り拳ほどもある真っ赤な曳痕が、Ｂ29の巨体に殺到し、機首から胴体上面にかけて突き込まれた。

Ｂ29の機首から、きらきらと光るものが飛び散った。機首が大きく、前のめりに傾いた。

直後、潮崎の天雷は、敵の火箭をかいくぐり、Ｂ29群の下方へと抜けていた。

潮崎機に続いて、第二中隊第一小隊の二、三番機――江本《えもと》浩《ひろし》上等飛行兵曹、中条《ちゅうじょう》太郎《たろう》一等飛行兵曹の天雷が降下して来る。

潮崎は首をねじ曲げ、Ｂ29の編隊を見た。

一機が火も煙も噴き出すことなく、真っ逆さまに墜落してゆく。

先に、潮崎が一連射を叩き込んだ機体だ。

射弾がコクピットを直撃し、操縦員、副操縦員の二名を射殺したのだろう。

（人間の原形を留めなかったろうな）

Ｂ29のコクピットを襲ったであろう惨状《さんじょう》が、潮崎の脳裏に浮かんだ。

天雷には、兵装の異なる二つの型がある。

三〇ミリ機銃と二〇ミリ機銃各二丁を装備した一一型甲《こう》と、四〇ミリの大口径機銃二丁を装備した一一型乙《おつ》だ。

第一中隊は甲型を、第二中隊は乙型を、それぞれ装備している。

乙型が装備する四〇ミリ機銃は、シンガポールで鹵獲《ろかく》された英国巡戦「リパルス」の四〇ミリ八連装ポンポン砲を海軍技術研究所が調査し、そこから得られた成果を元に、航空機搭載用の機銃として開発したものだ。

直径四〇ミリの大口径弾は、防弾ガラスであっても容易《たやす》く打ち砕き、コクピットの中に突入したであろう。人体は、ひとたまりもなかったに違いない。

潮崎はエンジン回転を落とし、機体を水平に戻した。

高度計は、五四〇〇メートルを指している。天雷は、一気に三〇〇〇メートル以上も降下したのだ。

本土に向かって飛び去ってゆくB29群が、前上方に見える。

天雷隊が攻撃した編隊は、数を大幅に減らしているようだが、敵の動きに変化はない。速度も、高度も変えることなく、東京湾《とうきょうわん》の上空に向かってゆく。

新型機の出現にも、これまでの日本機にはなかった大口径機銃で撃たれたことにも、全く動じていないようだった。

「中隊長、二中隊の撃墜六機です！」

無線電話機のレシーバーに、二中隊第三小隊の指揮官井上正夫《いのうえまさお》上等飛行兵曹の声が飛び込んだ。

潮崎は、自機の周《まわ》りに集まって来た天雷の数を数えた。

第二小隊長野本正巳《のもとまさみ》上等飛行兵曹の機体と第三小隊の三番機、水戸宗輔《みとそうすけ》二等飛行兵曹の機体が見当たらない。

第二中隊は、九機中二機を失ったのだ。

「指揮官機より二中隊、戦果と被害状況報せ」

「二中隊、撃墜六機、未帰還二機です」

三枝少佐の命令を受け、潮崎は井上から受けた報告をそのまま送った。

「こっちは撃墜四機、未帰還二機だ。四機の喪失は痛いが、合計一〇機を墜としたなら大戦果と言っていい」

三枝は応えた。

隊長の言う通りだ——と、潮崎は口中で呟いた。

僅か一八機で、難敵《なんてき》中の難敵であるB29を一〇機も墜としたのは、初めてと言っていい。

天雷は、見事に初陣《ういじん》を飾《かざ》ったのだ。

乙型の方が成績がいいところから見て、四〇ミリの大口径機銃は、B29に対して非常に有効な武器であるようだ。天雷の配備は乙型を優先するよう、戦闘詳報に記すべきだろう……。

「中隊長、対空砲火です！」

　レシーバーに、誰かの叫びが飛び込んだ。

　Ｂ29の前方や左右に、無数の火の粉が漏斗《ろうと》状に飛び散る様が見えた。


「『長門』『山城《やましろ》』の主砲弾、高度七〇《ナナマル》（七〇〇〇メートル）から八〇《ハチマル》にて爆発。撃墜せる敵機なし」

　防空巡洋艦「古鷹《ふるたか》」の射撃指揮所に、測的長影山《かげやま》秀俊《ひでとし》中尉の報告が届いた。

「三式弾《さんしきだん》も、化け物相手には効果がないか」

　砲術長南虎鉄《みなみこてつ》少佐は、舌打ちして呟いた。

　たった今、横須賀軍港の中からＢ29の編隊目がけて射弾を放ったのは、連合艦隊旗艦「山城」と比島沖海戦から生還した戦艦「長門」だ。

「山城」は三五・六センチ砲弾六発を、「長門」は四〇センチ砲弾八発を、それぞれ敵編隊の直中に向けて発射している。

「山城」の三五・六センチ砲弾も、「長門」の四〇センチ砲弾も、四八〇発から七三〇発に達する焼夷榴散弾《りゅうさんだん》と約二〇〇〇発の弾片を広範囲に飛散させ、敵機を一網打尽《いちもうだじん》に撃墜する効果を狙ったものだ。

　整然たる編隊形を組んでいるＢ29に対しては有効かと思われたが、戦果はゼロに終わっている。

　照準が甘く、Ｂ29を危害直径の範囲内に捉えられなかったか。あるいは、三式弾の焼夷榴散弾や弾片では、Ｂ29の装甲鈑は貫通できなかったのか。

「餅《もち》は餅屋、対空戦闘には防空艦だ！」

　南は、射撃指揮所内の全員に聞こえる声ではっきりと言い、部下たちが「応《おう》！」と叫んだ。

　昨年一二月の比島沖海戦終了後、連合艦隊の諸艦艇は、軍港内に逼塞《ひっそく》している。

　同海戦では、戦艦「大和」「武蔵」、空母「瑞鶴」「飛龍」「蒼龍」など、多数の艦艇が失われた。

　生き延びた艦も損傷艦が多数を占め、修理が必要という状態だ。その修理も、資材不足のため、ドックの外で順番待ちをしている艦が少なくない。

レイテ湾で記録的な大勝利を収め、米軍の撃退に成功した連合艦隊だったが、それは組織的な戦闘力の喪失と引き換えにもたらされたものだったのだ。

　駆逐艦だけは、本土近海の潜水艦狩りや、内地と南方資源地帯を往復する船団の護衛に出港していったが、沖縄や台湾の近海に出没する敵機動部隊の艦上機や敵潜水艦に討ち取られ、二度と母港に戻らぬ艦が少なくなかった。

　こうした中にあって、防空巡洋艦と秋月型駆逐艦は優先的に修理と整備が実施された。

　長一〇センチ高角砲や長一二・七センチ高角砲は、B29の迎撃にも有効と考えられたためだ。

　本土空襲が始まってからしばらくの間は、横須賀にB29が来襲することはなかった。

　B29の標的は、東京周辺にある航空機の生産工場や飛行場、電探基地であり、横須賀上空は迂回することが多かったのだ。

　だがこの日、B29はまっすぐ横須賀に向かって来た。

　攻撃目標は、横須賀航空隊の追浜《おっぱま》飛行場である可能性が高い。

「山城」の連合艦隊司令部は、横須賀在泊の全艦に迎撃を命じ、「古鷹」は阿賀野型防巡の四番艦「酒《さか》匂《わ》」と共に、追浜飛行場と箱崎《はこざき》砲台の中間海面で、B29を待ち受けていたのだ。

「艦長より砲術、発射時機の判断は任せる」

「発射時機、射撃指揮所にて判断します」

　艦長荘司《しょうじ》喜一郎《きいちろう》大佐の指示に、南は復唱を返した。

「発令所より報告。敵編隊、本艦の右一四〇度、高度七五《ナナゴ》（七五〇〇メートル）から八〇《ハチマル》」

　荘司の命令と入れ替わるように、第三分隊長緑《みどり》川春樹《かわはるき》大尉から報告が届く。

「古鷹」の第三分隊長から砲術長に異動した南の後を受け、発令所の責任者となった士官だ。マリアナ沖の修羅場を共に経験し、比島沖の囮作戦では地獄の門をくぐっている。

　激戦を経験し、度胸が据わったためか、あるいは発令所の責任者という任務の性格故《ゆえ》か、声は落ち着いていた。

「指揮所より一分隊。目標、右一四〇度の敵編隊。右正横から前方に回り込んで来ると予想される。信管は七五《ナナゴ》から八〇《ハチマル》の間で調整せよ」

「目標、右一四〇度の敵編隊。信管は七五《ナナゴ》から八〇《ハチマル》の間で調整します」

　第一分隊長高杉正太《たかすぎしょうた》大尉からも、南の指示に対する復唱が返される。

　その間にも、Ｂ29群は距離を詰めて来る。浦賀《うらが》水道の上空を抜けようとしているようだ。

「古鷹」の前甲板では、敵編隊の動きに合わせ、三基の長一〇センチ連装高角砲が右舷側に旋回し、細く長い砲身が大仰角《ぎょうかく》をかけている。

　砲身は真新しく、銀色に照り輝いている。比島沖海戦から帰還した後の整備で、新しい砲身に換装されたのだ。敵をさんざん突きまくり、刃こぼれがした槍《やり》の穂先《ほさき》を、よく研《と》ぎ上げられた新しい穂先に交換したようなものだ。

「長一〇センチ砲がどこまでＢ29に通用するか、試してやる」

　南が独りごちたとき、

「敵編隊、左に旋回。飛行場を狙う模様！」

「目標、右上空のＢ29編隊。測的よし！」

「全高角砲、射撃準備よし！」

　影山、緑川、高杉の順で報告を上げた。

「高角砲、撃ち方始め！」

　南は、落ち着いた声で下令した。

　同時に、前甲板に発射炎が閃き、強烈な砲声が射撃指揮所を包んだ。

　各高角砲の一番砲六門による第一射だ。
　二、三番高角砲と四、五番高角砲は並列に配置されているため、左右の射界には制限があるが、高高度から侵入して来るＢ29に対しては、全高角砲を発射できる。

二秒後、二番砲による第二射が放たれ、新たな砲声が指揮所を包む。

戦艦の大口径砲ほどの重みはないが、発射に伴う衝撃は大きい。顔面を、思い切りはたかれたような気がする。

後方からも砲声が届き、

「『酒匂』撃ち方始めました！」

第一分隊士の金村良太《かなむらりょうた》兵曹長が報告する。

「古鷹」は、二秒置きの砲撃を続ける。

砲声は間断なく轟き、射撃指揮所の中を満たす。

過去に「古鷹」が参加した海空戦——開戦直後の南シナ海海戦から、機動部隊最後の戦いとなった比島沖海戦の囮作戦までと、何ら変わるところはない。

違いは、戦場が洋上ではなく母港だということ、そして敵機の高度がこれまでの対空戦闘で最も高いということだ。

待つことしばし、第一射弾が所定の高度に達し、炸裂した。上空の六箇所に黒い爆煙が湧き出した。

第一射弾六発のうち、三発は敵編隊の直中で爆発したように見えたが、火を噴く敵機はない。照準が甘かったのか、B29の分厚《ぶあつ》い装甲が弾片を撥ね返したのかは分からない。

二秒後に第二射弾が炸裂するが、結果は同じだ。

B29は火を噴くどころか、ぐらつきもしない。編隊形を保ったまま、追浜飛行場に向かって来る。

第三射弾、第四射弾が、続けて炸裂する。

「酒匂」の射弾も、炸裂し始める。

結果は、これまでと変わらない。B29群は、悠然と飛び続けている。

第五射で、初めて効果が表れた。

至近距離で爆発が起きたのだろう、B29一機が大きくよろめく様が見えた。

第六射では、B29二機がぐらつく。うち一機は、うっすらと黒煙を引きずり始め、編隊から落伍し始める。

日本海軍 阿賀野型防空巡洋艦「酒匂」

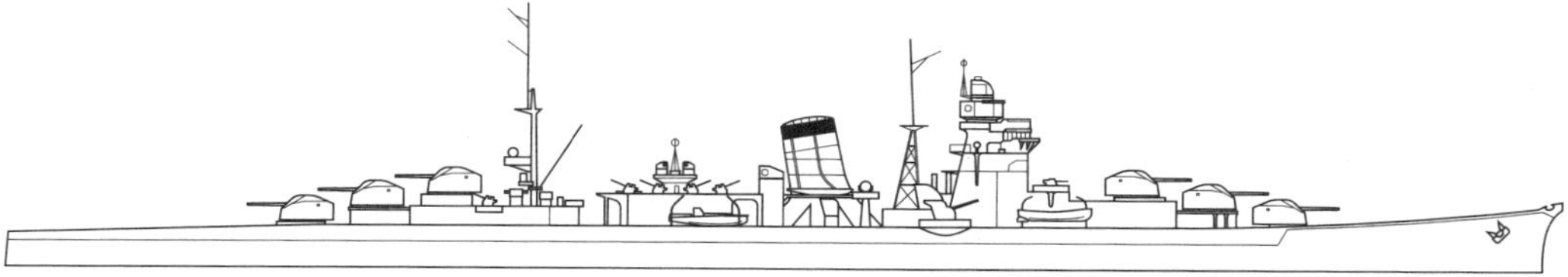

全長	174.5m
最大幅	15.2m
基準排水量	6,652トン
主機	ギヤードタービン　4基／4軸
出力	100,000馬力
速力	35.0ノット
兵装	10cm 65口径 連装高角砲 6基 12門
	7.6cm 60口径 単装高角砲 2門
	25mm 3連装機銃 10基
	25mm 単装機銃 18丁
乗員数	760名
同型艦	阿賀野、能代、矢矧

阿賀野型軽巡洋艦の四番艦。水雷戦隊の旗艦として使用されている球磨型、長良型、川内型（いわゆる5,500トン型軽巡）の後継として計画された。当初は、水雷戦隊の旗艦として、砲火力と雷撃力、いずれも強力な快速艦として設計されていたが、対米戦の勃発によって得られた戦訓は、今後は水雷戦隊を率いて艦隊決戦に臨む局面は訪れないことを示していた。その一方で、対空装備を充実させた防空巡洋艦の需要は高まっており、本型は一番艦「阿賀野」から、すべて防空巡洋艦として竣工させることが決まった。

主兵装は、青葉型と同様、65口径10センチ連装高角砲だが、青葉型が二番砲塔、三番砲塔および四番砲塔、五番砲塔を左右並列に配置したのに対し、本型は艦の軸線に三基、背負い式に配置した。これにより左右両舷に全火力を振り向けることが可能となった。機銃も全方位死角のないように配置されており、艦隊防空の大きな戦力として期待されている。

「いいぞ、その調子だ！」

南は、高杉と緑川に激励の言葉を送った。

まだB29の撃墜には成功していないが、至近弾を得られていることは、敵機の動きから分かる。

これなら撃墜も可能かと思われた。

第七射、第八射では、有効弾は出ない。B29はぐらつきも、火を噴きもしない。

第九射弾が炸裂する直前、B29一機の胴体中央付近で爆発が起きた。巨大な機体は、前後に分断され、それぞれが黒煙を引きずりながら落下し始めた。

「『酒勾』か！」

南は、「古鷹」の後方で長一〇センチ砲を撃ちまくっている防巡の名を呼んだ。

「酒勾」は、マリアナ沖、比島沖の二大海戦で奮戦した阿賀野型防巡の四番艦だ。竣工が昨年一一月だったため、比島沖海戦には間に合わず、横須賀で軍港防空艦の任に就いていた。

その「酒勾」が、「古鷹」よりも一足先に、一機撃墜の戦果を上げたのだ。

「酒勾」の初戦果であると同時に、帝国海軍の軍艦によるB29の初撃墜となる。

「『酒勾』に続け。砲撃続行！」

「砲撃続行します！」

南の声を受け、高杉が復唱を返す。闘志と悔しさが混ざった声だ。

「次は本艦の番だ」という意気込みと、「酒勾」に対する競争意識を、同時に感じているのだろう。

第九射、第一〇射は空振りに終わったが、第一一射で有効弾が出た。

B29一機の近くで一発が炸裂したと見るや、左主翼の第二エンジンから大量の黒煙が噴出し始めた。

そのB29は、みるみる高度を落とし始め、左に大きく旋回しながら、視界の外に消えた。

「敵一機撃墜！」

「いいぞ、『酒勾』に負けるな！」

南の報告に、荘司艦長が激励を返す。艦長も、「酒勾」に先を越されたことを気にしていたようだ。

その間にも、「古鷹」は「酒勾」と共に、二秒置きの砲撃を続ける。

第一四射弾で、「古鷹」は二機目の戦果を上げた。

Ｂ29一機の右主翼が、付け根付近から折れ飛び、右の揚力を失った機体が、錐揉《きりも》み状に回転しながら墜落し始めた。

「酒勾」が二機目を墜とす。

尾部を吹き飛ばされたＢ29が、左右によろめきながら姿を消す。

「古鷹」も新たな戦果を上げたいところだが、Ｂ29はなかなか火を噴かない。

至近距離で一〇センチ砲弾が炸裂したように見えても、僅かによろめくだけで、飛行を続ける機体が少なくない。

「頑丈な奴だ！」

射撃指揮所の大双眼鏡を通じて、戦果を確認しながら、南は忌々しさを込めて吐き捨てた。

長一〇センチ砲弾は、かなりの至近距離で爆発しなければＢ29を墜とせない。

撃墜に成功した機体でも、原形を留めぬほど破壊されるものはない。この点は、日本軍の機体とは大きく異なる。

「空の要塞」の異名を取ったＢ17の後継機だと聞いていたから、ある程度予想はしていたが、米国はなんと打たれ強く、墜とし難い機体を作ったものか。

「艦長より達する。総員、衝撃に備えろ！」

高声令達器を通じて、荘司の命令が届いた。

数秒後、横須賀航空隊の飛行場に次々と爆発光が走り始めた。

Ｂ29が八〇〇〇メートル上空から投下した爆弾が、地上に落下し始めたのだ。

滑走路の中央で炸裂した敵弾は、アスファルトと共に土砂を噴き上げ、駐機場に落下した爆弾は、炸裂と同時に、そこにあった機体を爆砕する。

高高度から投下しているためだろう、飛行場に落下する爆弾は多くない。

それでも、地上に激突した爆弾は、そこにあるものを、確実に爆砕する。

滑走路や誘導路への命中弾は、地上を大きく、深く抉り、指揮所、格納庫、部品倉庫といった地上建造物への直撃弾は、一撃で建物を全壊ないし半壊させる。

軍港内にも、敵弾が落下し始めた。

「古鷹」の右舷側に着弾するや、大量の飛沫が奔騰し、驟雨《しゅうう》となって降り注ぐ。

艦の正面にも、敵弾が落下する。

奔騰する飛沫が煙幕のように視界を閉ざし、しばし飛行場が見えなくなる。

数秒後、次の一発が艦の後方に落下する。

敵弾は、海面に激突すると同時に炸裂しているらしく、爆圧による艦底部の突き上げはない。

それでも、爆風は艦を激しく煽り、飛び散る弾片は舷側に命中して、不気味な音を立てる。


至近弾を受けながらも、「古鷹」の長一〇センチ砲は砲撃を続けている。

二秒置きに咆哮を上げ、高度七五〇〇メートルから八〇〇〇メートル上空まで、六発ずつの一〇センチ砲弾を撃ち上げる。

後方からも、「酒匂」の砲声が届く。

同艦もまた、B29目がけて砲撃を続けているのだ。

降って来る敵弾に翻弄されながらも、「古鷹」は四機目の戦果を上げた。

B29一機の左主翼に炎が上がり、みるみる燃え広がり始めた。

炎は左主翼全体を包み、後方に長い黒煙が伸びた。

高度を下げ始めたB29から、黒い小さな影が飛び出す。落下中に傘が開き、空中を漂《ただよ》い始める。

墜落必至《ひっし》とみた乗員が機体を捨て、落下傘《らっかさん》降下に入ったのだ。

その機体が、この日の最後の戦果だった。

B29の最後尾の集団が追浜飛行場の上空を通過し

た直後、荘司艦長が「砲撃止め！」を下令した。

「撃ち方止め！」

南が一分隊に命じ、二秒置きの咆哮が止む。

後方の「酒匂」も砲撃を終了し、砲声が消える。

「B29四機撃墜。損害を与えた機体は一〇機以上に上りますが、撃墜には至りませんでした」

「よくやった。四機撃墜なら立派な戦果だ」

報告した南に、荘司はねぎらいの言葉をかけた。

「お褒《ほ》めいただけるのは有り難いのですが、四機だけでは焼け石に水です。機動部隊の対空戦闘で、ヘルダイバーやアベンジャーを相手にしたときには、もっと墜とせたのですが」

「高高度から来襲する重爆と空母に肉薄して来る艦上機では、条件が違い過ぎる。砲戦距離が長くなれば、命中率が下がるのは当然だからな。この悪条件下で、よく頑張ってくれた」

そう言って、荘司は受話器を置いた。

目の前では、追浜飛行場が複数箇所から黒煙を上げている。

滑走路の被害もさることながら、付帯設備にかなりの被害が出たようだ。

飛行場だけではない。

外れ弾が「古鷹」の至近に落下したように、横須賀に集中している海軍の教育施設や市街地にも、相当数の爆弾が落ちたことは間違いない。

民間人にも、多数の死傷者が出たはずだ。

それを思うと、素直《すなお》に艦長の賞賛を受ける気にならなかった。

南の沈んだ気持ちとは裏腹《うらはら》に、「古鷹」の通信室は、「山城」の連合艦隊司令部に宛て、勝利宣言とも呼ぶべき報告電を打電している。

「『古鷹』B29四機撃墜。『酒匂』B29二機撃墜。『古鷹』『酒匂』ハ健在ナリ」

2

「敵の本土となると、流石《さすが》に違うな」

20AF司令官へイウッド・ハンセル少将は、司令官室の机上に置かれたグラフを見ながら言った。

日本本土への攻撃を開始した五月二四日から六月三〇日までの、B29の喪失機数をまとめたものだ。

未帰還機の数、及び帰還後に修理不能と判断され、破棄された機体の数がまとめられている。

六月三〇日までの出撃回数は三一回。延べ出撃機数は二九六〇機を記録する。

ほぼ毎日、マリアナから日本本土、それも東京《トーキョー》を中心とした狭い地域に向けて、一〇〇機前後のB29が飛び立った計算になる。

戦況は一進一退《いっしんいったい》だ。

攻撃を開始した当初は、B29全機が無事に帰還したが、六月に入る頃から未帰還機が出始めている。

六月九日の攻撃のように、一度に一六機ものB29が失われた他、二一機が被弾損傷し、うち六機を廃棄処分とせざるを得なかったこともある。

はっきりしているのは、20AFは未《いま》だにトーキョー周辺の制空権を確保できていないということだ。

「投弾量に比べ、効果が少ないと見積もられます」

20AFの参謀長を務めるオスカー・ニールセン大佐が、ハンセルの前に航空写真を並べた。

B29が投弾した直後の攻撃目標——日本軍の飛行場、レーダー基地、工場等を撮影したものだ。

大量の黒煙が上がっているものの、目標への命中弾はさほど多くない。

六月九日に横須賀《ヨコスカ》の飛行場を攻撃したときは、B29一一六機を出撃させ、五〇〇発以上の一〇〇〇ポンド爆弾を投下したが、滑走路や付帯設備への命中弾は八〇発ほどだ。

大部分は、ヨコスカ沖の海面や飛行場の周辺、市街地に落下している。

三日後にヨコスカに飛んだ偵察機は、既に滑走路が修復され、敵戦闘機が離着陸していたとの報告を届けている。

ヨコスカ攻撃の際には、強力な敵の新型戦闘機と熾烈《しれつ》な対空砲火の迎撃を受けたことが原因と考えられるが、目標への命中率が悪いのは全般的な傾向だ。

Ｂ29による最初の攻撃となった、五月二四日のナカジマの工場への爆撃も、トーキョー西部の調布《チョーフ》飛行場やヨコスカより内陸にある厚木《アツギ》飛行場への攻撃も、効果を上げているとは言い難い。

「高高度からの精密爆撃という戦術に、問題があるのでは？」

作戦参謀のリチャード・コディ少佐が言った。

マリアナ諸島攻略前の準備攻撃で、作戦計画を作成した幕僚だ。爆撃高度を、Ｂ29にしては低めの一万フィートに取ることで、爆撃の命中率を高め、サイパン、テニアン、グアムの敵飛行場を短時間で使用不能に陥れた実績を持つ。

「現在の爆撃高度二万七〇〇〇フィートは、目標から遠すぎ、爆弾の命中率がどうしても低くなります。思い切って、一万フィートまで下げてはいかがでしょうか？」

「一万フィートでは、Ｂ29といえども危険が大きい。クルーと機体の安全を確保しつつ、敵に打撃を与えるには、現在の戦術を継続する必要がある」

コディの主張を、ハンセルは即座に却下した。

Ｂ29は合衆国でも最新鋭の機体であり、調達価格は極めて高い。クルーの数も多く、一機当たり一一名が搭乗する。

そのような機体を、必要以上の危険にさらすわけにはいかない、とハンセルは主張した。

「マリアナ諸島を攻撃したときは、爆撃高度を低めに取りましたが、被害は僅少《きんしょう》でした」

「マリアナと日本本土では、条件が違い過ぎる。二万七〇〇〇フィートの高高度爆撃でさえ、無視できない被害が生じているのだ。爆撃高度一万フィートでは、クルーに死にに行けと命じるようなものだ」

　ハンセルは、グラフの一点を指した。

　六月九日の被害状況を記録したものだ。

　この日は、四〇ミリクラスと推定される大口径機銃を装備した新型の双発戦闘機――合衆国のコード名「テッド」が出現し、空中戦だけで一〇機が墜とされている。

　高度を二万七〇〇〇フィートに取っていてさえ、このような被害が出るのだ。

　爆撃高度を一万フィートに落とせば、被害は数倍に増える。

「本国《ステーツ》からは、七月末までにトーキョー周辺の制空権を奪取せよと命じられております。高高度精密爆撃では、命令の達成は困難です」

　ニールセンが言った。コディ作戦参謀の主張を容れるべきです、と言いたげだった。

「低高度爆撃を実施し、多数のＢ29とクルーを失えば、日本本土への攻撃自体が不可能になる。効率は多少悪くとも、現在の戦術を継続すべきだと、私は信じる」

　ハンセルは、なおも言い張った。

　Ｂ29という最高の航空機材を委ねられた身だ。機体とクルーたちを、無為《むい》に失いたくはない。

「高高度爆撃の方針を貫かれるのであれば、目標を変更してはいかがでしょうか？　戦略航空軍司令部の命令は、トーキョー周辺の制空権奪取です。そのためには、必ずしも飛行場や航空機工場を叩く必要はありません」

　情報参謀のリチャード・フェレイラ中佐が発言し、机上にトーキョーとその周辺の地図を広げた。

　航空燃料の集積地や鉄道の線路を、指示棒で指した。

「貯油《ちょゆ》施設や飛行場周辺の鉄道、道路等を破壊すれば、飛行場を直接叩かずとも、無力化できます」

　ハンセルは、深々と頷いた。

「敵の飛行場を、爆撃によって封鎖してしまおうというわけか。その手を使ってみるか」

「情報参謀の主張には一理《いちり》ありますが、高高度爆撃では、燃料庫や鉄道を攻撃しても、破壊しきれないかもしれません」

コディが注意を喚起した。

目標を変更しても、戦術が現状のままでは同じ結果を招く、と言いたげだった。

「太平洋艦隊に、支援を要請してはいかがでしょうか？」

海軍の連絡将校エドガー・ジャスティン中佐が発言した。

太平洋艦隊司令部から20ＡＦ司令部に派遣されている人物だ。20ＡＦ司令部ではただ一人、海軍の軍装に身を固めている。

「空母の艦上機であれば、重爆撃機にはできない精密爆撃が可能です。燃料庫や鉄道を叩くには、うってつけだと考えますが」

「日本本土には、相当数の機体が展開している。艦隊を接近させるのは、危険ではないかね？」

ニールセンの問いに、ジャスティンは答えた。

「太平洋艦隊司令部が暗号解読によって探ったところ、日本軍は航空機を広範囲に分散させているようです。本土の他、フィリピン、台湾《タイワン》、沖縄《オキナワ》にも、かなりの数を展開させているとか。おそらく、二度目のフィリピン奪回作戦を警戒して、南方から兵力を動かせないのでしょう。太平洋艦隊の主力によるトーキョー攻撃は、充分可能です」

フィリピン奪回作戦が失敗に終わった後、太平洋艦隊は戦力の回復と再編成に努めていたが、現在はいつでも出撃可能な状態にある。

主力のエセックス級空母は、現在までに一四隻が戦力化され、うち整備中の三隻を除く一一隻がトラック環礁で待機している。

20ＡＦからの要請があれば、太平洋艦隊司令長官チェスター・ニミッツ大将は、すぐにでも出撃を命じるはずだ、とジャスティンは強い語調で言った。

「うむ……」

とのみ、ハンセルは返答した。

戦略航空軍司令官のヘンリー・アーノルド大将は、

「日本など、戦略爆撃のみで屈服させてみせる」

と公言している。

大言壮語《たいげんそうご》ではなく、本気でそう考えているようだ。

戦略航空軍は、いずれ編制される合衆国空軍の母体となるため、ここで大きな実績を上げ、発言力を強化しておきたいのだろう。

アーノルドは、海軍の支援を歓迎しないかもしれない。

「日本は昨年一二月以降、弱体化しましたが、今なお侮《あなど》り難い戦力を有しています。日本を屈服させるには、太平洋に展開する合衆国の全軍で当たる必要があると考えます」

決断を促《うなが》すかのように、ジャスティンは言った。

ハンセルは少し考えてから応えた。

「20AFから太平洋艦隊に直接支援を要請するのは、指揮系統上、問題がある。だが、太平洋艦隊が独自に日本本土を攻撃することは、20AFの作戦行動を妨げるものではない」

3

一時間ほど飛行したところで、陸地を巨大なスプーンですくい取ったような形状の湾が見え始めた。

東京湾《トーキョー・ベイ》――日本の首都東京《トーキョー》の表玄関だ。

その入り口近くに、第五八任務部隊《TF58》の攻撃目標である横須賀《ヨコスカ》――呉《クレ》と並ぶ、日本海軍の最も重要な軍港がある。

「ここまで来たんだな、俺たちは」

空母「サラトガ」《VB12》爆撃機隊隊長マーチン・ベルナップ少佐は、感慨《かんがい》を込めて呟いた。

一九四一年一二月のフィリピン遠征で大敗し、太平洋艦隊に配属されていた全ての戦艦と空母を失って以来、三年八ヶ月。

合衆国海軍は多数の新造艦と新鋭機を揃え、反攻に転じた。

マーシャル、トラック、マリアナと、重要拠点を次々に陥落させ、洋上から日本軍の艦艇を駆逐した。

昨年一二月のフィリピン奪回作戦では、不覚《ふかく》の一敗を喫したものの、機動部隊同士の最後の戦闘となったエンガノ岬沖海戦、及び帰還途中の日本艦隊を攻撃したスル海海戦では、開戦以来の宿敵《しゅくてき》だった日本軍の空母機動部隊に止めを刺し、日本軍最強の戦艦「ヤマト」「ムサシ」を撃沈した。

以後、連合艦隊《コンバインド・フリート》は日本本土に逼塞している。

フィリピンだけは確保したものの、有力艦の大半を失った現在、太平洋艦隊と正面から戦う力はないと自覚しているのだろう、もっぱら駆逐艦を東シナ海、南シナ海に繰り出し、輸送船団の護衛に当たらせるだけだ。

日本本土の近海に合衆国艦隊が姿を現しても、迎え撃つ力もない。

一方太平洋艦隊は、フィリピンで多数の戦艦、巡洋艦、駆逐艦を失ったものの、主力の空母は健在だ。

主力の第三艦隊は、司令長官のウィリアム・ハルゼー大将が更迭された後、サイパン沖海戦（マリアナ沖海戦の米側公称）勝利の立役者となったフランク・J・フレッチャー大将（中将より昇進）が指揮官となり、艦隊の名称も第五艦隊に改称された。

機動部隊は第五八任務部隊《TF58》に改称され、マーク・ミッチャー中将に代わって、ジョン・マッケーン中将が指揮を執っている。

TF58は、フィリピン、タイワン、オキナワの日本軍飛行場や在泊艦船、日本本土に向かう輸送船団への攻撃に当たっていたが、七月に入ってから間もなく、

「トーキョー近郊の敵飛行場、並びにヨコスカの在泊艦船を攻撃せよ」

との命令が、太平洋艦隊司令部より届いた。

日本本土への攻撃は、20AFがもっぱら担当して

いたが、ＴＦ58にも機会が巡って来たのだ。

ＴＦ58は勇躍《ゆうやく》トラックより出撃し、この日——七月一四日早朝、野島崎《ケープ・ノジマ》の南東二〇〇浬地点に到達した。

主力となる空母は、エセックス級一一隻。

これを、空母二隻ないし三隻を一組とする四個任務群に分けている。

艦上機の総数は一一〇〇機に達しており、ＴＦ58司令部は、トーキョー周辺に展開する日本軍の航空部隊を圧倒できるとの見通しを立てていた。

「『チーム・バーネット』『チーム・シートン』より報告。周囲に敵戦闘機なし」

オーエンスが報告を送って来た。

「『ヘミングウェイ』各機からの報告は？」

「敵機発見の報告はありません」

「作戦成功だな」

ベルナップは小さく笑った。

ＴＦ58は一足先に、戦闘機のみで編成した第一次攻撃隊を出撃させた。

序盤で敵戦闘機を掃討し、急降下爆撃機、雷撃機の安全を確保するのだ。

昨年七月のトラック攻略作戦では、この作戦が成功し、僅か二日間で同地の制空権奪取に成功した。

日本本土攻撃の第一陣として、一一隻の空母から放たれた二〇〇機以上のグラマンF6F〝ヘルキャット〟は、迎撃に上がって来た零戦《ジーク》、雷電《ジャック》、鍾馗《トージョー》、飛燕《トニー》といった機体を多数撃墜し、トーキョー周辺の制空権を確保したのだ。

「『ジェイク1』より全機へ」

ベルナップは、第五八・二任務群《TG58・2》の攻撃隊全機に呼びかけた。

過去の作戦では、ＴＧ58・2の攻撃隊指揮官は、「エセックス」爆撃機《VB9》隊隊長ウィルソン・ウッドロウ中佐が執っていたが、「エセックス」は現在整備中であり、ＴＧ58・2に所属する空母は「サラトガ」「タイコンディロガ」「ベニントン」となったため、爆撃機隊指揮官の中で最先任のベルナップが第二次攻撃隊の指揮官に任じられたのだ。

「『ヘミングウェイ』『バーネット』目標、ヨコスカの在泊艦船。『シートン』目標、ヨコスカ飛行場。浦賀水道《ウラガ・チャンネル》を縦断し、ヨコスカに接近する」

「『チーム・バーネット』了解」

「『チーム・シートン』了解」

「タイコンデロガ」爆撃機隊《VB14》隊長エイブラハム・マローン少佐と「ベニントン」爆撃機隊《VB20》隊長ヘンリー・ホーキンス少佐が、ベルナップの指示に返答する。

ベルナップは攻撃隊の先頭に立ち、浦賀水道《ウラガ・チャンネル》の上空に、攻撃隊を誘導する。

地上からの対空砲火はない。B29の空襲を何度も受けているにも関わらず、防空砲台は設置されていないようだ。

B29は、二万五〇〇〇フィート以上の高高度から日本本土上空に侵入するため、日本軍の対空砲では捕捉が難しいのかもしれない。

水道の西側に、小さな街が見える。

「浦賀《ウラガ》だな」

ベルナップは、街の名を呟いた。

九二年前、合衆国海軍の提督マシュー・カルブレイス・ペリーが、当時の為政者だった徳川幕府《トクガワ・ショーグネイト》に開国を要求するため、蒸気船二隻を含む四隻の艦隊を率いて訪れた地だ。

「二〇世紀の黒船《ブラックシップ》は空から侵入するのさ、ジャップ」

ペリーの艦隊が当時の日本人から呼ばれていた名称を、ベルナップは口にした。

ウラガの沖で、左の水平旋回をかける。

ヨコスカの軍港が左前方に、飛行場が右前方に、それぞれ見える。

軍港内に、大型艦二隻の姿が目立つ。

フィリピンから生還した戦艦だと思われた。

「隊長、飛行場の手前に防空艦です！」

オーエンスの叫び声が、レシーバーに響いた。

ベルナップは、飛行場の東側に視線を転じた。

巡洋艦とおぼしき艦が二隻、攻撃隊の手前に立ち塞がるように展開している。

一隻はヨコスカ飛行場の南、もう一隻は東側だ。

ベルナップには見間違いようがない。

南側の艦は青葉型《アオバ・タイプ》、古鷹型《フルタカ・タイプ》に属する防空巡洋艦だ。

東側にいる艦は、昨年のサイパン沖海戦で初めて見参《けんざん》した阿賀野型《アガノ・タイプ》であろう。

「『ジェイク1』より『ヘミングウェイ』。半数で飛行場手前の防空艦を叩く。『ジェイク』『ブレット』『ペドロ』目標、南。『キャサリン』『フレデリック』『リナルディ』目標、東。『ヘレン』以下の各隊は、軍港内の戦艦を攻撃しろ！」

ベルナップは、直率するＶＢ12の各小隊に命令を下した。

防空巡洋艦は基準排水量が一万トンに満たぬ中型艦だが、対空火力は極めて強力だ。

一隻に三個小隊一二機は、決して過剰な割り当てではない。

「最後まで俺たちの前に立ち塞がるのか、ジャップ」

ベルナップがその言葉を防空艦に投げかけたとき、オーエンスが叫んだ。

「『バーネット』『シートン』突撃します！」


「艦長より砲術。敵の目標は、飛行場の可能性大だ。飛行場の防衛を優先する」

「飛行場の防衛を優先します」

防空巡洋艦「古鷹」の南虎鉄砲術長は、一語一語をはっきり発音しながら、荘司喜一郎艦長の命令を復唱した。

艦内電話の受話器を置いた直後、

「敵降爆約八〇、右正横、及び左四五度より接近。高度三五《サンゴ》（三五〇〇メートル）！」

影山秀俊測的長から報告が上げられた。

「指揮所より三分隊、目標、右正横の敵機。測的急げ！」

「指揮所より一分隊、目標、右正横の敵機。測的終わり次第射撃開始！」

南は、緑川春樹第三分隊長と高杉正太第一分隊長に指示を送った。

ヘルダイバーは二手に分かれ、追浜飛行場の南と東から向かって来る。

東の敵機は「酒勾」に任せ、南の敵機は「古鷹」が迎撃するのだ。

「指揮所より二分隊。本艦に向かって来る敵機には、機銃にて対処する。充分引きつけてから撃つよう、機銃員に徹底しろ。射撃開始の時機判断は任せる」

南は続いて、機銃群の指揮を統括《とうかつ》する第二分隊長菅原始《すがわらはじめ》大尉に指示を送った。

「正念場だぞ、こいつは」

「平常心で行きましょう、平常心で」

呟いた南に、掌砲長の平哲三《たいらてつぞう》少尉が言った。階級こそ少尉だが、兵から叩き上げで今の階級に上ったため、「古鷹」の大部分の士官より年上だ。

短く刈った髪は半分方白くなり、修練《しゅうれん》を積んだ老武道家のような風格がある。

「やることは、いつもと変わりません。最後まで訓練通りにやることです」

「そうだな」

南は頷き、一言付け加えた。

「戦いの場が、洋上から母港に変わっただけだ」

敵機動部隊の本土への接近は、昨日のうちに判明していた。

関東近海の偵察に当たっていた第三航空艦隊の艦上偵察機「彩雲《さいうん》」が、小笠原《おがさわら》諸島の東方海上を北上する敵艦隊を発見したのだ。

連合艦隊司令部は、三航艦に迎撃を命じると共に、横須賀の在泊艦船にも対空戦闘の準備を命じた。

敵機動部隊に対しては、こちらも空母を繰り出して迎撃したいところだが、帝国海軍の正規空母は、マリアナ沖、比島沖の二大海戦でほとんど失われている。

艦船には不可欠の重油も、敵潜水艦による油槽船の撃沈や、帝都周辺の製油所、貯蔵タンクに対する爆撃で不足がちだ。

帝都の沖に敵艦隊が出現するという状況下、連合艦隊に可能なのは、基地航空隊による迎撃と、横須賀の在泊艦船による対空戦闘だけだったのだ。

八時一六分に来襲した空襲第一波は、日本側の戦闘機の掃討を目的としていたらしく、迎撃に上がった戦闘機隊と戦っただけで飛び去った。

現在の時刻は一〇時二一分。最初の空襲が終わってから、約一時間半が経過している。

トラック環礁が陥落したときの先例から見て、今度が本番であることは間違いない。

東京近郊の陸海軍飛行場を使用不能に陥れ、B29に対する迎撃を不可能にすることが、敵機動部隊の目的なのだ。

(今度は危ないかもしれん)

南は、その覚悟を決めている。

洋上での対空戦闘とは、条件が大きく異なる。

飛行場を守るとなれば、回避運動はできない。「古鷹」も「酒匂」も静止状態のまま、対空戦闘を行わねばならない。

しかも高角砲は、全て飛行場を狙って来る敵機に向けねばならないのだ。

この状況で被弾を免れるのは、極めて困難、というより、ほぼ不可能と言っていいが――。

「平常心だ。訓練通りだ」

南は平掌砲長の言葉を口中で反芻《はんすう》し、射撃指揮所の大双眼鏡を敵機に向けた。

「目標、右正横の敵降爆。測的よし！」

「全高角砲、射撃準備よし！」

二つの報告が、射撃指揮所に上げられた。

「撃ち方始め！」

南は、落ち着いた声で下令した。

命令の語尾は、轟いた砲声にかき消された。

長一〇センチ連装砲一二門のうち、各砲塔の一番砲六門が砲撃を開始したのだ。

砲声は、開戦以来耳慣れたものと変わることはない。戦慣《いくさな》れした古強者《ふるつわもの》が上げる雄叫《おたけ》びのようだった。

二秒後、各砲塔の二番砲が第二射を放つ。

再び轟いた砲声が、射撃指揮所を包む。

第三射、第四射、第五射と、「古鷹」の長一〇センチ砲は、二秒置きに六発ずつを、天空目がけて撃ち上げる。

「古鷹」の左前方、飛行場の東側海面にも、褐色の砲煙が湧き出している。「酒勾」も、「古鷹」より僅かに遅れて砲撃を開始したのだ。

上空で、長一〇センチ砲弾が炸裂し始める。

第一射で早くもヘルダイバー二機が火を噴き、第二射で一機が片方の主翼を吹き飛ばされる。

第三射では、至近距離で一〇センチ砲弾が炸裂したのだろう、ヘルダイバー一機が微塵《みじん》に砕け、無数の破片が白煙を引きずりながら飛び散る。

過去の対空戦闘でもなかったほどの命中率だ。

静止状態で、波のうねりもほとんどなく、足元が安定しているためかもしれない。

「酒勾」の上空でも、ヘルダイバーが一機、二機と火を噴いている。

「なかなかやるな、『酒勾』の連中も」

「B29を墜として、自信をつけたのかもしれません」

感想を漏らした南に、平が言った。声などは砲声にかき消されてしまうため、発射の合間を縫《ぬ》ってのやり取りになる。

「古豪《こごう》と若武者《わかむしゃ》が、背中合わせに戦っているようなものだな」

南は、そんな感想を抱いた。

「古鷹」は、重巡として建造された艦の中では、帝国海軍中最古参だ。防空艦に改装されたのも、「青葉」に続いて二番目だ。

一方の「酒匂」は、竣工から八ヶ月しか経っておらず、帝国海軍の巡洋艦の中では最も新しい。

その二隻が、共に長一〇センチ砲を撃ちまくっているのは、経験豊かな老武者と、若く体力に恵まれた武将が背中を合わせ、群がる敵を斬り伏せているかのようだった。

また一機、「古鷹」の射弾がヘルダイバーを墜とす。機首から炎と煙を噴き、急速に高度を下げ、南の視界から消える。

飛行場の南と東に、巨大な壁が立ちはだかったかのようだ。

海面から二秒置きに撃ち上げられる一〇センチ砲弾は、ヘルダイバーを次々と討ち取り、飛行場上空への侵入を防いでいる。

だが――。

「『酒匂』に急降下！」

「敵降爆一〇機以上、右二〇度、高度三五《サンゴ》！」

二つの報告が、続けざまに飛び込んだ。

南は、新たな命令を出さない。

今は、高角砲による砲撃を続けるだけだ。

「古鷹」も「酒匂」も、二秒置きに咆哮を上げ、六発ずつの一〇センチ砲弾を発射し続けている。

「酒匂」の頭上から、多数のヘルダイバーが降下する様子が見えた。猛禽《もうきん》の群れが、一斉に襲いかかったようだった。

（『酒匂』がやられる！）

最悪の展開が、南の脳裏をよぎった。

目を背けたいが、その思いとは裏腹に、南の視線は「酒匂」に釘付けになっている。

「酒匂」の機銃座が対空射撃を開始したのだろう、何条もの火箭が噴き延びた。

ヘルダイバー一機が火を噴いたが、阻止できたのはそれだけに留まった。

敵機が「酒匂」の頭上で一斉に引き起こしをかけ、上昇に転じた。

数秒後、「酒匂」の艦上に複数の爆発光が閃くと共に、艦の左右両舷に褐色の水柱が奔騰した。ヘルダイバーの投下した爆弾が海底にまで達し、海水と共に、大量の泥を噴き上げたようだった。

「やられたか……！」

南の口から呻き声が漏れた。

「酒匂」は「古鷹」の姉妹艦ではなく、戦隊を組んだこともない。同じ横須賀鎮守府《ちんじゅふ》に所属していると いうだけの関係だ。

それでも、比島沖海戦で僚艦「衣笠《きぬがさ》」を失った「古鷹」にとっては、共にB29と戦い、母港を守った戦友だった。

その「戦友」が、目の前で多数の敵弾を同時に受けたのだ。南にとっては、比島沖で僚艦「衣笠」を失ったときにも匹敵《ひってき》するほどの打撃だった。

多数の爆弾をいちどきに受けた「酒匂」は、艦全体が黒煙に包まれている。

高角砲弾が誘爆を起こしているのか、艦上で小規模な爆発が繰り返し起こり、噴出する黒煙が揺らぐ。束《つか》の間《ま》、艦上が露わになるが、すぐに黒煙に覆い隠される。

何発が「酒匂」を直撃したのか、正確なところは分からないが、追浜飛行場の東側海面が、「酒匂」の終焉《しゅうえん》の場所となることは間違いない。

それは、「古鷹」を間もなく襲う運命でもあった。

「敵降爆、本艦に急降下！」

菅原第二分隊長が報告した。

「古鷹」の長一〇センチ砲一二門は、飛行場を狙う敵機を目標に、二秒置きの砲撃を続けている。

自艦を守るために、火を噴くことはない。

荘司の命令を遵守《じゅんしゅ》しているということもあったが、防空艦の意地でもあった。

ダイブ・ブレーキの甲高《かんだか》い音が、聞こえ始める。

急速に拡大し、頭上を圧する。

一〇機以上のヘルダイバーが、いちどきに機体を翻し、「古鷹」目がけて突っ込んで来るのだ。

「古鷹」の高角砲は、依然二秒置きの砲撃を続けている。

砲声は、音だけで敵機を追い払わんとしているかのようであり、ダイブ・ブレーキ音は猛禽の叫び声のようだった。

上空に火箭が突き上がり、機銃の連射音が聞こえ始めた。

菅原第二分隊長が下令し、右舷側六基の二五ミリ連装機銃が射撃を開始したのだ。

敵機撃墜の報告はない。

過去の戦例でも、「二五ミリ機銃は装甲貫徹力が弱く、頑丈な米軍機はなかなか墜とせない」との報告がある。

一〇機以上のヘルダイバーを阻止するには、片舷六基の二五ミリ連装機銃では力不足なのだ。

それでも南は、高角砲の目標を切り替えなかった。

敵機が一斉に引き起こしをかけ、ダイブ・ブレーキ音がエンジン音に変わったが、それでも「古鷹」の長一〇センチ高角砲は、飛行場の上空に向かって撃ち続けていた。

敵弾は、いちどきに降って来た。

「古鷹」の左右両舷付近に、海底の泥を含んだ褐色の水柱が奔騰し、爆圧が艦底部を突き上げた。

同時に、真上から強烈な衝撃が襲い、鋼鉄製の艦体は激しく振動した。艦全体が、上下から押し潰されようとしているかのようだった。

衝撃がようやく収まったとき、南は艦の惨状をはっきりと見た。

艦首は、巨大な斧《おの》を振り下ろされたかのように断ち割られ、割れ目は揚錨機《ようびょうき》付近にまで達している。

あたかも、艦を縦に引き裂こうとしているようだ。

艦首周辺の海面は激しく泡立ち、浸水が始まっていることを示している。

敵弾は艦首甲板をぶち抜き、艦底部まで貫通して炸裂したらしい。

前部三基の高角砲は健在だ。砲身は大仰角をかけたままであり、被弾の寸前まで砲撃を続けたことを物語っている。

ただ、その砲口に新たな発射炎が閃くことはない。

後部三基の高角砲も沈黙しているらしく、新たな砲声が轟くことはなかった。

「一分隊より指揮所。各砲塔とも健在なれど、応答ありません」

「二分隊より指揮所。右舷機銃座三基損傷」

高杉と菅原が、被害状況報告を送って来る。

機銃はまだ健在なものが残っているが、高角砲が全て使用不能となったのではどうしようもない。

「古鷹」は、防空艦としての機能を失ったのだ。

「砲術より艦長。高角砲、全て使用不能です」

「もうよい。本艦の戦いは終わりだ。総員退艦を命じるから、部下をまとめてくれ」

報告を送った南に、荘司は沈痛な声で言った。

「それは……」

「今は時間がない。詳しい状況は、後で話す」

その言葉を最後に、艦内電話が切られた。

「手荒《てあら》くやられたな」

呟きながら、南は艦内電話の受話器を置いた。

射撃指揮所では、限られた情報しか得られないが、艦首を見ただけでも艦が沈みつつあることが分かる。

艦の後部——機関部や推進軸、舵といった重要部位も被害を受けたのかもしれない。

いずれにしても、艦長が総員退去を決めた以上は是非《ぜひ》もない。一人でも多くの部下を生還させるよう努めるだけだ。

「横須賀が、本艦の終焉の場所となったか」

大きく息を吐き出しながら呟いた。

今度は危ないかもしれない、との懸念は、やはり現実になった。

停止状態では、敵弾はかわしようがない。

「古鷹」の運命は、最初から決まっていたのだ。

ただ、母港として長年親しんだ横須賀で最期を迎えられるのは、終《つい》の住処《すみか》と定めた場所で天に召されるにも等しい。

ルソン島エンガノ岬沖で沈んだ「衣笠」や、レイテ湾から還らなかった「加古」に比べれば、幸運だったと言えるだろう。

ほどなく、まだ生きている高声令達器を通じて、荘司の命令が流れた。

「総員上甲板。繰り返す。総員上甲板！」

このとき、連合艦隊旗艦「山城」と戦艦「長門」も、軍港内に停泊したまま、敵機を迎え撃っていた。

この時点で「山城」は、連合艦隊旗艦ではなくなっている。

司令長官小沢《おざわ》治三郎《じさぶろう》中将以下の司令部幕僚は、一時退艦し、横須賀鎮守府の防空壕に避退したのだ。

艦の後部に設けられた司令部施設には、後部見張員だけが陣取っている。

「敵降爆多数、『長門』に向かう！」

「敵降爆約二〇、左一四〇度、高度三〇《サンマル》（三〇〇〇メートル）！」

後部見張員から「山城」の防空指揮所に、緊張に上ずった声で報告が届く。

「恐れるのも無理はなし、か」

見張員の怯えを感じ取り、艦長中岡信喜《なかおかのぶき》大佐は呟いた。

「山城」は姉妹艦「扶桑《ふそう》」と共に、昭和一六年一二月一八日のルソン島沖海戦に参陣したが、その後は練習戦艦に改装され、連合艦隊旗艦となった。

乗員、特に下士官、兵は、三年半以上実戦を経験していない者が過半を占めている。

その彼らに、「恐れるな。平常心を保て」と言っても、無理な話かもしれない。

「だからといって、ここでやられるわけにはいかん。長官を再び、本艦にお迎えするためにも」

中岡は鉄兜《てつかぶと》をかぶり直し、艦の後方を振り返った。

連合艦隊司令部は退艦したが、檣頭《しょうとう》には、小沢の旗艦であることを示す中将旗が翻ったままだ。

小沢は退艦するとき、

「旗は、そのままにしておけ。空襲が終わったら、本艦に戻って来るから」

と中岡に命じたのだ。

「連合艦隊旗艦が将旗を降ろすのは、艦が沈むときのみ」

と、小沢は考えているのかもしれない。

「目標、左一四〇度の敵降爆。射程内に入り次第、射撃開始」

「目標、左一四〇度の敵降爆。射程内に入り次第、射撃開始します」

中岡の指示を受け、砲術長小原《おばら》四雄《よつお》中佐は落ち着いた声で復唱を返した。

左後方から接近して来る敵機は、防空指揮所からは死角に入るため、直接目視できない。

ただ、次第に拡大する爆音で、敵機が「山城」との距離を詰めていると分かる。

「来るか。来るか」

呟きながら、中岡は時を待った。

ほどなく艦の左舷後方から、一二・七センチ高角砲の砲声が聞こえ始めた。

「山城」が装備する対空火器は、一二・七センチ連装高角砲一二基、二五ミリ三連装機銃一六基、一三ミリ単装機銃二基。

左舷後方には、一二・七センチ高角砲六基、二五ミリ機銃八基を指向できる。

海軍中央は、「山城」で高角砲員、機銃員を大勢養成すると共に、いざというときには軍港防空艦としても使用できるよう、改装時に対空兵装を大幅に増強した。

その対空火器が、横須賀を守るために火を噴いたのだ。

「『長門』撃ち方始めました！」

見張員の報告を受け、中岡は「長門」に視線を向けた。

長く帝国海軍の象徴として国民に親しまれ、レイテ湾からも生還した四〇センチ砲搭載戦艦が、艦橋や煙突の周囲を真っ赤に染めている。

上空に爆煙が湧き出し、横須賀の空をどす黒く染めてゆく。

「山城」「長門」だけではない。

駆逐艦や海防艦、駆潜艇、掃海艇といった小型艦艇も、ヘルダイバーの大群に砲門を開いている。

「敵二機……いや三機撃墜！」

後部見張員が弾んだ声で報告を上げ、防空指揮所に歓声が上がる。

連合艦隊旗艦の任務と並行して、練習戦艦の役割も果たして来た「山城」だ。

この艦で鍛えられ、腕を磨いた高角砲員が、一機たりとも投弾を許さぬとばかりに、上空に猛射を浴びせている。

敵機は、ひるんだ様子を見せない。

「山城」との距離を詰めているらしく、爆音が更に拡大する。

「敵機、本艦に急降下！」

後部見張員の報告が届いた。

頭上からのしかかるような低い爆音が、ダイブ・ブレーキの甲高い音に変わった。

左舷側六基一二門の一二・七センチ高角砲は、なお砲撃を続けているが、新たな撃墜の報告はない。

機動部隊の守護神《しゅごしん》として名を馳《は》せた第六戦隊の防巡は、降下中の敵機に対しても信管の調整を的確に行い、多数を撃墜したというが、「山城」の高角砲員には、そこまでは望めないようだ。

高角砲の砲声と共に、機銃の連射音も聞こえ始める。

二五ミリ三連装機銃が射撃を開始したのだ。

それは、敵機が機銃の射程内にまで降下したことを意味している。もう、距離はほとんどないはずだ。

「敵一機撃墜！」

新たにその報告が届いたとき、ダイブ・ブレーキ音が爆音に変わった。

太くごついヘルダイバーの機体が、「山城」の丈《たけ》高《たか》い艦橋をかすめて右舷前方へと抜けた。

直後、艦の後部から続けざまに衝撃が襲い、けたたましい破壊音が届いた。

至近弾による爆圧も襲って来るが、防空指揮所から水柱は確認できない。

直撃弾、至近弾共に、「山城」の後部に集中したようだ。

「艦長より副長――」

被害箇所と被害状況を確認すべく、副長尾崎俊春《おざきとしはる》中佐を呼び出したとき、

「『長門』に直撃弾多数！」

艦橋見張員の絶叫に続いて、続けざまの炸裂音が「山城」の防空指揮所に届いた。

「長門」に視線を転じた中岡は、思わず息を呑んだ。

「長門」の姿が、ほとんど見えない。艦首から艦尾までが、入道雲《にゅうどうぐも》さながらの黒煙に包まれ、その内側に赤い炎が躍っている。

敵弾は、「長門」の艦首から艦尾までを、まんべんなく襲ったようだ。何発が命中したのか、見当もつかなかった。

「副長より艦長。直撃弾三発。後部の司令部施設、及び水上機格納庫大破。左舷高角砲三基損傷！」

このときになって、尾崎副長からの被害状況報告が届いた。

敵弾は、「山城」の改装に伴い、艦の後ろ半分に設けられた連合艦隊司令部を破壊したのだ。

「小沢長官を再び艦にお迎えすることは、これでできなくなったな」

口中で中岡が呟いたとき、

「新たな敵降爆、左四五度、高度三〇《サンマル》！」

見張員の叫びが飛び込んだ。

中岡は顔を上げ、左前方上空を見た。

一〇機前後のヘルダイバーが、一斉に機体を翻す様がはっきりと見えた。

下腹が陽光を反射したのだろう、銀色の光が目を射る。狙われる側にとっては、自身の首に振り下ろされんとしている刃の輝きに感じられる。

中岡が下令するより早く、前甲板から空に向けて、巨大な火焔がほとばしった。

間近に落雷するような、強烈な砲声が耳朶《じだ》を打ち、しばし何も聞こえなくなった。

敵機が前上方から来襲したためだろう、前甲板の第一、第二砲塔と、艦橋の後ろに装備されている第三砲塔が、三式弾を放ったのだ。

装薬《そうやく》には、火薬の量が少ない弱装薬《じゃくそうやく》を用いたが、三六センチ砲六門を同時に放ったときの反動は凄まじい。その衝撃だけで、艦が壊れるのではないかと思わされるほどだった。

上空六箇所で爆発が起こり、大量の火の粉が飛び散る。

ヘルダイバー群が一網打尽となる光景を期待するが、敵機は一機も火を噴かない。

発射の時機が、少し遅かったようだ。三式弾は、この直前までヘルダイバーがいた高度で炸裂し、焼夷榴散弾と弾片を空しく撒き散らしただけで終わったのだ。

高角砲の砲声とダイブ・ブレーキ音が重なる。

下腹にこたえるような音が、四秒から五秒置きに轟き、上空に黒い爆煙が湧き出す。

ヘルダイバーは火を噴くことなく、真一文字に降下して来る。尾部が反《そ》り上がった独特の機体が、急速に膨れ上がる。

機銃の連射音が響き、二五ミリ弾の火箭が噴き延びるが、これもヘルダイバーを捉えることはない。中岡の目には命中しているように見えるが、火を噴く機体は一機もない。

実際には命中していないのか、命中していても米軍機の防御装甲を貫通するには至らないのか、判然としなかった。

「伏せろ！」

危険を悟り、中岡は防空指揮所の全員に命じた。自身も頭を抱え、防楯の陰に身体を投げ出した。

数秒後、金属的な爆音が「山城」の頭上を、左前方から右後方へと通過した。

真上から、風圧が襲って来る。

中岡も、防空指揮所に詰めている下士官、兵も、その場に突っ伏したまま身じろぎもしない。あたかも、巨大な猛禽の鉤爪《かぎづめ》が、背中をぎりぎりでかすめたような気がした。

爆音が遠ざかり、爆弾が大気を貫く鋭い音が響いた。

中岡が両目を大きく見開いたとき、炸裂音が続けざまに轟き、「山城」の巨体は激しく振動した。

ひょろ長い艦橋が、右に、左にと振り回されているような心地《ここち》がした。

外れ弾が噴き上げた大量の海水が、艦橋と高さを競い合うかのようにそそり立ち、崩れ、主砲塔の天蓋や艦首甲板に落ちかかる。

爆圧が艦を真下から突き上げ、基準排水量三万二八〇〇トンの艦体が、大地震さながらに揺れ動く。

魚雷に下腹を抉られたならともかく、頭上から投下される爆弾で、三万トンを超える戦艦がここまで振り回されるものかと思うほどだった。

被弾の衝撃と振動は、ほどなく止んだ。

果てしなく続くように感じられたが、実際には三〇秒と経っていない。

ヘルダイバーは一斉に投弾したため、多数の爆弾は、ほとんど時間差を置かずに「山城」に命中したのだ。

よろめきながら立ち上がったとき、中岡は異変を感じた。

「山城」の防空指揮所が、急坂と化している。

艦尾が大きく沈み込み、艦首は逆に持ち上げられている。

「副長より艦長。艦尾艦底部、被弾により浸水！」

応急指揮官を務める尾崎俊春副長が被害状況を報

告した。

中岡は「山城」が置かれている状況を悟った。

敵弾は艦尾の非装甲部を襲い、水線下に巨大な破孔を穿ったのだ。

艦の傾斜角から見て、既に相当量の海水を飲み込んでいる可能性が高い。

「浸水は食い止められそうか?」

「内務科が防水に努めていますが、手が付けられない状態です。海水は発電機室から機械室にまで達する勢いです」

「……止むを得ぬな」

中岡は「山城」の命運《めいうん》が尽きたことを悟った。

発電機室や機械室が海水に浸かったのでは、艦を動かすことも、主砲を発射することもできない。

浸水は拡大しつつあり、食い止めることも不可能だ。

軍港内は水深が浅いため、着底ということになるだろうが、「山城」が艦齢二八年に及ぶ老齢艦であることを考えれば、浮揚《ふよう》修理の可能性もない。

「副長、艦内各所に伝令《でんれい》を走らせ、『総員上甲板』と伝えてくれ。艦を捨てるには忍《しの》びないが、止むを得ない」

「艦内各所に伝令を走らせ、『総員上甲板』と伝えます」

尾崎は、命令を復唱した。

「艦長……」

防空指揮所で、見張りに当たった下士官、兵たちが、泣きそうな顔で中岡を見る。

老朽艦とはいえ、「山城」に配属され、長く艦と共に過ごした者たちだ。連合艦隊旗艦で勤務しているという誇りもある。

その彼らにとり、艦を捨てるのは、耐え難い思いであろう。

「皆も、上甲板に降りろ。ぼやぼやしていると艦が横転し、海面に投げ出される危険がある」

中岡は、部下たちに声をかけた。

防空指揮所から離れる前に、今一度前甲板を見た。

第一、第二砲塔に、被弾の跡はない。四門の砲身は、大仰角をかけたままだ。艦が後方に傾斜したため、砲身は天に向かって屹立《きつりつ》しているように見える。

「山城」は最後まで戦った。戦う軍艦そのものとして、生《せい》を終えた。

そのことを、艦自らが訴えようとしているように感じられた。


マーチン・ベルナップ少佐は、一万二〇〇〇フィートの高度で攻撃隊の集合を待ちながら、ヨコスカの軍港と飛行場を見下ろしていた。

軍港の中では、二隻の戦艦が最期を迎えようとしている。

一隻は長門型《ナガト・タイプ》だ。合衆国のコロラド級、イギリスのネルソン級と共に、世界に名を馳せた戦艦だが、今は見るも無惨な有様になっている。

猛煙が全艦を包み、姿を見ることがほとんどできない。

「チーム・バーネット」ことＶＢ14のヘルダイバー四八機は、ただ一隻の戦艦に攻撃を集中し、袋叩《ふくろだた》きにしたのだ。

艦船、それも防御力の高い戦艦を沈めるには、魚雷が最も効果的とされているが、爆弾だけであっても戦艦を沈めることはできる。

そのことを、ナガト・タイプの姿が物語っていた。

もう一隻の戦艦は、ベルナップの部下たちの戦果だ。

主砲や艦橋の配置から、扶桑型《フソウ・タイプ》と思われる。

大規模な改造を受けたらしく、箱形の構造物が後部に載っていたが、今は見る影もない。

艦の後部は徹底的に破壊され、元が何だったのか、分からなくなっている。艦尾からの浸水が激しいのだろう、艦尾甲板は既に水面下に没し、艦首が僅かに持ち上げられている。

間もなく着底し、艦橋や主砲塔だけを水面上に覗かせることになるだろう。

軍港の北側に位置する飛行場は、六箇所から火災煙が立ち上っている。

「チーム・シートン」ことＶＢ20の戦果だ。

滑走路よりも付帯設備を重点的に叩いたらしく、建造物の多くが崩れている。四〇年近く前、大地震に見舞われた直後のサンフランシスコもかくやと思われる姿だ。

飛行場の西側に、ひときわ大量の黒煙が上がっている場所がある。

地上では、小規模な爆発が繰り返されており、時折大量の火の粉が宙に舞い上がっている。

燃料庫か油脂庫の破壊に成功したのかもしれない。前者であれば大手柄だ。零戦《ジーク》も、雷電《ジャック》も、天雷《テッド》も、燃料がなければ無力な存在に過ぎないからだ。

ＶＢ20は、飛行場の手前に陣取っていた防空艦の猛射によって、かなりの被害を受けたものの、飛行場に対する攻撃は成功したと言える。

「防空艦は、最後まで逃げませんでしたね」

「敵ながら、見事な振る舞いだった」

オーエンスの言葉に、ベルナップは賛嘆《さんたん》の思いを込めて応えた。

ベルナップは防空艦の激しい抵抗を予想し、ＶＢ12の半数二四機を攻撃に割いた。

防空艦が装備する高角砲は、砲弾の初速が大きく、命中精度も極めて高い。半数程度はやられるだろうと覚悟しての攻撃だった。

ところが防空艦は、飛行場上空への進入を図るＶＢ20だけを攻撃した。

ＶＢ12のヘルダイバー群に対しては、機銃で反撃するのみであり、最後まで高角砲が向けられることはなかった。

ベルナップ自身、ＶＢ20目がけて交互に火を噴く高角砲の砲口を、はっきりと目撃している。

防空艦は、飛行場を守り切ることはできなかったものの、自らを犠牲にして、任務の達成に尽力したのだ。

昨年一二月のエンガノ岬沖海戦でも、同じ振る舞いをした防空艦があった。

エンガノ岬沖で沈めた艦も、たった今、このヨコスカで仕留めた二隻も、尊敬すべきサムライ魂《スピリッツ》の持ち主と言えた。

「あのような敵と戦い、打ち勝ったことは、名誉に思うべきなのだろうな」

ベルナップは同意を求める口調で、オーエンスに言った。

返答の前に、

「『セドリック1』より『ジェイク1』。『チーム・バーネット』攻撃終了。ナガト・タイプ一隻撃沈」

「『ロボ1』より『ジェイク1』。『チーム・シートン』攻撃終了。四八機中、三一機が投弾に成功。ヨコスカ飛行場は使用不能と判断する」

VB14の隊長エイブラハム・マローン少佐とVB20の隊長ヘンリー・ホーキンス少佐が報告した。

ベルナップは二つの命令を発した。

「『ジェイク1』より全機へ。帰還する」

「オーエンス、司令部に通信を送ってくれ。『ヨコスカ飛行場使用不能。軍港内にて敵戦艦二隻、防空艦二隻撃沈せり』と」

4

「ここまで追い込まれるとは……」

連合艦隊参謀長加来止男《かくとめお》少将が、天を仰いで慨嘆《がいたん》した。

横須賀鎮守府の本部庁舎近くに設けられた、半地下式防空壕の中だ。司令長官小沢治三郎中将以下、連合艦隊司令部の幕僚全員が身を潜めている。

連合艦隊は一昨年まで、帝国海軍の戦艦の中で最も強力な艦を旗艦として来た。

先代の連合艦隊司令長官だった古賀峯一《こがみねいち》大将がそ

の方針を改め、練習戦艦に改装された「山城」を旗艦としたが、それでも連合艦隊の総指揮を執るのに相応しい威容を備えていた。

だが今は、狭苦《せまくる》しく、薄暗《うすぐら》い小さな防空壕が、連合艦隊の司令部となっていた。

「帝都の沖に敵機動部隊の接近を許しただけではない。ろくな反撃もできぬまま、横須賀を蹂躙された。帝国海軍と米海軍の戦力差は、ここまで開いてしまったのか」

「蹂躙されたのは、横須賀だけではありません。東京近郊の航空基地が軒並《のきな》み攻撃され、大きな被害を受けています。実のところ、米艦隊がここまで大胆な行動に出るとは予想外でした」

首席参謀宮崎俊男《みやざきとしお》大佐が言った。

宮崎は、米国の事情や米海軍の作戦展開に通じていることを買われ、連合艦隊司令部に迎えられた男だ。その宮崎も、敵機動部隊の動きについては予想できなかったのだ。

「状況を整理しよう。攻撃を受けた飛行場はどこだ?」

小沢が口を開いた。

呉と並び、海軍の最も重要な軍港である横須賀が空襲を受けたことに、内心平静ではいられなかったが、努めて沈着さを保っていた。

「横須賀の他、館山《たてやま》、木更津《きさらづ》、厚木の各飛行場が攻撃され、滑走路や地上建造物に大きな被害を受けたとの報告が届いております」

航空参謀の内藤雄《ないとうたけし》中佐が、沈痛な声で報告した。

「厚木までもがやられたのか……!」

加来が唸り声を発した。

館山、木更津は東京湾口に近いため、横須賀と同時に攻撃を受けても不思議はないが、厚木は神奈川県の中央に位置する内陸の基地だ。

そのようなところに敵艦上機の侵入を許すほど、我が軍の防空力は弱体化していたのか、と言いたげだった。

「陸軍の飛行場は？」

小沢は動じた様子を見せず、質問を続けた。

「調布《ちょうふ》と柏《かしわ》が空襲を受けたとの報告ですが、詳しい被害状況報告はまだ届いておりません」

内藤は答えた。

「艦船の被害は？」

「『長門』『山城』が大破着底です。特に『長門』は、上部構造物のほとんどを破壊され、浮揚修理は絶望的と報告されています」

航海参謀の鷹尾卓海《たかおたくみ》中佐が報告した。

声が、今にも泣き出しそうなほど震えている。旗艦「山城」よりも、長年帝国海軍の象徴として親しまれてきた「長門」の喪失に、大きな衝撃を受けたようだ。

「被害は『長門』『山城』だけか？」

「他には、『古鷹』『酒匂』が飛行場の近くで沈みました。飛行場を守ろうとして、敵機に袋叩きにされたようです」

「そうか」

小沢は、しばし瞑目《めいもく》した。

開戦以来、機動部隊の頭上を守り続けた歴戦の防空艦と、期待を担って竣工した新鋭の防空艦が共に失われたのだ。

「他には？」

「被害は、今申し上げた四隻だけです」

「敵は、最も目立つ艦に攻撃を集中したのか」

「目立つ艦というより、戦艦だけを狙ったのかもしれません。米軍にとっては、レイテ湾の復讐戦《ふくしゅうせん》のつもりだったのではないか、と推察されます」

宮崎の一言に、小沢は頷いた。

「ありそうな話だ」

連合艦隊は、南シナ海海戦とルソン島沖海戦で、米軍の旧式戦艦をほぼ一掃し、比島沖海戦では、新鋭戦艦群を壊滅させている。

米軍にとり、帝国海軍の戦艦群は、仇《かたき》と狙う存在なのだ。

比島沖海戦の終盤で、敵の艦上機が第二艦隊を執拗に攻撃し、「大和」「武蔵」をスル海に葬《ほうむ》ったことが、彼らの執念を物語っている。

敵機の搭乗員には、「戦艦を優先して攻撃せよ」と命じられていたのかもしれない。

「こうなってみますと、空母を柱島《はしらじま》に回航しておいたのは幸いでしたな」

加来が言った。

マリアナ諸島が陥落した直後、連合艦隊は海軍省と諮《はか》り、空母を全て呉鎮守府の所属として、柱島泊地に回航している。

「空母の主な役目は、船団の護衛や航空機の輸送に替わっている。呉の方が、フィリピン、台湾、沖縄に近いため、効率的に運用できる」

というのが表向きの理由だが、実際のところは、帝都に近い横須賀に空母を置いたのでは、B29による空襲の被害を受けやすいと判断したためだ。

日本本土のほとんどはB29の空襲圏に含まれるため、柱島泊地も決して安全とは言えない。それでも、同地は瀬戸内海《せとないかい》の奥に位置しているため、心理的な安心感があった。

「同感だが、米軍の動きに意図的なものを感じないかね、参謀長?」

小沢の問いに、加来は聞き返した。

「と言われますと?」

「空襲が、帝都とその周辺に偏っていることだ」

本土に対する空襲は、帝都周辺の飛行場、電探基地、航空機の生産工場等に集中している。

七月に入ってからは、帝都のみならず、隣接県の貯油施設、鉄道、橋梁《きょうりょう》、道路等も攻撃目標に加わった。

空襲を受けた飛行場、電探基地、貯油施設等は、鉄道や道路を破壊されたため、修理用の資材の搬入に難渋《なんじゅう》しており、復旧が遅れている。

米軍がその気になれば、北海道《ほっかいどう》を除いた任意の場所を爆撃できるが、帝都以外の場所には興味がないような動きだ。

「おっしゃる通りですね。敵は帝都周辺の制空権を確保すると同時に、帝都を他の地域から孤立《こりつ》させようとしているように見えます」

加来が意見を述べ、宮崎も続けて発言した。

「意図があるとすれば、政治的なものではないかと推察します。帝都を孤立させることで、首相以下主要閣僚《かくりょう》の戦意を奪い、降伏に追い込もうとしているのでは？」

小沢はかぶりを振った。

「それは私も考えたが、政府が他の場所に移転すれば済むことだ。現に、松代《まつしろ》に大本営の建設も進んでいる」

「本土への直接上陸の可能性を考えるべきではありませんか？　事前の制空権確保と孤立化は、これまでの島嶼を巡る攻略作戦と類似しております」

作戦参謀樋端《といばた》久利雄《くりお》中佐の発言に、戦務参謀の土《と》肥《い》一夫《かずお》中佐が反論した。

「最終的にはそこまで考えているかもしれませんが、今の時点では早過ぎます。敵が本土上陸を狙うとしても、その前に台湾か沖縄を占領して足場を確保すると考えられます」

「このようなことは畏《おそ》れ多《おお》くて、口にしたくもないのですが、敵が宮城《きゅうじょう》を狙っているという最悪の可能性も考えられます」

加来が、躊躇《ためら》いがちに言った。

幕僚たちの多くが、顔色を変えた。

軍人はあらゆる可能性を考えねばならないが、加来が述べたことは、あまりにも大それた内容だったのだ。

ややあって、宮崎が落ち着いた声で応えた。

「その可能性は少ないと考えます。米国は敵に対する情報収集や研究を怠《おこた》らない国であり、我が国における皇室の役割もよく知っております。陛下《へいか》の御身《おんみ》に万一のことがあった場合についても、ある程度は予想していると推測されます。宮城に対する誤爆の可能性はありますが、直接宮城を狙う可能性は少ないでしょう」

「米軍が宮城を狙うつもりなら、これまでにもその機会はあった。今日の機動部隊による攻撃にしても、宮城への投弾は可能だったはずだ。それをしなかった以上、陛下の御身に手を出す気はないと考えてよいだろう」

小沢も言った。

「敵が、帝都に対して何らかの意図を持つことは間違いありません。当面は、帝都の防空態勢を強化することで対応すべきと考えますが」

樋端の意見に、小沢は頷いた。

「被害を受けた飛行場の復旧を急がせよう。航空隊は、海に近い横須賀、木更津、館山よりも、厚木、香取《かとり》の飛行場に展開させる。帝都からは少し遠いが、霞ヶ浦《かすみがうら》を防空戦闘機隊の基地として活用する手を考えてもよいだろう」

「横須賀の防空態勢はいかがなさいますか？　大破着底した『古鷹』『酒勾』の代艦として、『青葉』『大淀《おおよど》』『矢矧』を呉から回航する手も考えられますが」

加来の意見に、鷹尾航海参謀が反対した。

「呉からの回航には賛成できません。迂闊に艦を動かせば、『信濃《しなの》』と同じ運命を辿ります」

「信濃」は、大和型戦艦の三番艦を途中から空母に改装した艦だ。

連合艦隊の方針に基づき、横須賀から呉に回航される途中、潜水艦の雷撃を受け、左舷側に四本の魚雷が命中した。

艦長阿部俊雄《あべとしお》大佐は、艦を何とか呉まで回航したものの、左舷水線下に大穴を穿たれた空母が戦力になるはずもなく、「大和」を建造した呉海軍工廠《こうしょう》のドックに入渠《にゅうきょ》した。

本来であれば、すぐにでも修理を施すはずだったが、資材不足のため、全く進んでいない状態だ。

呉から防空艦を回航しても、途中で敵潜水艦に撃沈される危険が大きい、と鷹尾は主張した。

「関所《せきしょ》と同じだな。入鉄砲《いりでっぽう》を警戒しているわけだ」

小沢は苦笑し、ふと思いついて言った。

「『大雪《だいせつ》』は、攻撃を受けなかったと報告されていたな？」

「おっしゃる通りです」

加来が頷いた。

巡洋戦艦「大雪」は、比島沖海戦の囮作戦に参加した際、多数の敵弾を受けたものの、辛《かろ》うじて内地に帰り着いた。

同艦は、母港の横須賀に帰還した後、ドック入りしたが、呉の「信濃」同様、資材不足のために修理が進んでいない。

「高角砲だけなら、ドックの中からでも砲撃できるな？」

「それは可能ですが……」

「この際、『大雪』を横須賀の防空に使おう。いささか奇策の感があるが、今は危急《ききゅう》の時だ。使えるものは全て使う」

第六章　帝都の守護者

1

その艦は七月二五日の早朝に、テニアン島に到着した。

重巡洋艦「ピッツバーグ」。一九四三年より竣工し始めた新鋭重巡ボルティモア級の五番艦だ。

通常は輪型陣の外郭を固め、満載した対空火器で空母を守ることが役目だが、この日に限っては、多数の駆逐艦に周囲を守られている。

輪型陣の内側には、「ピッツバーグ」と共に、二隻のエセックス級空母が布陣し、周囲では艦上機が対潜警戒に当たっている。

この一事《いちじ》を取っても、「ピッツバーグ」が常とは異なる、特殊かつ重要な任務に就いていることをうかがわせた。

入港した「ピッツバーグ」の後甲板から、細長い大きな貨物が、揚収機《ようしゅうき》によって降ろされ、北飛行場に運び込まれた。

B29が日本への攻撃に用いる一〇〇〇ポンド爆弾の、数倍の大きさだ。

厳重に梱包され、ロープで何重にも巻かれている。

「こいつが原子爆弾《アトミック・ボム》か」

ヘイウッド・ハンセル20AF司令官は、飛行場に運び込まれた梱包を見て、中に収められている特殊な爆弾の名を口にした。

「ピッツバーグ」が運んで来たものは、従来のものとは原理が全く異なる新型爆弾だ。

ウラニウムが核分裂時に放出する膨大《ぼうだい》なエネルギーを利用した史上初めての原子爆弾、通称「リトルボーイ」が、この日、20AFの司令部が置かれているテニアン島に到着したのだった。

「本国では、二発が完成したと聞いていたが？」

「一発はドイツに使用する予定で、既にイギリスの航空基地に運び込まれています。日本とドイツに一発ずつ使用すれば充分というのが、統合参謀本部の判断でした」

本国から「リトルボーイ」に付き従って来た海軍大佐ウィリアム・パーソンズが言った。

「リトルボーイ」の最終組立と投下を監督するため、本国から派遣された技術士官だ。

「付け加えますと、ドイツに使用するのは、ソ連に対する牽制という意図もあるそうです。ソ連がこのまま西進を続ければ、ドイツ全土だけでは留まらず、全ヨーロッパを併呑する可能性がある。それを防ぐには、合衆国にはソ連が持たない強力な兵器が存在することを、具体的な形で見せる必要がある、とのことです」

「原子爆弾の威力については、本国の司令部から知らされているが、本当に一発ずつの原爆で、日本とドイツが屈服すると思うかね？」

「私は、原爆投下のためだけに派遣された技術者です。政治的な見通しや判断は、合衆国政府が考えるべきことです」

パーソンズは肩を竦《すく》めた。

史上最初に完成した原爆を作動させること以外には、関心を持たない様子だった。

「その点は、20ＡＦも同じだ。我々は命令に従い、『リトルボーイ』使用のための条件を整えた。後は、作戦の実施を待つだけだ」

五月二四日に最初の日本本土攻撃を実施して以来二ヶ月。

20ＡＦは、トーキョーとその周辺における敵航空部隊の活動を不可能とすべく、飛行場、レーダー基地、航空機工場の他、貯油施設や鉄道、道路、橋梁等も攻撃した。

七月一四日には、海軍の機動部隊もトーキョー攻撃に参加し、主だった飛行場とヨコスカ軍港を攻撃して、多数の敵戦闘機を掃討し、対空火力の大きい軍艦四隻を撃沈した。

Ｂ29による爆撃は、なお継続しているが、七月一九日以降、敵戦闘機の迎撃は受けていない。

よい。

「トーキョーとその周辺における制空権の確保」という20ＡＦの作戦目的は、達成されたと言ってよい。

後は、「リトルボーイ」の投下まで、敵の航空部隊が息を吹き返さぬよう、敵飛行場やレーダー基地を叩き続けることだ。

ヨーロッパ戦線に関する情報も、軍の公報やマリアナを訪れる戦略航空軍司令部の参謀から聞いて、ある程度は把握している。

ナチス・ドイツ軍は、ポーランドのヴィスワ川を防衛線としてソ連軍を食い止めていたが、戦線を支えることはできず、地上戦の戦場はドイツ本土に移った。

現在は、首都ベルリンが攻防の焦点となり、激しい市街戦が展開されている。

総統アドルフ・ヒトラーは、南部ドイツのミュンヘンを臨時首都に定め、国民に向かって「最後の勝利を信じよ」と呼びかけているということだ。

一方、合衆国軍とイギリス軍は、昨年六月の大陸反攻失敗がたたり、未だに橋頭堡を確保できていない。

このままでは、ソ連がドイツ全土のみならず、全ヨーロッパを併呑しかねない状況だ。

その状況を一挙に覆せるのが、原爆だ。

ドイツに投下する予定の原爆は、「リトルボーイ」とはやや原理が異なり、形状も違うため、「ファットマン」と呼ばれているという。

統合参謀本部の目論見通りに事が運べば、二発の原爆が長きに亘《わた》った戦争を終わらせる。

陸軍戦略航空軍司令官の功績は、比類《ひるい》なく大きなものとなり、合衆国の軍部の中では、最も強い発言力を持つことになるだろう。

ハンセルは、パーソンズに言った。

「貴官のことは、非常に優秀な技術者だと聞いている。Ｘデーまでに、準備を完全に整えてくれると信じている」

2

空襲警報は、横須賀海軍工廠六号ドックに入渠している巡洋戦艦「大雪」の艦上でもはっきり聞こえた。

「対空戦闘、配置に就け！」

艦長沢正雄《さわまさお》大佐の命令と共に、艦全体が慌ただしく動き始めた。

「大雪」は入渠中であるため、機関は全て停止しているが、七月一四日の横須賀空襲以来、昼間の間はボイラーの一部だけに火を入れ、最小限の蒸気と電力を確保しているのだ。

修理に当たっていた工廠の作業員は、次々と艦内に避退する。

高角砲員、機銃員は甲板上を走り、各々が受け持つ高角砲、機銃に取り付く。

通路を駆け抜ける靴音、ラッタルを昇降する音が響き、命令と復唱が交錯《こうさく》し、艦は急速に戦闘準備を整えてゆく。

常《つね》と異なるのは、ここが洋上ではなく、ドックの中ということだ。

左右両舷と艦尾付近にはドックの内壁が見え、前方には船渠《せんきょ》と港内の海水を隔てる分厚い水門がある。

上空の視界も限定された状態だ。

それでも、「大雪」の高角砲員、機銃員は、八ヶ月前の熾烈な戦闘——比島沖海戦の囮作戦と同様の闘志を顔に浮かべ、ドックの真上に広がる空を見上げていた。

「艦長より砲術。八丈島《はちじょうじま》の監視所より報告があった。B29三機が北上中だ。現在位置は、観音崎《かんのんざき》よりの方位一七五度、九〇浬。高度一〇〇《ヒトマルマル》（一万メートル）。〇七〇〇《マルナナマルマル》から〇七二〇《マルナナフタマル》の間に、横須賀上空を通過する可能性大だ」

射撃指揮所に上がった砲術長桂木《かつらぎ》光《ひかる》中佐に、沢が状況を伝えた。

「三機だけとなると、偵察の可能性が高いですね。機数も少ないですし、見送りますか?」

「いや、迎撃しよう。長一二・七センチを実地に試すにはいい機会だ」

「了解。全高角砲、射撃準備します」

笑って答えた沢に、桂木は復唱を返した。

第七分隊長の国友高志《くにともたかし》大尉を呼び出し、

「B29三機が北上中だ。現在位置、観音崎よりの方位一七五度、九〇浬。高度一〇〇〇《ヒトマルマルマル》。横須賀上空の通過予想時刻は〇七〇〇《マルナナマルマル》から〇七二〇《マルナナフタマル》の間」

と情報を伝える。

第四分隊長永江《ながえ》操《みさお》大尉と第五分隊長桑田憲吾《くわたけんご》大尉にも同じ情報を伝え、

「敵機を往路で捕捉した場合は五分隊、四分隊の順で射撃する。復路で捕捉した場合は、逆の順番で射撃する。B29は高高度から侵入して来ることに加えて、足も速い。射撃の機会はごく短い。好機を捉えられるよう、最善を尽くしてくれ」

と命じて、艦内電話の受話器を置いた。

「ドックの中で対空戦闘をやるとは思わなかったな」

桂木は掌砲長の愛川悟《あいかわさとし》少尉と顔を見合わせ、苦笑した。

「古鷹」の砲術長を務めていたときからの相棒だ。桂木の方が四階級上だが、兵からの叩き上げで士官に上った愛川の方が年上であり、現場での経験も豊かだ。

桂木にとり、初めての実戦となった南シナ海海戦から、昨年一二月の比島沖海戦まで、常に傍らに控え、よく補佐してくれた得難《えがた》い部下だ。

その愛川と共に、帝国陸海軍に最も手を焼かせている厄介《やっかい》な敵——B29との戦いに臨むこととなったのだ。

「ヘルダイバーやアベンジャーを相手にするより、命中率は上げられると考えます。ドック内では、波《は》浪《ろう》による動揺はありませんから」

「問題は視界が限定されること、遠距離砲撃とならざるを得ないことだな。水上砲戦ならともかく、航空機を相手に一万の距離で撃って、どこまで命中率を確保できるか」

「四発重爆は、速度、高度を一定に保ち、直進して来ますから、測的さえしっかりやれば、狙いやすい相手です。海南島沖海戦の直後、『青葉』と『加古』が、B17の一個小隊を全機撃墜した戦例もあります」

「桃園が砲術参謀として、『青葉』に乗っていたときだな」

桂木は微笑した。

江田島では二期後輩に当たるが、対空射撃の専門家となり、第六戦隊の司令部幕僚となった桃園幹夫中佐の顔を、桂木は思い出している。

比島沖海戦では、砲戦部隊の第二艦隊と行動を共にし、レイテ湾突入を果たして生還した男だ。

第六戦隊は解隊となったが、桃園は呉鎮守府付となり、各艦の砲術科員に対空射撃術の教育と訓練を行っているという。

その桃園も、B29と戦った経験はないはずだ。

「後は、長一二・七センチが額面《がくめん》通りの性能を発揮してくれるかどうか、だ」

桂木は、「大雪」に装備された新しい兵装の名を呟いた。

八ヶ月前、「大雪」は傷だらけの姿で、母港の横須賀に帰還した。

比島沖海戦時に生起した夜戦で、複数の敵巡洋艦と撃ち合い、多数の二〇センチ砲弾、一五・二センチ砲弾を被弾したのだ。

艦首、艦尾の非装甲部と上甲板には多数の破孔を穿たれ、兵員居住区や艦内の通路も損傷した。

上部構造物では、高角砲、機銃の多くを吹き飛ばされ、電探用のアンテナや探照灯も破壊された。

心臓部の缶室、機械室にまでは損傷は及ばず、三基の三八センチ連装砲塔も無事だったが、防空艦としては、戦闘力をほぼ喪失していたのだ。

沢正雄艦長は、すぐにでも「大雪」の修理を開始するよう横須賀鎮守府に掛け合ったが、ドックの空きがなかったため、「大雪」はしばらくの間、廃艦《はいかん》寸前の姿を港内に浮かべていた。

二月に入り、「大雪」は六号ドックから出渠《しゅっきょ》した新鋭空母「信濃」と入れ替わりに入渠したが、修理は遅々《ちち》として進まなかった。

米軍の潜水艦による通商破壊戦のため、国内全体の生産力が低下していること、海軍の予算の多くが航空機の生産や搭乗員の養成に回されていることなどから、資材が不足していたのだ。

それでも七月半ばまでには、電探、測距儀といった機材や、高角砲が取り付けられ、防空艦としての体裁《ていさい》が整った。

沢艦長や桂木以下の砲術科員を喜ばせたのは、高角砲が新型の五五口径一二・七センチ砲に換装されたことだ。

これは別名「長一二・七センチ砲」とも呼ばれ、既に防巡「大淀」に装備されて、マリアナ沖海戦、比島沖海戦で威力を発揮している。

最大射程一万九〇〇〇メートル、最大射高一万一五〇〇メートルと、長一〇センチ砲より優れた性能を持つ。

連装砲は装備できなかったが、左右両舷に単装砲一〇基ずつ、計二〇門が装備された。

高角砲の門数は修理前より減少したが、射程距離の延伸《えんしん》や弾道の直進性向上により、全体的な対空火力は強化されたと考えられている。

あくまで数字の上ではあるが、B29を墜とすことは可能なはずだった。

七時六分、

「大島《おおしま》監視所より報告。『B29三機、大島東方上空を通過』」

通信長の遠藤哲夫《えんどうてつお》中佐が報告を上げた。

「来たか！」

桂木は小さく叫んだ。

大島から横須賀までは、約三〇浬。Ｂ29であれば、一〇分程度で飛べる距離だ。

「指揮所より七分隊。敵機は〇七一五《マルナナヒトゴ》前後に横須賀上空を通過する」

「横須賀到達の予想時刻、〇七一五《マルナナヒトゴ》前後。了解」

桂木の指示に、国友七分隊長が復唱を返す。

すぐには、何も起こらない。

横須賀工廠六号ドックの中は、静まり返っている。

ただ、左右両舷に装備された合計二〇基の長一二・七センチ単装高角砲は、間もなく姿を現すであろうＢ29に一撃を浴びせるべく、垂直《すいちょく》に近い角度まで砲身に仰角をかけているはずだ。

七時一二分、上空から爆音が聞こえ始めた。

五月二四日の初空襲以来、帝都上空に何十回も轟き渡ったＢ29の爆音だ。

機数が少ないためだろう、音量はさほどでもないが、その低い音には、頭を重量物で押さえ込まれるような威圧感があった。

「目標捕捉。測的始めます！」

国友が報告を上げた。

Ｂ29の爆音は、大きさを増す。

射撃指揮所からでは死角になるため、敵機を視認できないが、三機の四発重爆が横須賀上空を通過しようとしていることははっきり分かる。

「さあ来い、Ｂ公。歓迎の花火を打ち上げてやる」

桂木が頭上を見上げ、その言葉を投げかけたとき、

「目標、高度一〇〇《ヒトマルマル》のＢ29三機。測的よし！」

「全高角砲、射撃準備よし！」

二つの報告が、連続して上げられた。

撃ち方始め、の一言が、桂木の口を衝いて出かかった瞬間、

「砲術、撃ち方待て！」

沢の命令が飛び込んだ。

「哨戒中の潜水艦より、新たなＢ29発見の報告が入った。連合艦隊司令部は、こちらが敵の本隊だと見

ている。通過中の敵機は素通《すどお》りさせ、敵の本隊を迎撃する！」

3

「左前方に富士山《マウント・フジ》」

副操縦士を務めるロバート・ルイス大尉の声が、レシーバーに響いた。

ボーイングB29〝スーパー・フォートレス〟、機名「エノラ・ゲイ」の機長ポール・ティベッツ大佐は、ちらと視線を向けた。

夏の朝日の下、なだらかな稜線を持つ円錐台形《えんすいだい》の山が見えている。

台湾《タイワン》の新高山《マウント・ニイタカ》に次いで、日本では二番目の高さを持つ山だ。

東京《トーキョー》の近くに位置しているため、マリアナ諸島から日本本土を攻撃するB29のクルーにとっては、格好の目印となっている。

ティベッツ自身も、過去の爆撃行で、何度もこの山を見ながら、ナカジマの航空機工場やトーキョーの周辺にある飛行場、江戸川《エド・リバー》、多摩川《タマ・リバー》等にかかる橋梁を目指したものだ。

「目的地までの距離は？」

「五〇浬です」

ティベッツの問いに、航法士のセオドア・バンカーク大尉が答えた。

「ゼロアワーは八時一五分前後になるな」

ティベッツは時計を見、目的地までの距離とB29の巡航速度から、到着予想時刻の見積もりを出した。

今日の攻撃目標は、これまでのような軍事目標ではない。

北緯三五度三八分、東経一三九度三七分。

トーキョーの南部に位置する世田谷《セタガヤ》という地区だ。

一九二三年の大地震以後に開発が進められた新興《しんこう》の住宅地であり、工業都市の川崎《カワサキ》とは、タマ・リバーを隔てて隣接している。

本国で原爆の投下目標が選定されたとき、

「三菱《ミツビシ》の航空機工場がある名古屋《ナゴヤ》はどうか？」

「呉《クレ》に投下し、日本海軍の残存艦艇を一掃すれば、彼らは抵抗の意志を失うだろう」

といった意見も出された。

最終的には、

「日本の継戦意志を挫《くじ》くのに最も効果的なのは、天皇《ヒロヒト》と政府・軍の指導者に、原爆の破壊力を具体的な形で見せつけることだ。それには、トーキョーに投下するのがベストの選択だ」

との理由で、トーキョーが選ばれたのだ。

第一の候補として考えられたのが、山の手《ヤマノテ》と呼ばれる地区だ。

トーキョーの中でも高級住宅地とされており、富裕層が大勢住んでいる。

日本の指導層にとっては、最も打撃が大きいはずだ。

だが、ヤマノテに原爆を投下すれば、宮城《エンペラーズ・パレス》に被害が及ぶ可能性がある。ヒロヒトの身に万一のことがあれば、日本の戦意を挫くどころか、かえって復讐心をかき立てることが懸念される。

このためヤマノテは目標から外され、新興住宅地のセタガヤが選ばれたのだ。

日本本土に対する爆撃で、民間人に犠牲が出なかったわけではない。

軍事施設や兵器工場を狙った爆弾が、周辺の民家に落下し、多数の死傷者を出したことは何度もある。

日本政府のプロパガンダ放送でも、東京ローズが「アメリカ政府は、民間人を無差別に殺戮している」と非難している。

だが、それはあくまで誤爆によるものだ。

無辜《むこ》の民《たみ》――日本国民そのものの殺戮を目的とする攻撃は、この日が初めてだ。

それも、通常爆弾とは比較にならない破壊力を持つ原爆を用いて。

だが、ティベッツに罪悪感はない。

元々戦略航空軍は、イギリス空軍と共に、ドイツ本土に対する無差別爆撃を行い、ドイツの民間人多数を殺戮している。

日本に対する戦略爆撃が、トーキョー周辺の軍事施設や兵器工場に限定されたのは、原爆搭載機の安全を確保するという目的のためであり、民間人の生命・財産に配慮したわけではないのだ。

戦争の帰趨を決定づける重要な作戦の立役者となれることは、合衆国の軍人にとり、最高の名誉だというのが、ティベッツと部下のB29クルーたちの共通認識だった。

「後続機はどうか?」

「本機に追随《ついずい》しています」

尾部銃手を務めるジョージ・キャロン曹長が、インカムを通じて返答した。

「エノラ・ゲイ」には、戦果確認のため二機のB29が同行している。

一機の機名は「グレート・アーティスト」、もう一機は「九一号機」と番号のみで呼ばれる。

「エノラ・ゲイ」が最も重要な任務を担っていることは間違いないが、他の二機のクルーも、ティベッツらと栄光を分かち合う戦友だ。

「『ストレート・フラッシュ』から報告はあったか?」

ティベッツは、通信士を務めるリチャード・ネルソン中尉に聞いた。

「ストレート・フラッシュ」は、気象観測のために先行したB29三機の指揮官機だ。

「『トーキョー上空は快晴。目標はクリア』であります」

「敵機や対空砲の迎撃は?」

「『物足りないぐらい、何もない』と伝えております」

「了解した」

ティベッツは笑いながら応えた。

「ストレート・フラッシュ」以下の三機が、日本軍による大規模な迎撃を受けた場合、「エノラ・ゲイ」は作戦を中止し、引き上げることになっている。

まだ二発しか完成させていない原爆を無為に失うことは許されないのだ。

20AFが、日本本土に対する戦略爆撃を開始して以来、ひたすらトーキョーとその周辺ばかりを攻撃したのも、そのためだ。

幸い、先行した三機は健在だ。

「エノラ・ゲイ」の行く手を阻むものは、全くないと考えていいだろう。

「原爆の組み立ては完了したか?」

ティベッツは、技術士官のウィリアム・パーソンズ海軍大佐に聞いた。

原爆の最終組立は、エノラ・ゲイの機内で実施されている。

「完了した。今すぐにでも投下できる」

パーソンズは、余裕を感じさせる声で返答した。

狭苦しい上に、高空の気流に揺さぶられながら、精密機器の組み立て作業を行うのは、楽ではなかっただろうが、疲れは感じさせない。

合衆国の切り札を最初に使用するという期待が、原爆使用の重圧を上回ったのかもしれない。

「気持ちは分かるが、もう少し待ってくれ。海の上に投下したら、私も貴官も銃殺ものだ」

笑いながら、ティベッツは応えた。

腹の底では、万事オーケーだ、と呟いている。

日本軍の迎撃はなく、視界も充分開けている。原爆の最終組み立ても、滞《とどこお》りなく終了した。

後は予定通り投下するだけだ。

「ただ今、大島《オオシマ・アイランド》の東方海上を通過」

バンカークが、新たな報告を送った。

ティベッツはちらと左方を見、次いで正面を見据《みす》えた。

操縦士席からはルイス大尉の身体に遮られるため、オオシマを直接目視することはできない。ただ、バンカークの報告で現在位置を知るだけだ。

正面には大小二つの半島が見え、その西側には半円形の湾がある。

房総半島《ボウソウ・ペニンシュラ》と三浦半島《ミウラ・ペニンシュラ》、相模湾《サガミ・ベイ》だ。トーキョーへの爆撃行に何度も参加したティベッツには、見慣れた光景だった。

「ヨコスカ上空を突っ切りますか？」

「いや。ウラガ・チャンネルの上空を抜ける」

ルイスの問いに、ティベッツは即答した。

ヨコスカの日本軍飛行場は、20ＡＦの爆撃と、七月一四日に行われたＴＦ58の攻撃で使用不能に陥っている。

日本海軍の軍艦にも、「エノラ・ゲイ」が飛行する三万フィートの高度まで、砲弾を届かせることが可能な艦は残っていない。

それでも、ティベッツはなお慎重だった。

高射砲の射撃を受ける危険がないウラガ・チャンネルの上空を通過するのがベストだと判断した。

ティベッツは、ステアリング・ホイールを僅かに右に回した。

「エノラ・ゲイ」が旋回し、ウラガ・チャンネルの入り口に機首を向けた。

「三機だけですか？」

沢正雄「大雪」艦長からの連絡を受け、桂木光砲術長は首を傾げた。

先に沢から受けた指示は、

「最初に飛来した三機のＢ29は偵察機。この三機は素通りさせ、後からやって来る本隊を攻撃する」

というものだ。

本隊である以上、少なめに見積もっても数十機、場合によっては数百機の大編隊が来襲すると思っていた。

ところが、大島の監視所が報せて来た敵の機数は、第一陣と同じく三機だけだ。

こちらも偵察なのか、それとも何か特殊な任務を命じられている機体なのか。

「迎撃しますか？　それとも、見送りますか？」

「GF司令部からは、見送れとの命令は届いていない。予定通り迎撃する」

「予定通り、迎撃します」

　桂木は復唱を返し、受話器を置いた。

「目標、北上中のB29三機。敵機の横須賀到達予想時刻は〇八〇五《マルハチマルゴ》より〇八一五《マルハチヒトゴ》の間と見積もられる」

「目標、北上中のB29三機。敵機の横須賀到達予想時刻は〇八〇五《マルハチマルゴ》より〇八一五《マルハチヒトゴ》の間。七分隊、了解」

　国友高志第七分隊長が、桂木の指示を復唱する。

　先にB29三機を見逃したこと、一時間ほど待機が続いたことから、緊張を持続できるだろうか、と懸念したが、声を聞いた限りでは、心配する必要はないようだ。

　マリアナ沖海戦や比島沖海戦で、ヘルダイバーやアベンジャーと戦ったときと同じように、きびきびした声で応答が返される。

「大雪」は、工廠のドックの中で敵機を待つ。

　二〇門の長一二・七センチ単装高角砲は、全て垂直に近い角度まで上向いているが、一万メートルもの高空を飛ぶB29の機内からは、高角砲の動きまでは見えないはずだ。

「測的より指揮所。敵機は浦賀水道上空を通過する見込み」

　八時六分、測的長の村沢《むらさわ》健二《けんじ》中尉が報告を上げた。

「浦賀水道だと？」

　桂木は舌打ちした。

　横須賀の東側を抜ける格好だ。「大雪」の高角砲のうち、左舷側の一〇基は死角になるため撃てない。

「指揮所より四分隊。目標、浦賀水道上空、高度一《ヒト》〇〇《マルマル》のB29三機」

　桂木の指示を受けた永江操第四分隊長は、即座に状況を理解したようだった。

「浦賀水道上空となると、五分隊は撃てませんね」

「四分隊だけが頼りだ」

「任せて貰いましょう」

永江の笑い声が桂木の耳に届いた。

状況の深刻さにも関わらず、笑う余裕があるようだ。苛烈《かれつ》極まりなかった比島沖海戦を戦い、生き延びたという自信があるためかもしれない。

「頼む」

それだけ言って、桂木は受話器を置いた。

やがて、

「目標、浦賀水道上空、高度一〇〇《ヒトマルマル》のB29。測的よし！」

「右舷高角砲、射撃準備よし！」

国友と永江が報告を上げた。

「撃ち方始め！」

桂木は、堪《こら》えていたものを吐き出すように下令した。

右舷側に砲声が轟き、射撃指揮所が僅かに震えた。

右舷側に装備した長一二・七センチ単装高角砲一〇基一〇門が一斉に火を噴き、一〇発の一二・七センチ砲弾を、一万メートルの高高度に撃ち上げた瞬間だった。

衝撃は、出し抜けに襲って来た。

「エノラ・ゲイ」の周囲に複数の爆発光が閃くと同時に、右主翼が真下から大きく突き上げられ、機体が左に傾いた。

「対空砲火か！」

ポール・ティベッツ機長は何が起きたのかを瞬時に悟り、叫び声を上げた。

ウラガ・チャンネルの上空は、決して安全ではなかった。

日本軍はB29の通過を見越して、水道の周囲に対空砲陣地を設けていたのだ。

それも、三万フィートの高度まで砲弾を届かせることが可能な砲を。

「機長、第四エンジン火災！　燃料供給をカットし、消火装置を作動させせます」

　機上整備員のワイアット・ドゥゼンベリー大尉が報告した。

　ティベッツは唸り声を上げ、残った三基のエンジンのスロットルをフルに開いた。

　左主翼二基、右主翼一基のライトR‐３３５０空冷複列星型一八気筒エンジンが咆哮を上げたとき、新たな射弾が襲って来た。

　強烈な閃光が、束の間ティベッツの視力を奪った。

　ティベッツだけではない。

　副操縦士のロバート・ルイス大尉も、爆撃士席のトマス・フィヤビー少佐も、両目を覆い、絶叫を上げていた。

　次の瞬間、けたたましい破壊音と共に、無数のガラス片と弾片がコクピットに吹き込み、クルーの顔面や身体を切り裂いた。

　防弾ガラスといえども、耐えられる衝撃には限界がある。

　一二・七センチ砲弾の至近距離での炸裂は、その限界を完全に超えていた。

　正副二人の操縦士を失った「エノラ・ゲイ」は、なお少しの間水平飛行を続けたが、やがて機首を下げ、高度を落とし始めた。


　B29の一番機が被弾し、黒煙を引きずりながら墜落してゆく様子は、「大雪」の射撃指揮所からも認められた。

「敵一機撃墜！」

　村沢測的長からの報告が上げられ、射撃指揮所内に歓声が上がった。

　ドック内からの砲撃という奇策に依《よ》ってではあったが、「大雪」はB29一機の撃墜に成功したのだ。

　右舷側の長一二・七センチ高角砲一〇門は、二、三番機を続けて仕留めるべく、なお砲撃を繰り返している。

四・三秒から四・五秒置きに砲声が轟き、射撃指揮所が僅かに震える。

高度一万メートル上空で、次々と一二・七センチ砲弾が炸裂し、黒い爆煙が真夏の空を汚してゆく。

撃墜したのは、一番機だけに留まった。

B29の二、三番機は、内陸に向かって飛び去り、長一二・七センチ高角砲の射程外へと抜けた。

桂木光砲術長が「撃ち方止め！」を下令し、高角砲が一斉に沈黙する。

「一機だけか。ちと物足りないな」

舌打ちした桂木に、愛川悟掌砲長が言った。

「相手はB29です。戦闘機隊の搭乗員が『今まで戦った中で、一番撃墜し難い機体だ』と、口を揃えて言っている相手です。一機墜としただけでも上出来ですよ」

「そう言って貰えればありがたいが」

「長一二・七センチが、一万メートル上空の敵機にも有効だと実証できたんです。今は、それで充分ですよ」

桂木は頷き、沢艦長を呼び出した。

「砲術より艦長。B29一機の撃墜を確認しました。三機全てを墜としたかったのですが、力及《ちからおよ》ばず、申し訳ありません」

「一機墜としたなら上出来だ。それよりも、墜とし損ねた二機の動きに気づいたか？」

「内陸に向かったことだけは分かりましたが、見失いました」

「私には、撃墜したB29を追っていったように見えた」

「墜落場所を確認するつもりでしょうか？」

米軍が、墜落機の搭乗員救助に力を入れていることは知っている。

洋上に潜水艦を待機させ、海面に不時着水した機体の搭乗員や、機体を捨てて落下傘降下した搭乗員を救出するのだ。

飛行艇も、搭乗員の救助に活躍しているという。

だが、「大雪」が撃墜したB29は、内陸に墜ちるはずだ。墜落場所を確認したところで、米軍に搭乗員を救助する術はない。

「何とも言えん。戦闘詳報には、艦上から観察したB29の動きを記録しておくつもりだ」

沢はそう言って、電話を切った。

B29の墜落場所は、この日の午後になって、「大雪」に伝えられた。

敵機は被弾した後、神奈川県を縦断する形で滑空したらしく、相模原《さがみはら》町の郊外にある田園地帯に墜落したという。

搭乗員に生存者はなかったが、胴体内の爆弾槽から、これまでに確認されたことのない爆弾らしきものが発見された、ということだった。

「何なのでしょうね？　爆弾らしきものというのは」

「詳しい情報は入っていないが、相当に巨大ということだ。ひょっとすると、英国が盟邦ドイツに使った超大型爆弾かもしれんな」

桂木の問いに、沢は答えた。

この時点では、桂木も、沢も、自分たちがやったことの意義に気づいていなかった。

終章

1

海南島の南東岸は、四年前からさほど変わっていなかった。

大破着底の後に放棄された戦艦「榛名《はるな》」の艦橋や主砲塔が、水面上に覗いている。

その前方に見えるのは、大爆発を起こして轟沈した戦艦「金剛《こんごう》」の残骸だ。艦橋も、主砲塔も、全て消失し、艦体の一部だけが見えている。

現在は干潮時であるため、満潮時には完全に見えなくなるのだろう。

双眼鏡を向けると、「榛名」の艦橋や主砲塔に群がる多数の海鳥が見える。鳥たちにとり、帝国海軍の戦艦の残骸は、格好の営巣地《えいそうち》になっているようだ。

「三亜港《さんあこう》入港は、〇九四〇《マルキュウヨンマル》（現地時間八時四〇分）。予定通りです」

「あと一時間半後、か」

航海長松尾慎吾中佐の報告を受け、防巡「青葉」艦長山澄忠三郎大佐は頷いた。

この一一月、定期人事異動によって「青葉」副長に任ぜられた桃園幹夫中佐に顔を向け、

「副長は六戦隊の砲術参謀として、海南島沖海戦に参加したのだったな？」

と聞いた。

「戦力差は圧倒的でした。本艦や『加古』が生き延びたことが、今でも信じられません」

桃園は、四年前のことを思い出しながら答えた。

「だが六戦隊は生き延びた。小沢長官も旗艦『鳥海』と共に、奇跡的な生還を果たされた。のみならず、シンガポールで『リパルス』を鹵獲する機会まで手に入れた。今にして思えば、あの海戦が生起したとき、戦争の帰趨も定まったのかもしれない」

「『大雪』があのような役割を果たしたのは、あくまで偶然だと考えますが」

「否定はしないが、運命という奴は、ときとしてと

んでもないいたずらをする。『リパルス』が『大雪』と名を変えて、我が帝国海軍の軍艦となったのは、まさしく運命のいたずらだったという気がする」

八月六日、横須賀のドック内にいた巡洋戦艦「大雪」が東京上空に飛来したB29を撃墜した直後から、事態は急変した。

それまで、日本からの講和の呼びかけを峻拒《しゅんきょ》し続けて来たアメリカ合衆国政府が、一転して「条件付きで、対日講和に応じる用意がある」と伝えて来たのだ。

米側が提示した条件は、八月六日に撃墜したB29、機名「エノラ・ゲイ」に関するもので、

「『エノラ・ゲイ』の残骸、及び登載兵器全てを、無条件で米国に引き渡すこと」

「日本軍の調査結果について、向こう九九年の間、国家の最高機密事項として取り扱い、内外に一切公表しないこと」

という内容だった。

日本政府はこの条件を受け容れ、八月一二日には休戦が発効した。

講和条約の調印は八月三〇日、東京にて行われ、その翌日、米国の回収部隊が「エノラ・ゲイ」の墜落地点に入った。

「エノラ・ゲイ」搭乗員の遺体《いたい》は、日本側で荼毘《だび》に付したが、米軍の回収部隊は「エノラ・ゲイ」や登載兵器の残骸共々、遺骨を本国に持ち帰っていった。

米国との協定に基づき、「エノラ・ゲイ」の登載兵器については一切公表されていないが、米国の事情に通じている陸海軍の将校には、

「『エノラ・ゲイ』は原子爆弾を搭載しており、帝都に投下する意図を持っていたのだ」

と推測する者が多い。

桃園自身も、その一人だ。

東京攻撃が失敗に終わった三日後、八月九日に、米軍はドイツに対して、原子爆弾を使用している。

オーデル川の河口近くにある街、シュテッティン

の郊外で、ソ連軍と戦っていたドイツ軍の頭上から投下したのだ。

この一発で、ドイツ軍の将兵約三万名が死亡し、五万名以上が重軽傷を負った他、ドイツ軍と戦っていたソ連軍の将兵も巻き込まれて、四万名近くが死傷した。

被害はシュテッティンの市街地にも及び、市民と東部ドイツからの避難民を合わせて、二万名近くが死傷したと報じられている。

「エノラ・ゲイ」と異なるのは、米軍は「ドイツ軍とその防御陣地」を標的としていたことだ。

米国政府も、

「ソ連軍将兵、並びにシュテッティン市民が原爆の爆発に巻き込まれたのは、真に遺憾ではあるが、不幸な事故であった」

との公式見解を発表している。

一方、「エノラ・ゲイ」が標的としていたものは不明だが、機体の針路から考えて、川崎か東京の住宅地を狙っていた可能性が高い。

米軍は、原爆の投下による民間人の無差別殺戮を目論んでいた可能性があるのだ。

米国が、「エノラ・ゲイ」の墜落直後に講和を申し入れて来たのは、それが理由だったのではないか。

日本が「エノラ・ゲイ」の調査結果を全世界に向けて公開すれば、米国の新大統領トーマス・E・デューイは、

「無辜の民に原爆を使おうとした殺戮者」

として歴史に名を残す。

米国の名誉も、著しく傷つけられる。

デューイと米国政府は、悪名を残さないため、日本と取引する道を選んだのではないか、と桃園は推測したのだ。

あくまで推測であり、確証はない。

だが八月六日の時点で、米国は日本に対し、圧倒的に優位に立っていた。

連合艦隊は著しく弱体化しており、米艦隊と再度

の決戦を行う余裕はない。

米軍が、今一度フィリピン奪回作戦を行ったり、沖縄、台湾といった重要拠点を占領しようとした場合、阻止する力はない。

B29は、北海道を除いた日本本土の任意の地点を爆撃できる。

これまでは、帝都とその周辺の軍事施設や生産工場を叩いただけだったが、その気になれば、市街地に対する無差別爆撃も実施できる。

よほどの重大事態が生じない限り、米国が日本に対して講和を申し入れるとは考えられない。

その「よほどのこと」が、八月六日に起きたのではないか。

日本は「エノラ・ゲイ」を撃墜することで、米国とデューイ新大統領の名誉を人質《ひとじち》に取る形となったのかもしれない。

その立役者となったのが、「大雪」と名を変えたかつての「リパルス」、シンガポールで鹵獲され、日本海軍に編入された巡洋戦艦だったのだ。

「リパルス」の鹵獲、八月六日時点での入渠と新式高角砲の装備、そして「エノラ・ゲイ」の標的が東京だったこと。

どれが欠けても「エノラ・ゲイ」の撃墜はない。

その意味では、まさしく山澄艦長が言う「運命のいたずら」だったと言えよう。

その「リパルス」が被雷したかつての戦場に、「青葉」は向かっている。

小型空母の「瑞鳳《ずいほう》」と駆逐艦二隻が一緒だ。

任務は、海南島に残留している日本軍部隊の収容と内地への移送。

連合艦隊の残存艦艇の多くが、同様の任務に就いており、仏印、蘭印、マレー半島、ラバウル等に向かっている。

講和条約の中に、「仏印、並びに開戦後に日本軍が占領した地域の返還」「中国全土からの日本軍の撤兵」が含まれているため、九月から将兵の復員輸送が始まったのだ。

機動部隊の対空戦闘や水上砲戦で奮戦し、戦争の終結まで生き残った「青葉」も、機動部隊の直衛専任艦として戦い抜いた「瑞鳳」も、今は戦争の後始末《あとしまつ》が役目だった。

「今後は米国が、世界最強の国家として君臨することになるのだろうな」

ぼそりと、山澄は言った。

日米が休戦状態に入ってから五日後、欧州の戦争も終結した。

ナチス・ドイツ総統アドルフ・ヒトラーは、原爆の投下後も徹底抗戦を叫んだが、臨時首都のミュンヘンで叛乱《はんらん》が起こったのだ。

ナチスに代わり、陸軍元帥ゲルト・フォン・ルントシュテットを首班とする軍人内閣が政権を握り、

「アドルフ・ヒトラー総統、ハインリヒ・ヒムラー親衛隊長官、マルティン・ボルマン総統秘書長らは、混乱の中で死亡した」

と発表した。

ルントシュテットの新政権は八月一七日、連合国に降伏を申し入れ、六年近くに亘った欧州の大戦はここに終わった。

東部ドイツでは、なお戦闘が続いたが、八月二四日までに終息した。

モスクワの日本大使館は、米政府がソ連政府に外交的な圧力をかけたとの情報を伝えている。

「圧力」の具体的な内容は不明だが、モスクワの大使館付武官は、「原爆の使用をほのめかして脅迫したのではないか」と推測している。

米国は、欧州を席巻《せっけん》したドイツを屈服させただけではなく、ソ連の動きを掣肘《せいちゅう》することも可能なのだ。

今、米国に対抗し得る国は、世界に存在しない。英国すらも、米国の意向に従うしかない状態だ。

日本は「米国が支配する平和《パクス・アメリカーナ》」の中で、生存と復興の道を模索《もさく》することになるだろう。

「世界がどうなるにせよ、私たちは任務を果たすだけです」

桃園は言った。

「青葉」は復員兵の輸送任務を終えた後、練習巡洋艦に改装されることが決まっている。

開戦以来、共に戦ってきた第六戦隊の僚艦は、既にない。

「青葉」と第一小隊を組んで来た「加古」はレイテ湾から還らず、姉妹艦「衣笠」はルソン島の北東海上で空母を守って沈んだ。

「古鷹」は横須賀で大破着底し、浮揚解体が決まっている。

僚艦全てを失い、弧狼《ころう》となった「青葉」に残された道は、練習艦としての余生《よせい》だったのだ。

幾多《いくた》の海戦に参加した歴戦の防巡には、地味な任務であるかもしれない。

だが、それは「青葉」が戦争を生き延びたことの証でもあった。


「副長は、復員業務が終わったらどうするつもりかね？」

山澄の問いに、桃園は少し考えてから答えた。

「対空戦闘の研究を続けたいと希望しております。今後、脅威となるのは、B29のような機体だけではありません。欧州ではジェット推進の軍用機が既に登場していると聞きますし、従来の対空射撃の技術は、今後通用しなくなるでしょう。航空機の進歩に、対空戦闘も追随してゆかねばなりません」

「今後の海軍生活を、対空戦闘の研究に費やしたいと言うのかね？」

「海軍中央が認めてくれるのであれば、この道に生涯を捧げたいと願っております」

2

熱帯圏のぎらつく陽光を浴びながら、日本の軍艦籍を得ていた英国製の巡洋戦艦は、ゆっくりとシンガポールのセレター軍港に入港した。

艦首に付けられていた菊《きく》の御紋《ごもん》は取り外されていたが、檣頭や艦尾の旗竿には、これまで通り日章《にっしょう》旗《き》、旭日旗《きょくじつき》が掲げられていた。

「小物ばかりですね。戦艦や空母は、一隻も見当たりません」

桂木光砲術長は、軍港内を見渡して言った。

本来の持ち場である射撃指揮所には、誰もいない。桂木や、掌砲長を務めてくれた愛川悟少尉らが、艦橋トップの射撃指揮所に足を踏み入れることは、二度とない。

桂木が乗艦しているのは、先任将校の一人として、「大雪」の返還に立ち会うためだった。

「戦争が終わった以上、主力艦をシンガポールに配備する理由がないということだろうな」

沢正雄艦長は応えた。

桂木が言った通り、軍港内に停泊しているのは、巡洋艦以下の中小型艦だけだ。

ダイドー級、フィジー級といった新型巡洋艦や、戦時中に竣工したと思われる駆逐艦は停泊しているものの、「大雪」に匹敵するような巨艦は一隻もない。

「我が国との戦争が終わった以上、シンガポールに配備するのは、植民地《しょくみんち》の警備に必要な艦のみで充分、ということでしょうか？」

「主力艦は、本国の防衛に必要なのかもしれん。英国にせよ、米国にせよ、新たな戦争は既に始まっている、という認識なのだろう」

航海長星野寛平《ほしのかんぺい》中佐の疑問に、沢は答えた。

現在は、昭和二一年三月一日。

全世界を巻き込んだ二度目の大戦が終わってから、半年余りが経過している。

日本は講和という形で戦争を終結させることができたが、盟邦ドイツは米英とソ連によって東西に引き裂かれた。

ドイツ政府が降伏を申し出た後、米英両国は速や

イギリス海軍 リナウン級巡洋戦艦「リパルス」(旧 防空巡洋戦艦「大雪」)

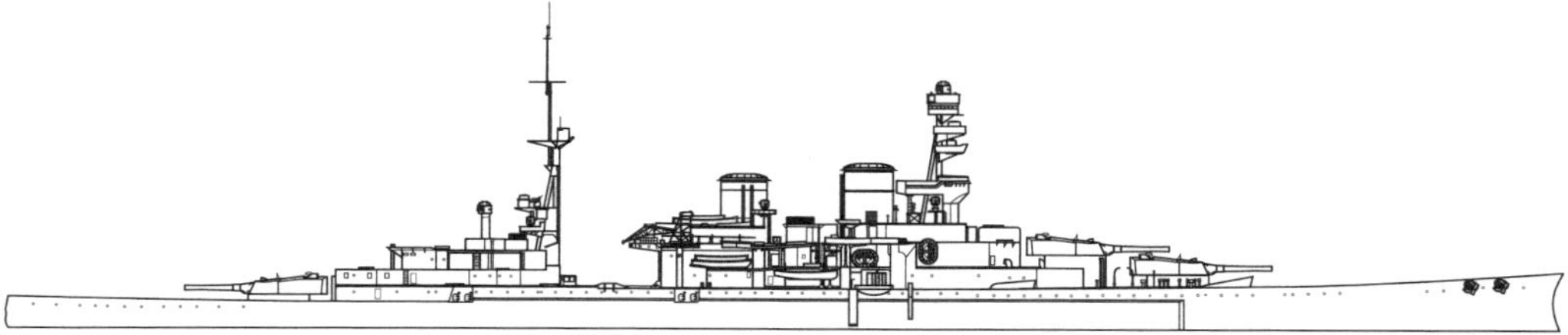

全長	242.1m
最大幅	27.4m
基準排水量	32,000トン
主機	直結蒸気タービン 2組/4軸
出力	112,000馬力
速力	28.3ノット
兵装	38cm 42口径 連装砲 3基 6門
乗員数	1,320名
同型艦	リナウン

イギリス海軍の巡洋戦艦。対日戦勃発に伴いシンガポールに回航され、米太平洋艦隊と合流。海南島沖において日本海軍の機動部隊と戦うが、魚雷1本を受け、戦場から離脱した。その後、日本軍のシンガポール占領により本艦も鹵獲され、横須賀に回航。主砲は英国製のものをそのまま用いるが、対空兵装などはすべて日本製のものに換装した機動部隊直衛用の防空艦として改装することが決定。昭和18年10月14日、改装完了とともに「大雪」と命名され、日本海軍の艦籍を与えられた。

防空巡洋戦艦となった本艦は、マリアナ沖海戦で活躍。昭和19年12月のエンガノ岬沖海戦では対空戦闘のみならず主砲による対艦戦闘も行っている。その後、横須賀のドックに入渠し、修理作業を行っていたが、資材不足により作業は停滞。修理完了前に終戦を迎えた。

本図は、本艦がイギリスに返還されるにあたり、日本製の対空兵装などをすべて撤去した姿を描いている。

かにドイツ本土に進駐《しんちゅう》し、まだソ連軍の手に落ちていない西半分を占領下に置いたのだ。

ソ連政府は、

「アメリカとイギリスは、ナチス・ドイツ打倒のため、地上戦闘をほとんど戦っていない。ナチス・ドイツ打倒のため、血を流す役割の大半は、ソビエト連邦が引き受けたのだ。ドイツの占領は、我が国のみに認められる権利である。アメリカとイギリスは、直《ただ》ちにドイツ本土から撤収すべきである」

と強硬に主張したが、米英両国はこれを無視し、西部ドイツにおける占領政策を推し進めた。

一方ソ連は、東部ドイツ、及びポーランド、ルーマニア、ハンガリー等の中欧諸国で共産化を進め、属国化を図っている。

このため、米英とソ連の同盟関係は自然消滅となり、深刻な対立が生じた。

もともと米英とソ連は、国家体制が大きく異なっており、互いに相容《あいい》れない存在だ。それが結びついていたのは、ナチス・ドイツという共通の敵が存在していたためだ。

共通の敵が消えた以上、敵対関係に戻るのは当然と言えた。

米英とソ連の対立は、極東でも生じている。

米英両国は日本との講和条約に基づいて、満州《まんしゅう》国《こく》の承認と引き換えに資本の進出を果たしたが、このとき日本から、

「在満米英国民の安全を保障するため、軍を派遣し、国境の警備、並びに国内の治安維持に協力して欲しい」

との要請が出されたのだ。

英国には、満州に軍を派遣する余裕はなかったが、米国はこの要請を受け容れ、「在満州軍」を組織して陸軍二個師団を送り込んだ。

欧州だけではなく、極東でも、米ソが直接勢力圏を接する形になったのだ。

米英両国とソ連の対立は、既に「武力行使なき戦

争」とも呼ぶべき深刻な状態になっている。

ドイツと満州、どちらで新たな衝突が生じてもおかしくない。

この状況下、英国が本国の守りを固めるのは、当然と言えたろう。

——「大雪」は、英軍の哨戒艇の誘導に従い、セレター軍港の奥に進んでゆく。

ほどなく艦は、軍港の埠頭《ふとう》に横付けし、停止した。

桂木は、沢艦長や星野航海長らと共に、上甲板に降りた。

舷梯《げんてい》を上がって来た英国海軍の代表を、敬礼で迎えた。

「日本帝国海軍大佐、沢正雄であります。日本海軍の代表として、『リパルス』の返還に参りました」

「イギリス東洋艦隊司令長官ヘンリー・ハーウッド中将です。シンガポールへの来訪を歓迎します」

ハーウッドが答礼を返し、他の随員もそれに倣《なら》った。

（『グラーフ・シュペー』撃沈の英雄か）

桂木は、腹の底で呟いた。

ハーウッドは、ドイツのポケット戦艦「アドミラル・グラーフ・シュペー」を追跡し、南米ウルグアイのラプラタ河口で自沈に追い込んだ指揮官だ。

当時は准将だったが、六年三ヶ月が経過した現在、中将に昇進し、東洋艦隊を率いる立場になったのだ。

「艦内をあらためさせていただきたいが」

「どうぞ。我々は、埠頭でお待ちします」

ハーウッドの申し出に、沢は頷いた。

「大雪」乗員の下艦と入れ替わりに、埠頭で待機していた英海軍の士官、下士官、兵らが乗り込んだ。

——半日後、沢以下の艦長、先任将校らは、再び「大雪」の上甲板でハーウッドと対峙した。

ハーウッドのみならず、付き従う英軍の士官らも、感嘆《かんたん》の表情を浮かべている。

「流石は東郷提督《アドミラル・トーゴー》の後継者だ。よくぞここまで艦を仕上げて、引き渡してくれたものだ」

「修理だけではありません。隅々《すみずみ》までが清掃され、塵一つ落ちていません。戦闘部署に留まらず、トイレに至るまで」

返還後、「リパルス」の艦長となるパトリック・アードレー大佐が言った。

「できる限り、綺麗《きれい》にしてお返しする。壊れたところがあれば修理するか、弁償《べんしょう》する。それが、借用《しゃくよう》したものをお返しするときの礼儀ですから」

笑いながら、沢は応えた。

昨年八月、米英との講和が成立したとき、講和条件の中に「『リパルス』の返還」という項目があったが、艦は損傷箇所の修理が完了しておらず、すぐ英国に引き渡せる状態ではなかった。

「修理完了後に返還する」という日本側の申し出が英側に認められたため、「大雪」は横須賀海軍工廠で、艦内の損傷箇所にも、外鈑《がいはん》にも、徹底した修復作業が施された。

同時に、日本軍が独自に取り付けた対空火器や射撃管制用の指揮装置が撤去された。

艦首の菊の御紋の取り外しも、このとき併せて行われた。

研究のために分解した対空火器、通信機、電探等は元に戻せなかったが、日本側から英側に賠償金を支払うという形で話がついた。

二月半ば、工廠から出渠した「大雪」は、横須賀からシンガポールに回航された。

艦内の清掃は、シンガポール入港の前日に行われている。

「艦を汚したまま返したのでは、帝国海軍の恥《はじ》になる。細部まで、丁寧《ていねい》に磨き上げろ」

沢艦長の命令に従い、「大雪」乗員は、艦内の隅々まで、徹底した清掃を行ったのだ。

返還のセレモニーが始まった。

「乗員整列！」

沢の下令を受け、全乗員が前甲板で整列した。

「軍艦旗下ろし方！」

新たな命令と共に、「大雪」の檣頭と艦尾旗竿から、日章旗と旭日旗がゆっくりと下ろされた。

沢とハーウッドが、日本海軍と英国海軍をそれぞれ代表し、返還の文書に署名した。

英海軍の軍楽隊が、大英帝国国歌の演奏を開始した。

「神よ国王陛下を守り給え《ゴッド・セイブ・ザ・キング》」の荘重《そうちょう》なメロディーと共に、檣頭と艦尾の旗竿に、ユニオンジャックと英国海軍の軍艦旗ホワイト・エンサインが掲げられてゆく。

演奏の終了と同時に、セレモニーも終わった。

日本帝国海軍の巡洋戦艦「大雪」は、大英帝国海軍の巡洋戦艦「リパルス」に戻ったのだ。

ハーウッドは、あらたまった口調で言った。

「今回の戦争で、貴国が敵の陣営に回ったことを、私は心から残念に思う。しかし同時に、『リパルス』を鹵獲したのがドイツでもイタリアでもなく、貴国の海軍であったことを、私は神に感謝したい」

「私も、貴国やアメリカを敵に回すことが二度とないよう、願っております」

沢は応えながら、ハーウッドが差し伸べた右手を握った。

「こちらを――」

桂木は一歩進み出、アードレー「リパルス」艦長に、携えていた書類を渡した。

「『リパルス』は我が軍の軍籍にあったとき、二度の海戦に参加し、横須賀軍港の防空戦にも加わりました。そのときの戦闘詳報《バトル・レポート》です。原本の写しと英訳したものが入っております。貴国との和解の印《しるし》として、お納め下さい」

アードレーは英訳された戦闘詳報に手早く目を通し、感嘆の表情を浮かべた。

「これは、貴重な記録だ。書式さえ合わせれば、そのまま我が国の軍令部に提出できる内容だ」

桂木は微笑して、アードレーに応えた。

「本国で報告されるとき、『リパルス』の砲術長がこう言っていたとお伝えいただければ幸いです。
『〈リパルス〉には、安心して命を託《たく》すことができた。
いい艦《グッド・シップ》だった』と」

【完】

あとがき

「小説とは、つくづく一筋縄《ひとすじなわ》ではいかないものだ」

先シリーズ「蒼洋の城塞」を書き終えたときに感じたことを、筆者は今回の「荒海の槍騎兵」でも、再び感じることになりました。

第三巻で日本に鹵獲された英国の巡洋戦艦「リパルス」は、当初はシンガポールでドック入りしているところを爆撃されて廃艦に、という展開を考えていたのですが、

「これ、日本が鹵獲して活用したら、話が面白くなるんじゃないか」

と思い直し、「大雪」の艦名を与えて、日本海軍に編入しました。

艦名を設定するときには、「巡洋戦艦には山の名を付ける」という帝国海軍の命名基準に則《のっと》りましたが、他に「過去のシリーズで使っていないこと」「比較的有名な山であること」という二つの基準を設け、北海道の大雪山からいただいた次第です。

この「大雪」、第五巻のクライマックスとなった水上砲戦までは想定内だったのですが、シリーズのラストでも重要な役割を果たすことになるというのは、全く考えていませんでした。

「大雪」の登場に伴い、「古鷹」の砲術長として登場させた桂木光の運命も、大きく変わりま

した。

最初にシリーズ全体の構成を作成したとき、桂木は大戦後半、望み通り戦艦の砲術長となるが、艦隊砲戦のときに戦死する、という役回りを決めていました。

しかし、鹵獲された「リパルス」の砲術長に最も相応しいのは、この人物ではないか。「いつかは戦艦の砲術長に」という念願がかなったようでかなわない。そんなフラストレーションを書くことで、面白いキャラクターにできるのではないか。

そのようなことを考えた結果、「リパルス」改め「大雪」の射撃指揮所に座ることになったわけです。

結果として、お読みいただいたような終わり方になりました。

桂木本人にとっては、満足感を抱いて「大雪」砲術長の役割を全うできたと思います。

作者としては、「大雪」や桂木の思いがけない動きや役割変更に対して、後悔も、不満もありません。

先シリーズでもそうでしたが、作者自身、「想定外の動き」を大いに楽しみながら書きましたので。

このあたりは、小説を書くことに固有の楽しみだと言えるでしょう。

今後のシリーズでも、同じように想定外の動きをする軍艦やキャラクターが登場するかもしれません。

そのときは、作者自身、「想定外」を楽しみつつ、読者の皆さんにも楽しんでいただけるよう、工夫を凝らしたいと考えております。
また、次のシリーズでお目にかかりましょう。

令和三年五月　横山信義

ご感想・ご意見は
下記中央公論新社住所、または
e-mail：cnovels@chuko.co.jpまで
お送りください。

C★NOVELS

荒海《あらうみ》の槍騎兵《そうきへい》6
――運命《うんめい》の一撃《いちげき》

2021年6月25日　初版発行

著　者　横山《よこやま》信義《のぶよし》

発行者　松田陽三

発行所　中央公論新社

〒100-8152　東京都千代田区大手町1-7-1
電話　販売 03-5299-1730　編集 03-5299-1930
URL http://www.chuko.co.jp/

DTP　平面惑星

印　刷　三晃印刷（本文）
大熊整美堂（カバー・表紙）

製　本　小泉製本

©2021 Nobuyoshi YOKOYAMA
Published by CHUOKORON-SHINSHA, INC.
Printed in Japan　ISBN978-4-12-501435-7 C0293

定価はカバーに表示してあります。落丁本・乱丁本はお手数ですが小社販売部宛お送り下さい。送料小社負担にてお取り替えいたします。

●本書の無断複製（コピー）は著作権法上での例外を除き禁じられています。また、代行業者等に依頼してスキャンやデジタル化を行うことは、たとえ個人や家庭内の利用を目的とする場合でも著作権法違反です。

荒海の槍騎兵 1

連合艦隊分断

横山信義

昭和一六年、日米両国の関係はもはや戦争を回避できぬところまで悪化。連合艦隊は開戦に向けて主砲すべてを高角砲に換装した防空巡洋艦「青葉」「加古」を前線に送り出す。新シリーズ開幕！

ISBN978-4-12-501419-7 C0293　1000円　　カバーイラスト　高荷義之

荒海の槍騎兵 2

激闘南シナ海

横山信義

「プリンス・オブ・ウェールズ」に攻撃される南遣艦隊。連合艦隊主力は機動部隊と合流し急ぎ南下。敵味方ともに空母を擁する艦隊同士――史上初・空母対空母の大海戦が南シナ海で始まった！

ISBN978-4-12-501421-0 C0293　1000円　　カバーイラスト　高荷義之

荒海の槍騎兵 3

中部太平洋急襲

横山信義

集結した連合艦隊の猛反撃により米英主力は撃破された。太平洋艦隊新司令長官ニミッツは大西洋から回航された空母群を真珠湾から呼び寄せ、連合艦隊の戦力を叩く作戦を打ち出した！

ISBN978-4-12-501423-4 C0293　1000円　　カバーイラスト　高荷義之

荒海の槍騎兵 4

試練の機動部隊

横山信義

機動部隊をおびき出す米海軍の作戦は失敗。だが日米両軍ともに損害は大きかった。一年半余、ついに米太平洋艦隊は再建。新鋭空母エセックス級の群れが新型艦上機隊を搭載し出撃！

ISBN978-4-12-501428-9 C0293　1000円　　カバーイラスト　高荷義之

表示価格には税を含みません

荒海の槍騎兵 5
奮迅の鹵獲戦艦

横山信義

中部太平洋最大の根拠地であるトラックを失った連合艦隊。おそらく、次の戦場で日本の命運は決する。だが、連合艦隊には米艦隊と正面から戦う力は失われていた——。

ISBN978-4-12-501431-9 C0293　1000円

カバーイラスト　高荷義之

蒼洋の城塞 1
ドゥリットル邀撃

横山信義

演習中の潜水艦がドゥリットル空襲を阻止。これを受け大本営は大きく戦略方針を転換し、MO作戦の完遂を急ぐのだが……。鉄壁の護りで敵国を迎え撃つ新シリーズ！

ISBN978-4-12-501402-9 C0293　980円

カバーイラスト　高荷義之

蒼洋の城塞 2
豪州本土強襲

横山信義

MO作戦完遂の大戦果を上げた日本軍。これを受け山本五十六はMI作戦中止を決定。標的をガダルカナルとソロモン諸島に変更するが……。鉄壁の護りを誇る皇国を描くシリーズ第二弾。

ISBN978-4-12-501404-3 C0293　980円

カバーイラスト　高荷義之

蒼洋の城塞 3
英国艦隊参陣

横山信義

ポート・モレスビーを攻略した日本に対し、ついに英国が参戦を決定。「キング・ジョージ五世」と「大和」。巨大戦艦同士の決戦が幕を開ける！

ISBN978-4-12-501408-1 C0293　980円

カバーイラスト　高荷義之

蒼洋の城塞 4
ソロモンの堅陣

横山信義

珊瑚海に現れた米国の四隻の新型空母。空では、敵機の背後を取るはずが逆に距離を詰められていく零戦機。珊瑚海にて四たび激突する日米艦隊。戦いは新たな局面へ——

ISBN978-4-12-501410-4 C0293　980円

カバーイラスト　高荷義之

蒼洋の城塞 5
マーシャル機動戦

横山信義

新型戦闘機の登場によって零戦は苦戦を強いられ、米軍はその国力に物を言わせて艦隊を増強。日本はこのまま米国の巨大な物量に押し切られてしまうのか⁉

ISBN978-4-12-501415-9 C0293　980円

カバーイラスト　高荷義之

蒼洋の城塞 6
城塞燃ゆ

横山信義

敵機は「大和」「武蔵」だけを狙ってきた。この二戦艦さえ仕留めれば艦隊戦に勝利する。米軍はそれを熟知するがゆえに、大攻勢をかけてくる。大和型×アイオワ級の最終決戦の行方は？

ISBN978-4-12-501418-0 C0293　980円

カバーイラスト　高荷義之

不屈の海 1
「大和」撃沈指令

横山信義

公試中の「大和」に米攻撃部隊が奇襲！　さらに真珠湾に向かう一航艦も敵に捕捉されていた——。絶体絶命の中、日本軍が取った作戦は？

ISBN978-4-12-501388-6 C0293　900円

カバーイラスト　高荷義之

表示価格には税を含みません

不屈の海 2
グアム沖空母決戦

横山信義

南方作戦を完了した日本軍は、米機動部隊の撃滅を目標に定める。グアム沖にて、史上初の空母決戦が幕を開ける！　シリーズ第二弾。

ISBN978-4-12-501390-9 C0293　900円　　カバーイラスト　高荷義之

不屈の海 3
ビスマルク海夜襲

横山信義

米軍は豪州領ビスマルク諸島に布陣。B17によりトラック諸島を爆撃する。連合艦隊は水上砲戦部隊による基地攻撃を敢行するが……。

ISBN978-4-12-501391-6 C0293　900円　　カバーイラスト　高荷義之

不屈の海 4
ソロモン沖の激突

横山信義

補給線寸断を狙う日本軍と防衛にあたる米軍。ソロモン島沖にて、巨大空母四隻、さらに新型戦闘機をも投入した一大決戦が幕を開ける！　横山信義C★NOVELS100冊刊行記念作品。

ISBN978-4-12-501395-4 C0293　900円　　カバーイラスト　高荷義之

不屈の海 5
ニューギニア沖海戦

横山信義

新鋭戦闘機「剣風」を量産し、反撃の機会を狙う日本軍。しかし米国は戦略方針を転換。フィリピンの占領を狙い、ニューギニア島を猛攻し……。戦局はいよいよ佳境へ。

ISBN978-4-12-501397-8 C0293　900円　　カバーイラスト　高荷義之

不屈の海 6

復活の「大和」

横山信義

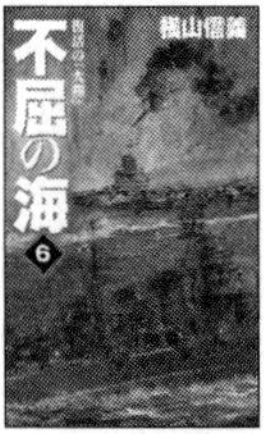

日米決戦を前に、ついに戦艦「大和」が復活を遂げる。皇国の存亡を懸けた最終決戦の時、日本軍の仕掛ける乾坤一擲の秘策とは？　シリーズ堂々完結。

ISBN978-4-12-501400-5 C0293　900円

カバーイラスト　高荷義之

表示価格には税を含みません